Domi

L'Homme aux doigts bleus

Jean Failler

L'Homme
aux
doigts bleus

ÉDITIONS FRANCE LOISIRS

CE LIVRE EST UN ROMAN.
Toute ressemblance avec des personnes, des noms propres, des lieux privés, des noms de firmes, des situations existant ou ayant existé, ne saurait être que le fait du hasard.

Edition du Club France Loisirs,
avec l'autorisation des Editions du Palémon.

Editions France Loisirs,
123, boulevard de Grenelle, Paris
www.franceloisirs.com

Le Code de la propriété intellectuelle n'autorisant, aux termes des paragraphes 2 et 3 de l'article L. 122-5, d'une part, que les « copies ou reproductions strictement réservées à l'usage privé du copiste et non destinées à une utilisation collective » et, d'autre part, sous réserve du nom de l'auteur et de la source, que les « analyses et les courtes citations justifiées par le caractère critique, polémique, pédagogique, scientifique ou d'information », toute représentation ou reproduction intégrale ou partielle, faite sans le consentement de l'auteur ou de ses ayants droit ou ayants cause, est illicite (article L. 122-4). Cette représentation ou reproduction, par quelque procédé que ce soit, constituerait donc une contrefaçon sanctionnée par les articles L. 335-2 et suivants du Code de la propriété intellectuelle.

© 2001 – Editions du Palémon.

ISBN : 978-2-298-12223-7

*Pour mes joyeux compagnons
du Golf de l'Odet
à Clohars-Fouesnant
(Finistère)*

Remerciements à

Pierre Deligny
Nicole Gaumé
Eric Maldagne
Philippe Henriot

1

Le bar était occupé par une demi-douzaine de gentlemen qui buvaient de la bière, perchés sur de hauts tabourets de bois verni. Ils avaient en commun le teint un peu trop rouge des gens qui se sont longtemps exposés au soleil et le polo sport, de couleur vive, marqué d'un petit crocodile bâillant à s'en décrocher la mâchoire. Autre caractéristique vestimentaire, ils étaient tous en chaussettes, à croire qu'en ces lieux on sacrifiait à la coutume mahométane qui consiste à abandonner ses grolles quand on pénètre dans le temple ; comme si les effluves de panards fumants ayant accompli une dizaine de kilomètres à travers la campagne étaient un succédané d'encens capable d'enchanter les narines de Saint-Andrew, patron des lieux.

Devant la porte du bar, une accumulation de chaussures abandonnées par leurs propriétaires. Elles étaient d'un modèle un peu particulier : l'empeigne, couverte d'un empiècement de cuir en forme d'éventail posé à plat, en cachait les lacets. Quelques-unes s'étaient retournées et laissaient apercevoir des clous luisants sortant de leur semelle maculée de terre, de boue, et d'herbe coupée.

Ces clous, destinés à un bon arrimage du golfeur au sol, étaient interdits, et pour cause, sur le beau parquet ciré du bar. Raison pour laquelle ces messieurs circulaient en chaussettes.

Cette disposition du règlement, à laquelle ils étaient habitués, ne paraissait pas troubler outre mesure leur capacité d'absorption ; le barman avait fort à faire à remplir les lourdes chopes de verre qui se vidaient comme par enchantement.

Le bar occupait le rez-de-chaussée de la grande salle du manoir, une pièce austère, aux lourdes poutres apparentes, avec, à son extrémité, une énorme cheminée de pierre.

Des tables basses au cannage protégé par un verre épais étaient disposées devant des fauteuils club au cuir patiné et, sur l'une d'elles, un garçon maniéré en pantalon noir, chemise blanche et gilet écossais, disposait quatre tasses et une théière de porcelaine.

Les quatre dames auxquelles cette infusion était destinée ne disaient mot. Comme les messieurs, elles fixaient l'huis vitré qui venait de s'entrouvrir.

La femme, ou plutôt la jeune fille qui venait de pousser cette porte s'arrêta, intimidée. Jamais silence plus glacial n'avait accueilli un nouveau venu, jamais douze paires d'yeux ne l'avaient dévisagée d'aussi insistante manière.

L'arrivante pouvait avoir vingt-cinq ans. Elle était vêtue d'un pantalon de toile bise, d'une veste pain-brûlé portée sur un tee-shirt blanc et avait tout l'aspect d'une étudiante en vacances, ce qui n'était pas surprenant car on était début août.

Le barman, ayant servi ces dames, marcha sur elle en gardien des lieux prêt à rabrouer l'intruse qui s'était méprise :

— Mademoiselle ?

Le ton était rien moins qu'aimable, avec une vague condescendance ; on lui faisait sentir qu'en poussant cette porte sans faire partie du cercle des initiés, elle avait commis une sorte de sacrilège.

— Je cherche monsieur Sergent, dit-elle doucement, gênée par ces deux douzaines d'yeux inquisiteurs.

Si faible que fût son timbre, le silence était tel que sa voix porta jusqu'au groupe d'hommes assemblés au bar.

— Sergent, dit l'un d'eux d'une voix de rogomme, il est au « pro-shop ».

Celui qui avait parlé était un homme d'une bonne soixantaine d'années, aux cheveux gris tirés en arrière, au teint couperosé. Il tenait, entre l'index et le majeur de la main gauche, un cigare mâchouillé à demi consumé, et, de la dextre, serrait la poignée d'une chope de bière à moitié vide, comme s'il craignait qu'on la lui arrache. Une moustache poivre et sel couvrait sa lèvre supérieure, sous un nez bourbonien dont le rouge s'harmonisait parfaitement avec les couleurs du reste de son visage.

Comme la jeune femme n'avait pas l'air de comprendre, il expliqua :

— A la boutique, si vous préférez...

— Ah ! la boutique, dit la jeune fille, j'y suis passée mais il n'y a personne. J'ai attendu un peu, j'ai appelé, on ne m'a pas répondu.

Alors un second consommateur intervint :

— Paul est sur le parcours.

Et il précisa, en se tournant vers l'homme qui avait parlé le premier :

— Nous sommes mardi. Tous les mardis à cette heure, le commodore prend une leçon sur le terrain.

— C'est vrai, dit l'homme à la voix éraillée. J'avais oublié.

La jeune fille demanda timidement :

— Pensez-vous qu'il en ait pour longtemps ?

Posant sa chope sur le comptoir, l'homme consulta sa montre :

— Dans une demi-heure ils sont là !

Et, montrant les sièges libres :

— Vous pouvez les attendre ici, si vous voulez.

La jeune femme comprit qu'on lui faisait une faveur. Elle remercia et se dirigea vers une table posée devant une fenêtre basse d'où on découvrait des immensités de verdure bien ordonnées.

— Un thé s'il vous plaît, demanda-t-elle au garçon qui s'approchait.

Les conversations avaient repris. Derrière elles, les dames commentaient la partie de golf qu'elles venaient de disputer, s'opposant avec véhémence sur des points de règlement ; les hommes eux, discutaient à voix plus basse, si bien qu'on ne pouvait saisir ce dont ils parlaient.

Puis la voix de rogomme retentit de nouveau :

— Vous venez pour jouer ?

La jeune fille ne comprit pas tout de suite que c'était à elle qu'on s'adressait et elle eut un temps de retard pour répondre :

— Non, dit-elle, c'est pour prendre des leçons.

— Vous n'avez jamais joué ?

— Jamais. Mais ça m'a toujours tentée. Alors, comme je suis en vacances...

— Excellente occasion, approuva l'autre d'un air satisfait.

Il s'approcha, tenant sa chope et son cigare dans la même main :

— Permettez-moi de me présenter, Claude Cagesse, Capitaine des Jeux.

Il avait des yeux de porcelaine bleue striés de filaments rouges peut-être dus à la fumée de son cigare qui faisait cligner constamment ses lourdes paupières.

La jeune femme se leva à demi, serra la main molle qu'on lui tendait et dit, toujours de sa petite voix :

— Enchantée, monsieur Cagesse...

Et elle se présenta à son tour :

— Je m'appelle Mary Lester.

2

C'est fin juin que le commissaire Fabien avait fait monter Mary Lester dans son bureau au second étage du commissariat de Quimper.

A cette époque, la pointe de Bretagne était plongée dans une vague de chaleur inhabituelle. Les rares estivants s'en donnaient à cœur joie, se baignant sur les plages quasiment désertes, mais dans les bureaux, dans les ateliers, dans les magasins, la chaleur était difficilement soutenable.

Le commissaire avait installé dans un coin de son bureau un gros ventilateur qui brassait un air tiède sans parvenir à rafraîchir quoi que ce soit.

— Sur quoi êtes-vous en ce moment, Lester ? demanda-t-il d'une voix lasse.

— Les vols à la roulotte, patron. Ils se multiplient ces temps-ci.

— C'est tous les ans pareil à cette époque, soupira Fabien.

Il leva les sourcils et la regarda :

— Pas très excitant, n'est-ce pas ?

— Non, reconnut-elle. Mais il faut bien que quelqu'un s'y colle !

— Ouais, dit Fabien, faut bien...

Puis après un silence, il se mit à sourire :

— Dites-moi, Lester, avez-vous jamais joué au golf ?

Elle sourit à son tour. Décidément, avec Fabien on pouvait s'attendre à tout.

— Au golf ! Non, jamais.

— Et que savez-vous de ce noble sport ?

Elle fit la moue :

— Eh bien, je crois qu'il s'agit, à l'aide d'instruments qu'on appelle *clubs*, de faire pénétrer une petite balle blanche dans un petit trou sur lequel est planté un drapeau.

— Pas mal, sourit Fabien. Et encore ?

— Et encore ? Il me semble que cette activité est l'apanage des riches, des vieux et des snobs.

Le commissaire Fabien souffla un bon coup et dit :

— Et, comme vous n'êtes rien de tout ça, vous ne vous sentez aucune affinité avec ce milieu.

— Aucune.

— Avez-vous quelquefois rencontré des golfeurs ?

— Hélas ! Il suffit qu'il y en ait deux dans une soirée pour que tout soit gâché. Ils ne savent pas parler d'autre chose que de leur golf !

Elle avait prononcé ce dernier mot avec un accent si terriblement « Marie-Chantal » que Fabien ne put s'empêcher d'éclater de rire.

— Dommage, dit laconiquement Fabien.

— Pourquoi dommage ? demanda-t-elle.

— Parce que je pensais vous faire une fleur !

— Une fleur ?

Visiblement elle se méfiait.

Le commissaire Fabien sourit.

— Je voulais vous offrir des cours de golf.
— A moi ?

La surprise n'était pas feinte, elle s'était attendue à tout, mais là vraiment…

— Ouais, à vous.
— Mais où ça ?
— La Baule.

Le visage de Mary s'éclaira :

— La Baule ?
— Enfin, presque, entre La Baule et Nantes.
— Je prends, patron !

Il fit mine de s'étonner :

— Quel enthousiasme soudain ! Je croyais pourtant que le golf et vous…

— A vrai dire, je n'y connais rien, à part quelques golfeurs. Je suppose qu'ils ne sont pas tous de la même mouture. Et puis, je vais être franche patron, ce n'est pas entre le golf et moi, c'est entre la Z.U.P. et La Baule. Il n'y a pas à hésiter. Vous m'auriez demandé de jouer au polo, je n'aurais pas hésité non plus. Et pourtant, les chevaux, si j'ose dire, c'est pas mon dada…

Elle redevint grave :

— Et… qu'est-ce qui se passe dans votre golf ?
— Rien, dit Fabien.

Et comme elle le regardait, ahurie, il précisa :

— Rien pour le moment. C'est mon confrère de Nantes qui m'a appelé. C'est un bon copain, nous avons pas mal baroudé ensemble et il est passablement embêté. Et je suis poli, il a employé un autre mot, et pourtant il est plutôt vieille France, ce cher Graissac…

— Et que veut-il que je fasse, ce cher Graissac ?

— Il souhaiterait que vous alliez au golf du Bois Joli, c'est son nom, comme une golfeuse ordinaire, que vous y preniez des leçons, que vous y jouiez…

— Tout en regardant ce qui s'y trame…

— C'est ça.

— Et qu'ensuite je vienne lui rapporter ce que j'ai vu.

— Voilà !

— C'est du beau !

Elle faisait mine de s'indigner.

— Et sur quoi portent ses soupçons à ce cher Graissac ? Drogue ?

Fabien acquiesça du chef.

— Encore ! s'exclama-t-elle. Mais j'en sors à peine ![1]

— Que voulez-vous ma chère, s'exclama Fabien, c'est devenu notre fonds de commerce la drogue. Quand j'ai débuté dans le métier, c'était le gang des tractions avant qui nous donnait du souci, avant, c'était la bande à Bonnot, les chauffeurs du Rouergue…

Elle ricana :

— Le courrier de Lyon !

— Comme vous dites… Le monde change, mon petit ! Faut s'adapter.

— Eh bien, avait-elle soupiré, adaptons-nous !

---

1. *Voir* Marée blanche.

3

Quand elle était entrée dans le bureau du commissaire Graissac, à Nantes, elle avait été étonnée de voir que celui-ci n'était pas surpris en la voyant. D'ordinaire, les patrons à qui elle était adressée faisaient une de ces têtes en la voyant arriver. Dame, on leur annonçait le lieutenant Lester et on voyait apparaître une frêle jeune fille. On ne pouvait pourtant pas dire la lieutenante…

Graissac, comme son ami Fabien, devait approcher de la retraite. Il était grand, élégant et avait l'air fort distingué. Vieille France, avait dit Fabien. C'était bien vu.

Il vint accueillir Mary à la porte de son bureau, s'inclina en lui prenant la main, au point qu'elle crut qu'il voulait lui faire le baisemain. Ces usages d'un autre temps avaient toujours gêné Mary qui, les rares fois où ça lui était arrivé, n'avait su quelle contenance adopter. Mais Graissac était un véritable gentleman, pas un chevillard enrichi dans la grande distribution. Il savait parfaitement qu'on ne fait pas le baisemain à une jeune fille.

Il conduisit Mary jusqu'à un fauteuil devant son bureau et la pria de s'asseoir. Elle en fut épatée, cette courtoisie n'était pas monnaie courante dans les commissariats de France.

— Voilà donc la célèbre Mary Lester, dit-il d'une voix douce.

Elle rosit sous le compliment et eut un geste de protestation qu'il balaya de la main.

— Je sais ce que je dis…

Il sortit une fiche de son tiroir :

— …Car je sais tout de vous, mademoiselle Lester…

Et, en souriant de nouveau :

— Enfin, presque… Mon ami Fabien ne tarit pas d'éloges à votre endroit… Je suis bien content qu'il ait pu vous mettre à ma disposition.

— De quoi s'agit-il, monsieur le commissaire ? demanda-t-elle enfin.

Graissac cessa de sourire. Il croisait et décroisait ses doigts comme s'ils avaient soudain pris une importance capitale et qu'il allait y trouver la solution à tous ses ennuis. Enfin, il soupira et, abandonnant l'examen de ses empreintes palmaires, il regarda Mary.

— C'est une affaire bien délicate, mademoiselle. Depuis bientôt un an, il y a une recrudescence de morts par overdose dans la région nantaise et nos services nous signalent une activité renforcée des petits trafiquants dans les quartiers sensibles, dans les boîtes de nuit, et même à la sortie des lycées et collèges.

Il se tut un instant et regarda Mary :

— Une filière bien en place aboutit, semble-t-il, à Nantes. Bien sûr, il nous serait facile d'arrêter les « dealers », mais quand on en prend un, il y en a dix qui se lèvent pour occuper la place.

Il parlait d'un air aussi désabusé que si on lui avait demandé de déménager le sable du Sahara avec une pelle à tarte.

— Ce qu'il faudrait, c'est mettre la main sur les commanditaires…

— Eh oui, dit Mary, les fameux « gros bonnets »…

— C'est ça.

Mary renonça à lui dire qu'il en était des gros bonnets comme des petits « dealers » : un d'enfermé, dix de retrouvés. Inutile d'être grand clerc pour savoir qu'il en serait ainsi tant que ce trafic rapporterait des montagnes de fric à des gens qui n'en avaient jamais assez.

— Et vous pensez que vos gros bonnets pourraient avoir quelque relation dans le monde du golf ?

— Dans le monde du golf, je ne sais pas, mais avec le club du Bois Joli ou tout au moins avec certains de ses membres, peut-être.

— Vous avez des tuyaux ?

— A dire vrai, rien de concret.

Il se toucha le nez et renifla. Elle sourit :

— Rien qu'une histoire de flair ?

— Rien que…

— Y avez-vous déjà fait une descente ?

Le commissaire Graissac eut soudain l'air effrayé.

— Une descente ?

— Ben oui, dit Mary, une descente et une perquisition.

Et comme l'autre levait les bras au ciel, elle poursuivit :

— Il suffit d'y aller avec des chiens spécialisés. Il y en a à la gendarmerie, à la douane. S'il y a de la chnouff quelque part, croyez-moi, les clébards ne mettront pas deux heures à la trouver.

Graissac ouvrit la bouche, la referma sans émettre un son. Etaient-ce les mots « chnouff » et « clébards » qui l'avaient choqué ? Certes pas, il avait dû en voir d'autres dans l'exercice de ses fonctions. Mais il était surpris de les entendre dans la bouche de cette charmante jeune fille. Et cette façon de rentrer bille en tête au cœur du problème. La suggestion serait venue d'un de ses inspecteurs, il ne s'en serait pas étonné, mais là... Non, il ne s'était pas attendu à ça ! Et pourtant Fabien lui avait annoncé qu'il lui envoyait un phénomène ! C'était d'autant plus surprenant que le phénomène n'avait rien de phénoménal. Une fille, plutôt mignonne, comme on en rencontre dans les administrations, au lycée dans la salle des profs, ou à l'accueil chez les avocats ou les médecins.

Il avait reposé les deux mains sur la table et fixait Mary d'un air perplexe, sans mot dire, au point que celle-ci se sentit gênée.

— Qu'est-ce qui se passe, Monsieur ? J'ai dit une connerie ?

Graissac secoua la tête comme un boxeur qui vient d'encaisser deux pêches d'affilée. Quel vocabulaire, pensa-t-il.

— Non, Mademoiselle, pas vraiment.

— Alors, qu'est-ce qui ne va pas ?

— Je crains que vous ne vous rendiez pas compte de ce qu'est le club du Bois Joli.

— Ah ! Eh bien, expliquez-moi. C'est une zone d'exterritorialité ? La loi française n'y a plus cours ?

Je croyais que c'était dans les banlieues qu'on était confronté à ce genre de situation.

— C'est un peu ça, dit Graissac avec réticence, mais les raisons de notre circonspection sont d'un autre ordre. Au Golf du Bois Joli, on trouve quelques-unes des grosses fortunes de France et de Navarre, les gens du show-biz, des politiques et non des moindres... Il y a peu, le Président de la République s'y faisait véhiculer par hélicoptère chaque semaine pour faire neuf trous avec ses amis. Voyez l'environnement !

Mary hocha la tête en faisant la moue.

— Il faudra marcher sur des œufs, ma chère.

Mary soupira, accablée. Pour un peu elle aurait regretté la Z.U.P. et les voleurs de mobylettes. Graissac poursuivait sa démonstration.

— Le Golf du Bois Joli est un des plus anciens et des plus huppés d'Europe. D'abord, c'est un golf privé.

— Privé de quoi ? demanda-t-elle presque avec insolence.

Graissac, pour la première fois de leur entretien, eut l'air agacé. Il réussit pourtant à surmonter cet agacement pour expliquer posément :

— Privé par rapport à public. Il appartient en propre à ses membres, qui le financent de A à Z. Contrairement aux nouveaux terrains qui s'ouvrent un peu partout depuis quelques années, avec l'aide financière des collectivités publiques.

— Et dans lesquels tout le monde peut jouer.

— Moyennant cotisation, oui.

— La fameuse démocratisation du golf...

— Ouais.

— Dans les golfs privés, si j'ai bien compris, il faut être parrainé pour avoir accès au parcours.

Elle réfléchit un instant :

— Mais moi, qui va me parrainer ?

— Nous n'en sommes pas encore là, dit Graissac. Cependant, il y a au Bois Joli un professeur de grand renom dont tout le monde sollicite les conseils. Pour accéder à ses cours, point n'est besoin de faire partie du club. Il vous suffira de payer votre leçon et d'aller au *practice*.

— Au quoi ?

— Au *practice*, au terrain d'entraînement, si vous préférez.

— Je préfère. Mais, dites-moi, il y a un vocabulaire spécifique dans cette religion ?

— Oui, dit Graissac.

Il se pencha sur un de ses tiroirs et en sortit une poignée de magazines.

— Voilà, *Golf Européen, Golf Magazine*, faites-en vos livres de chevet pour ne pas avoir l'air trop ignare quand vous irez voir le professeur.

Mary ouvrit les belles revues sur papier glacé, admira les photos des champions à l'œuvre, les publicités pour les *clubs* et les balles.

— Vous jouez au golf, monsieur le commissaire ?

— Oui, Mademoiselle.

Il avait répondu le plus dignement qu'il pouvait, en la regardant droit dans les yeux, comme s'il avait avoué une maladie honteuse.

— Au club du Bois Joli ?

— Exactement.

— Ah... Et pourquoi m'avez-vous demandé d'y enquêter ?

— Parce que je ne peux pas le faire moi-même.

— Pourtant vous avez des soupçons ?

— Oui.

— Sur quoi sont-ils fondés ?

Le commissaire Graissac soupira :

— Sur bien peu de choses. Il s'y trouve des gens qui ont un train de vie surprenant ; quand on connaît leur situation et quand on voit ce qu'ils dépensent, on peut se poser des questions.

— Bah ! Des gens qui vivent au-dessus de leurs moyens, il y en a partout ! Demandez une enquête de la brigade financière.

Graissac soupira de nouveau :

— C'est bien délicat...

Il se leva :

— Je ne vous en dis pas plus. J'aimerais que vous pénétriez dans ce milieu et que, avec un regard neuf, vous me donniez vos impressions.

Mary se leva à son tour :

— Et pour le matériel ?

— Quel matériel ?

— Eh bien, les *clubs*, les sacs, les chariots, est-ce que je sais moi ? Tout ce qu'il faut pour avoir l'air d'une golfeuse !

Graissac reprit pied dans la réalité :

— Je me suis renseigné, le professeur vous en prêtera.

Il se pencha par-dessus son bureau et, sortant une revue de la liasse :

— Je vous recommande celle-ci. On y parle du club du Bois Joli, en long en large et en travers. Ainsi, vous saurez où vous mettez les pieds.

Mary remit la revue sur le sommet de la pile.

— Je vais examiner ça de près.

Elle fit deux pas vers la porte :

— C'est tout, Monsieur ?

Elle n'avait pu encore se décider à l'appeler patron. Il avait si peu l'air d'un flic !

— Presque. Vous avez votre carte de police ?

— Bien sûr !

— Une arme ?

— Oui... Et aussi des menottes.

Elle sortit son revolver, les bracelets et fouilla son porte-cartes :

— Toute la panoplie du parfait petit flic en week-end, ironisa-t-elle.

— Parfait, dit le commissaire Graissac. Donnez-moi tout ça.

— Que je vous les donne ?

— Vous m'avez bien entendu. Ils resteront bien au chaud dans mes tiroirs le temps de votre mission.

— Mais...

— Inspecteur Lester, dit Graissac d'une voix ferme, si, comme je le crains, il s'agit de drogue, n'oubliez pas que vous allez vous introduire dans un milieu éminemment dangereux où ces accessoires ne vous seront d'aucune utilité. Votre meilleure sauvegarde, c'est votre anonymat. Personne ne connaît votre identité ici, pas plus que votre mission. Vous voyez, je me méfie même de mes agents. Dès qu'on touche à cette saloperie, le danger est partout. Il y a de telles sommes en jeu!

Il s'en fut galamment lui ouvrir la porte :

Où êtes-vous descendue ?

— *Aux Mimosas*, une pension de famille à La Baule. Enfin, j'ai retenu une chambre, je suis venue directement de Quimper jusqu'à chez vous.

— Parfait. Faites-vous connaître comme Mary Lester, étudiante en droit, en vacances à La Baule pour un mois. Si vous avez sur vous ou dans vos bagages quelques documents ayant trait à votre profession, laissez-les-moi.

» Si vous devez communiquer avec moi, faites-le par téléphone, d'une cabine publique de préférence. Evitez de revenir ici.

— Quelle méfiance! dit Mary.

— On n'est jamais trop prudent quand il s'agit de drogue, répondit Graissac.

Et il ajouta une ultime recommandation :

— Si on se rencontre au bar ou sur le parcours, on ne se connaît pas.

— On pourra se parler tout de même!

A nouveau elle le sentit réticent :

— On se parlera comme un ancien membre fait connaissance avec une nouvelle venue. Pas question de parler boutique…

Mary, à qui toutes ces précautions paraissaient excessives, hocha la tête en signe d'acquiescement. Il la prit par le bras :

— Mon ami Fabien semble vous tenir en haute estime. S'il vous arrivait quelque chose, il ne me le pardonnerait jamais.

Et soudain, plus enjoué, il s'exclama :

— Je vous dis « merde », inspecteur Lester !

Il n'avait vraiment pas une dégaine à présenter ses vœux de la sorte. Mary lui sourit largement et sortit.

Décidément, ce Graissac lui plaisait bien.

4

Dans la soirée Mary arriva à La Baule par Pornichet. L'immense plage de sable fin s'étirait entre deux ports : Pornichet et Le Pouliguen. Si Pornichet était un port de plaisance entièrement artificiel, gagné sur la mer, Le Pouliguen, construit sur un étier – l'étroit canal qui reliait les marais salants de Guérande toute proche et la mer – comptait encore quelques petits chalutiers et bateaux de pêche.

Le soleil couchant éclairait les façades des hauts immeubles du front de mer. En suivant le boulevard bordant la plage, Mary eut soudain l'impression de plus être dans une station balnéaire française, mais d'avoir traversé l'Atlantique par enchantement et de longer une plage de Floride ou de Californie.

Impression tout de suite dissipée quand, tournant à droite pour pénétrer dans la ville, elle retrouva, derrière cette façade de béton, le charme suranné de villas début de siècle blotties dans les pins.

La pension *Les Mimosas* se trouvait un peu en retrait du remblai dans le quartier le plus ancien de la ville. C'était une ancienne maison de maître, mi-villa mi-manoir, sans doute construite avec vue sur l'océan, mais au fil des ans, cette barrière d'immeubles poussée sur le front de mer la lui avait ravie.

La villa datait du début du siècle, lorsque, par la grâce d'un chemin de fer prolongé jusqu'à la mer, la petite commune d'Escoublac allait faire de ses pinèdes incultes une des plus belles stations balnéaires d'Europe.

La pension *Les Mimosas* était tenue par deux sœurs, deux sexagénaires élégantes et discrètes qui veillaient au bon ordonnancement de leur maison avec un soin jaloux.

Mary les soupçonnait d'être les héritières d'une dynastie de bourgeois que les aléas de la vie avaient transformées en hôtelières, tâche qu'elles assumaient avec une égalité d'humeur admirable.

La clientèle paraissait se trouver *aux Mimosas* comme chez elle. Il y avait beaucoup d'Anglais, des gens d'un certain âge pour la plupart, qui garaient leurs Jaguar et leurs Rover sous les grands pins, près du tennis.

Car il y avait un tennis, et pas une surface de bitume aggloméré aussi bien peinte qu'un parking tout neuf, non, un vrai tennis en terre battue, une brique pilée ocre qui transformait les balles jaunes en boules rougeâtres au bout de trois échanges. Le grillage qui le cernait était bien un peu rouillé, la bande blanche du filet avait pris une teinte verdâtre et le jardinier qui roulait le terrain le matin avec un rouleau qui couinait abominablement, semblait tout droit sorti des *Vacances de monsieur Hulot*, film d'ailleurs tourné à quelques encablures de là, au petit village de Saint-Marc-sur-Mer.

Chaque soir, deux couples de septuagénaires faisaient un double mixte. Mary les voyait de sa fenêtre. Pour la circonstance, les messieurs, qui avaient dû être de bons joueurs, étaient tout de blanc vêtus, les dames aussi, avec des jupes plissées qui leur descendaient aux chevilles. Ils utilisaient encore des raquettes à cadre de bois, d'un modèle qui avait dû disparaître des catalogues depuis au moins un demi-siècle.

Ils jouaient avec élégance et courtoisie, sans cette hargne que l'on rencontre maintenant trop souvent chez les jeunes cadres dynamiques adeptes de ce sport, avec parfois un petit mot d'excuse à l'adresse de leur adversaire quand ils mettaient la balle hors de leur portée ou un compliment, en connaisseurs sachant apprécier un coup joué habilement.

En les regardant, Mary avait l'impression d'être hors du temps. D'ailleurs, toute cette propriété était hors du temps. Les planchers étaient bien cirés, il n'y avait pas de télévision dans les chambres et on prenait le petit déjeuner dans une sorte de jardin d'hiver accoté à la bâtisse, sur des tables de jardin un peu branlantes.

Le café était du vrai café filtré dans une antique cafetière pansue – Mary l'avait aperçue dans l'office – et le thé infusé à l'anglaise, en ébouillantant le pot, comme il se doit. Le plateau proposait du pain, des croissants, du miel, du beurre, de la confiture et le *Figaro* du jour.

Il suffisait de traverser une rue, de longer un pâté de maison, pour arriver au remblai qui longeait l'interminable plage de sable fin.

Elle avait une petite chambre sur l'arrière de l'immeuble, au deuxième étage, et une branche de pin venait presque toucher sa fenêtre. Le silence était remarquable. A peine soupçonnait-on, la nuit, le ronronnement des voitures passant sur le front de mer. Au matin, elle était tirée de son sommeil par le roucoulement des ramiers qui flirtaient dans les arbres.

Vraiment, elle avait eu la main heureuse, l'hôtel *Les Mimosas* était une résidence tout à fait à son goût.

*

Le professeur de golf, rondouillard et jovial, était un quinquagénaire qui, s'il en avait jamais eu, avait abdiqué depuis belle lurette toute ambition sportive. Il habitait au-dessus de la boutique où l'on vendait les accessoires nécessaires à la pratique du jeu et qui était tenue par sa femme.

Il était convenu que Mary s'intégrerait à un cours collectif de cinq personnes qui, comme elle, entamaient leur initiation.

Ainsi, chaque matin, à dix heures, elle retrouvait trois hommes et deux femmes sur les tapis d'entraînement. Paul Sergent, le professeur, lui avait confié un sac contenant une demi-douzaine de *clubs :*

— C'est une demi-série, mademoiselle Lester, ça vous suffira pour démarrer. Par la suite, nous verrons quels *clubs* peuvent le mieux vous convenir.

Il n'envisageait même pas que le jeu puisse lui déplaire. Pour lui, toute personne normale ayant goûté au golf, ne saurait désormais s'en passer. Il parlait de *shaft* graphite ou acier, ce qui n'était rien d'autre que les manches des *clubs*, de *stiff* ou de *regular* selon la flexibilité de ces *shafts*.

Il lui avait fait acheter un gant, un seul, qu'elle portait à la main gauche, et le premier cours avait été consacré au *grip*, c'est-à-dire à la bonne manière d'empoigner le *club* pour expédier la balle. Puis il avait fait la démonstration avec une stupéfiante aisance. Les petites balles jaunes volaient jusqu'aux pieds des drapeaux qui, à des distances variables, jalonnaient le terrain d'entraînement.

Quand, pour les néophytes, il s'était agi d'en faire autant, ça avait été une autre paire de manches. Le *club* de Mary tantôt labourait la terre, tantôt passait au-dessus de la balle sans la toucher, ce que le « maître » appelait un *air shoot*.

Quand la chose se produisait, on avait, comme le disait le voisin de Mary, un sexagénaire récemment en retraite, « l'air passablement couillon ».

Quand, par bonheur, elle parvenait à frapper la balle, celle-ci giclait à droite ou à gauche, pour une trajectoire aussi imprévisible que celle d'une savonnette qui vous échappe des mains.

Le *practice*, ou terrain d'entraînement, comportait des postes de travail garnis de tapis, une bonne partie en plein air, quelques-uns étant protégés par d'élégantes constructions de bois verni.

Les autres apprentis n'étaient guère plus adroits que Mary et les initiés qui passaient derrière eux pour aller s'entraîner un peu plus loin, souriaient d'un air blasé devant ces besogneux.

Le professeur allait de l'un à l'autre, rectifiant une attitude, accompagnant un geste, encourageant un coup un peu moins mauvais que les autres.

Il régnait sur tout le domaine un silence de bon aloi, seulement troublé par le ronronnement des tondeuses, le bruit sec des fers frappant les balles et le gazouillis des oiseaux.

La première séance dura une heure. Mary avait réussi à frapper correctement quelques balles et, presque à son corps défendant, elle en avait ressenti une profonde satisfaction.

Le « maître » l'avait d'ailleurs complimentée, ce qui avait fait froncer le nez de ses voisines qui, elles, avaient secoué le tapis avec une belle constance.

A l'issue de cette première séance, le vieux monsieur avait invité ses compagnons d'entraînement à venir boire un verre au bar. Mary n'était pas habituée à ces sacro-saintes cérémonies de groupe qui consistent à « prendre un pot » en toute occasion. Cependant, elle était venue là pour voir, et aller au bar était une façon de s'introduire dans le saint des saints du Golf du Bois Joli.

Ils entrèrent dans le bar, cette grande salle qu'elle connaissait de la veille, avec la circonspection de novices visitant une crypte sacrée et s'installèrent dans les fauteuils club, près de la grande cheminée. Des membres allaient et venaient, réclamant qui un sandwich, qui une bouteille d'eau, expliquant d'un air important « qu'ils avaient un départ dans cinq minutes », ce qui paraissait être, pour le barman, d'une importance capitale et leur donner une priorité absolue sur tous les autres clients.

D'autorité, le vieux monsieur, qui s'appelait Robert Duhallier et qui entendait qu'on l'appelât Bob, commanda du champagne. Il expliqua qu'il était retraité et qu'il venait de céder son affaire dans d'excellentes conditions. Désormais, il entendait se consacrer exclusivement au golf.

Il avait acheté une maison tout près du parcours, pour pouvoir assouvir sa passion jusqu'à plus soif.

Parmi les autres débutants, il y avait une jeune fille, sensiblement du même âge que Mary, qui venait s'initier parce que son fiancé vouait, lui aussi, une passion sans bornes au jeu écossais.

Elle s'appelait Cécile, mais avoua en minaudant que ses amis la surnommaient « Minette ». Elle invitait, bien sûr, ses compagnons de stage à en faire de même.

Bob, dans son enthousiasme de néophyte, pria les membres du club qui se trouvaient au bar, à venir avec eux porter un toast.

Ils étaient tous là, comme la veille, quand Mary était venue se renseigner. On eût dit qu'ils n'avaient pas bougé de place et que le Capitaine des Jeux tenait la même chope, le même cigare à l'extrémité mâchouillée.

Ils s'approchèrent, vaguement condescendants, et le barman apporta une seconde bouteille de champagne. Mary s'était placée près de Minette car c'était la personne dont elle se sentait le plus proche.

La jeune fille, qui était étudiante en pharmacie, avait une fraîcheur sympathique et une candeur qui lui faisait poser les questions les plus saugrenues avec une naïveté désarmante et Mary pensa qu'elle pourrait lui souffler des questions qu'elle n'aurait pas osé poser elle-même.

De sa voix éraillée par l'abus de tabac et d'alcool, le Capitaine des Jeux porta un toast à ces nouveaux adeptes de Saint-Andrews, ce qui permit à Minette de demander qui était ce fameux saint dont on lui parlait tant.

Les *old members* éclatèrent de rire devant cette ignorance crasse, et le Capitaine des Jeux expliqua que Saint-Andrews, petite ville d'Ecosse, était l'endroit où, pour la première fois au monde, les règles du jeu de golf avaient été codifiées. Depuis ce temps, Saint-Andrews était resté La Mecque des golfeurs, LE golf où il fallait, au moins une fois dans sa vie, avoir tapé la petite balle sous peine de n'être considéré que comme un petit golfeur, un moins-que-rien.

Claude Cagesse, lui, faisait avec ses amis le pèlerinage chaque année. Il retenait son départ d'une année sur l'autre car l'affluence était grande sur le parcours mythique.

Puis il partit dans de fumeuses explications, narrant la dernière partie qu'il y avait jouée avec un luxe de détails proprement inimaginable.

Il avait posé sa coupe de champagne et mimait ses exploits :

— ... Et si, au dix-sept, mon cadet ne s'était pas trompé d'un numéro, j'aurais joué mon handicap ! Figurez-vous que cette bourrique me donne un fer neuf au lieu d'un sept ! Donc, au lieu de *pitcher* le *green*, je tombe en plein *bunker*...

Il agita la main pour faire comprendre sa douleur :

— ... Les *bunkers* là-bas, je ne vous raconte pas ! Des trous d'obus ! Trois coups pour sortir ! Et il paraît que je m'en tirais à bon compte ! Arnold Palmer, lui-même, mit une fois douze coups pour sortir de ce même *bunker* ! Vous vous rendez compte ? Arnold Palmer !

Mary ne connaissait pas ce monsieur. Minette non plus, qui osa la question que personne n'osait :

— C'était qui ce Palmer ?

Le Capitaine des Jeux faillit en avaler son cigare :

— Palmer ? Mais c'était un type formidable ! Un des plus grands champions que le golf ait connu. Une idole aux Etats-Unis. Même maintenant, à plus de soixante-cinq ans, il gagne encore des tournois sur le circuit senior !

Bob, pour montrer qu'il n'était pas aussi ignorant que ses compagnons, parla de Jack Niklhaus, de Lee Trivino tandis qu'un autre membre du groupe des débutants, un dentiste d'une trentaine d'années, plaçait Steve Ballesteros et Greg Norman dans la conversation.

Mary avait lu ces noms la veille, dans les magazines que le commissaire lui avait confiés. Elle savait que c'étaient des champions de golf qui passaient leur temps à jouer et qui, pour ce faire, étaient payés des millions de dollars.

Les conversations allaient bon train et Robert Duhallier, ravi, commanda deux autres bouteilles de champagne. Mary ne disait rien, elle observait les *old members*, puisque c'étaient eux qui l'intéressaient au premier chef.

Outre le Capitaine des Jeux (elle apprit par la suite que ce monsieur était chargé de l'élaboration du calendrier des compétitions et de leur bonne exécution), il y avait là un homme grand et fort, une sorte de gros poupon blond à la calvitie rosée couronnée de cheveux blancs, qui proférait des banalités affligeantes avec l'air entendu de celui qui en sait long mais qui ne dira rien, un septuagénaire dont les petites lunettes rondes chevauchaient un nez turgescent, aux épais cheveux gris, dont on se demandait s'il savait parler, car, pour le moment, il ne s'était manifesté que par un rire caprin absolument surprenant, et un vieux monsieur très british d'allure, avec une petite moustache blanche et un teint couperosé, qui aurait fait un excellent major dans un film sur l'armée des Indes.

Le Capitaine des Jeux tenait toujours le crachoir. C'était « Monsieur Je-sais-tout ». Son père avait été membre fondateur du club du Bois Joli et il montra fièrement le tableau des champions du club où son nom figurait à la date de 1952.

— A cette époque, graillonna-t-il, je drivais à 250 mètres comme qui rigole…

— Maintenant tu les fais toujours tes deux cent cinquante mètres, dit le gros poupon blond, mais en trois fois !

— Eh oui, fit le Capitaine des Jeux avec un brin de nostalgie dans la voix, mais le petit jeu est toujours là ! C'est ça qui est formidable avec le golf, il n'y a pas de limite d'âge, notre plus vieux membre a dépassé les quatre-vingt-dix ans et il joue encore tous les jours !

Aux murs lambrissés de bois sombre, il y avait des panoplies de *clubs* du début du siècle, avec des manches de bois, des poignées de cuir, entrecroisés comme le sont, dans d'autres châteaux, les épées des ancêtres, des tableaux en forme de palmarès où figuraient les noms des champions du club année après année.

Dans des vitrines, des coupes, des médailles, des trophées de toute sorte, soigneusement astiqués. Ce devait être le barman, qui, aux heures creuses, se chargeait de faire reluire ces témoins de la gloire sportive du club.

— Et alors, mademoiselle Lester, cette première leçon ?

Elle tressaillit, sortie de ses pensées, c'était le Capitaine des Jeux qui s'adressait à elle. Elle lui sourit :

— C'est plus difficile qu'on pourrait le croire...

Elle regarda ses mains, là où la peau avait légèrement rougi :

— J'espère que je ne vais pas avoir d'ampoules !

Le Capitaine des Jeux lui prit la main et l'examina :

— C'est le métier qui rentre ! C'est parce que vous ne tenez pas bien votre *club*.

— C'est ce que le professeur m'a dit...

— Ne vous inquiétez pas, demain vous ferez du petit jeu...

— C'est quoi le petit jeu ? demanda Minette.

— C'est le contraire des longs coups, c'est quand on arrive près du *green*, là il ne faut plus être fort, il faut être précis, savoir poser sa balle au plus près du drapeau.

Mary avait à peine bu la moitié de sa coupe de champagne. Cette boisson ne lui convenait pas. Elle aurait préféré une tasse de thé, voire une bonne bière, mais puisque le champagne était tiré…

Quand ils se retrouvèrent sur le parking, auprès de leurs voitures respectives, ils remarquèrent que l'affluence n'était pas bien grande. On était pourtant en pleine saison touristique.

Sur le *practice*, un jeune homme ramassait les balles, juché sur une curieuse machine, une sorte de petit tracteur pourvu d'un dispositif qui traquait les petites boules jaunes dans l'herbe. Tout l'habitacle était protégé par une sorte de cage grillagée destinée à garantir le conducteur contre les projectiles intempestifs.

Il parvint au distributeur de balles comme Mary sortait du parking, si bien que leurs routes se croisèrent. Elle s'arrêta, sortit de sa voiture, salua le garçon qui avait arrêté sa machine sans couper le moteur.

Vu de plus près, c'était un adolescent de quinze ou seize ans, au visage ouvert. Mary s'approcha :

— Bonjour…

— Bonjour m'dame, dit le garçon.

— Jusqu'à quelle heure le *practice* est-il ouvert ? demanda-t-elle.

Il fit signe qu'il n'entendait pas et s'en fut couper le contact. Le grondement du moteur s'étant tu, elle reposa la question.

— Oh ! Jusqu'à vingt heures.
— Vous travaillez ici ?
— Pendant les vacances seulement.
Et il ajouta :
— Mon père est *green-keeper*.
Elle fronça les sourcils :
— Pardon ?

Il fut un instant décontenancé : qu'est-ce que c'était que cette souris qui ne savait pas ce qu'était un *green-keeper*, le personnage le plus important du golf ? Alors il expliqua posément :

— Le *green-keeper* est le responsable du terrain, le chef jardinier si vous préférez.

— Ah ! Et il y a beaucoup de jardiniers ?

— Une dizaine, plus, en été, des auxiliaires, comme moi.

— Il y a plus de travail en été ?

— Bien sûr, l'herbe pousse plus vite, il faut tondre plus souvent, et puis, il y a des compétitions tous les dimanches, il faut fouetter les *greens*...

— Fouetter les *greens* ?

Devant l'air ahuri de Mary, le garçon s'amusait maintenant. Néanmoins, il expliqua avec sérieux :

— Le matin, les *greens* sont couverts de rosée, la balle ne roule pas. Les équipes qui partent les premières seraient désavantagées si les *greens* n'étaient pas fouettés.

— Et c'est vous qui fouettez les *greens* ?

— Quelquefois, quand c'est mon tour.

— Parce que c'est à chacun son tour ?

— Ben tiens, dit le garçon, il faut se lever à cinq heures pour faire ce boulot. Vous vous rendez compte ? un dimanche matin ! C'est pas une partie de plaisir !

— Et ça se passe comment ?

— On va de *green* en *green*, en partant du numéro un, avec une sorte de longue canne à pêche flexible que l'on passe sur toute la surface. Comme ça la rosée tombe.

— Ça doit vous en prendre du temps !

— Je pense bien, dit le garçon, ici les *greens* sont immenses !

— Et vous jouez au golf ?

Son visage s'éclaira d'un grand sourire :

— Oui...

Il ajouta :

— Je fais aussi le *caddy*...

— Ça consiste en quoi ? demanda Mary.

— Eh bien, quand les joueurs le demandent, je porte leur sac ou je traîne leur chariot et je leur donne quelques conseils sur le parcours.

— Je suppose que vous devez très bien jouer...

— Je suis handicap deux.

Mary avait lu la veille dans ses revues que, plus le numéro de handicap est bas, plus le joueur est élevé dans la hiérarchie. Elle eut une moue admirative :

— Bravo ! Je suppose que vous devez être un des meilleurs joueurs du club ?

— Je fais partie de l'équipe première...

— Bravo, dit-elle encore.

— L'année dernière, dit-il fièrement, nous avons terminé second de la Saint-Sauveur.

Il précisa :

— C'est une compétition nationale de golf.

— Je suppose, dit-elle, que vous devez y jouer depuis très longtemps.

— Depuis mes cinq ans, dit-il, mon père travaillait ici bien avant que je ne sois né. Nous habitons au-dessus de la remise des tondeuses. Dès que j'ai su marcher, j'ai tapé dans la balle. Vous débutez ?

— Oui, dit-elle, je fais un stage avec monsieur Sergent. Vous le connaissez ?

— Bien sûr, dit-il, c'est un type formidable, un professeur que l'on vient consulter d'un peu partout. Avec lui, vous êtes en bonnes mains.

Elle montra le parking presque vide :

— Dites donc, il n'y a pas grand monde aujourd'hui. C'est tous les jours comme ça ?

Le visage du garçon s'était rembruni :

— Il y a deux nouveaux golfs qui se sont ouverts tout près d'ici. Des golfs publics, alors forcément...

— Forcément quoi ?

— Ben, c'est moins cher, tiens. Les gens regardent au prix de la cotisation. A côté, c'est cinq mille balles pour toute l'année, et sans droits d'entrée.

— Et ici ? demanda Mary.

— Ici ? C'est deux briques par an, plus un droit d'entrée de cinq briques.

Elle siffla entre ses dents :

— Bigre...

Puis elle le regarda :

— Mais vous, vous ne payez pas ce prix-là ?

— Moi je ne paie rien, dit le garçon avec un grand sourire. Je ne paie rien parce que je joue bien et que je leur fais gagner des places au championnat.

— Et vous êtes nombreux comme ça ?

— Cinq. Cinq anciens cadets, trois garçons et deux filles, tous des enfants qui, comme moi, sont nés sur le parcours et qui jouent depuis leur petite enfance.

— Vous devez rafler toutes les compétitions.

— Nous sommes hors concours, ce qui veut dire que nous ne sommes pas classés dans les compétitions du dimanche...

Il regarda Mary en riant :

— Sans quoi, vous pensez bien que les montres à dix mille balles et les caméras vidéos des premiers prix ne nous échapperaient pas.

Il regarda autour de lui, comme s'il craignait qu'on pût l'entendre et dit plus bas :

— Il vaut mieux les laisser à ces messieurs qui paient !

Mary lui sourit d'un air entendu et demanda :

— Comment vous appelez-vous ?

— Bernard, mais tout le monde m'appelle « Niklhaus »...

Elle eut soudain envie de tutoyer cet adolescent sympathique :

— Tu joues aussi bien que lui ?

Il répondit gravement, sans s'offusquer du tutoiement :

— Personne ne joue aussi bien que Niklhaus !

— Ah... Et si je veux que tu me serves de *caddy*, mon cher « Niklhaus », comment dois-je faire ?

— Facile, dit le garçon, et son visage tavelé de taches de son s'éclaircit, demandez-moi à l'accueil.

Au bout du *practice*, une silhouette faisait des gestes furieux :

— Merde, dit « Niklhaus », voilà mon vieux. Faut que je me grouille !

Il avait la bouille sympathique et un peu canaille d'un poulbot. Il en avait aussi la gouaille.

Il ouvrit la machine à distribuer les balles et entreprit d'y vider ses paniers en jetant, par-dessus son épaule, un clin d'œil complice à Mary, qui le lui rendit.

Elle embraya alors, et reprit le chemin de la pension Mimosas.

5

La vague de canicule continuait. Robert Duhallier, qui, par son âge, sa situation financière et son entregent était devenu tout naturellement le porte-parole du groupe de stagiaires, avait obtenu de Paul Sergent que les cours fussent programmés en fin d'après-midi, après le gros de la chaleur.

Ainsi se retrouvaient-ils désormais à dix-huit heures, ce qui laissait à Mary une liberté totale pendant la journée. C'était assurément, depuis qu'elle était dans la police, sa mission la plus agréable : de véritables vacances payées par la boîte ! Elle entendait bien en profiter au maximum.

Dans la journée, puisqu'elle était tenue de jouer les touristes, elle jouait les touristes. Elle dormait tard et prolongeait volontiers le moment du petit déjeuner en lisant le journal de la première à la dernière page. Puis elle allait se baigner à la plage, paressait un petit peu au soleil, déjeunait d'une salade composée, sous un parasol, à une terrasse face à la mer.

Ensuite elle retrouvait le calme reposant de sa chambre, et elle s'allongeait pour relire *Les Trois Mousquetaires*. Il n'était pas rare qu'elle piquât du nez pour une petite sieste réparatrice. Quand elle se réveillait, elle retournait se baigner, puis rentrait prendre une douche et commandait un thé avec des toasts et quelques confitures.

On le lui servait sous les pins, près du tennis, et elle picorait en feuilletant des revues de décoration, de ces magazines qui font rêver en présentant des maisons d'exception. Elle avait parfois une pensée émue pour Fortin, « le petit Fortin », ce jeune inspecteur qui l'avait si bien aidée lors de sa première enquête à Quimper.

Le malheureux avait hérité du dossier des vols à la roulotte et, tandis qu'elle se la coulait douce, Fortin devait faire du porte-à-porte dans la cité HLM et dans les campements de manouches, en avalant toutes les avanies que peut subir un flic dans ce genre d'endroit.

Elle avait loué une bicyclette. A dix-sept heures elle enfourchait sa machine et pédalait jusqu'au golf. Quand elle revenait de sa leçon, elle s'arrêtait à une cabine et téléphonait au commissaire Graissac qui ne cessait de l'exhorter à la prudence.

Mais qu'aurait-elle pu faire pour être plus prudente qu'elle l'était ?

Petit à petit, elle prenait pied dans le club. Après chaque cours, le groupe allait prendre un pot au bar. C'était à chacun son tour de payer. Puis elle prit l'habitude de rester dîner. Car il y avait un restaurant au Golf du Bois Joli, où les *old members*, comme ils se désignaient eux-mêmes, aimaient à se retrouver pour se raconter leurs parties, se glorifier de leurs exploits ou récriminer sur la malchance noire qui les avait accompagnés tout au long de leur dernier parcours.

Certaines parties étaient « intéressées ». Le plus souvent, on jouait la tournée, ou encore une balle, car, assurait-on, il est bon qu'à toute partie il y ait un enjeu. Certaines équipes jouaient une balle par point d'écart et enfin, Mary l'apprit de « Niklhaus », on jouait aussi une balle « enveloppée ». Quand elle demanda dans quoi ces balles devaient être enveloppées, le jeune cadet lui dit en grand mystère à l'oreille :

— Regardez bien au bar, l'équipe du Capitaine des Jeux...

Le soir même, elle vit dans une glace, des billets de 500 francs changer de main très discrètement. Les balles étaient donc « enveloppées » dans des Pascal. Quand il y avait des écarts de dix ou quinze points, ça faisait vite des sommes considérables.

Hors ça, elle n'avait rien remarqué d'anormal. Elle revoyait régulièrement les mêmes visages, en particulier ceux des seniors, retraités pour la plupart, qui jouaient tous les jours à la même heure avec les mêmes partenaires et se retrouvaient invariablement autour d'un verre de bière sur le coup de dix-huit heures.

Le terrain était bordé d'un étang tout en longueur dans lequel les maladroits expédiaient régulièrement leurs balles et où les jardiniers puisaient l'eau nécessaire à l'arrosage des *greens* et des *fairways*.

Il y avait, au bord de cette pièce d'eau, une petite construction qui abritait la station de pompage. « Niklhaus », toujours lui, avait expliqué à Mary que le parcours du Bois Joli était équipé d'un système d'arrosage souterrain, piloté par ordinateur. Au crépuscule, depuis son bureau, le *green-keeper* réglait l'arrosage automatique en fonction des nécessités et, comme par magie, des geysers jaillissaient simultanément sur les 18 trous du parcours.

Avec son jeune cicérone, elle avait visité les hangars qui abritaient le matériel, stupéfaite de la technicité nécessaire à l'entretien du terrain. Il y avait là des tracteurs, des tondeuses, des machines à ratisser les *bunkers*, d'autres pour « carotter » les *greens*, imposantes, rutilantes, d'une extrême sophistication.

Un hangar abritait des centaines de sacs d'engrais, de pesticides, d'amendements et le *green-keeper* disposait d'une espèce de petit laboratoire où il pouvait analyser ou diagnostiquer, pour les traiter efficacement, quels parasites s'étaient attaqués à ses chers *greens*.

Le cadet lui révéla d'ailleurs que son père était diplômé d'une école horticole où étaient formés les spécialistes de l'entretien des terrains de golf.

Il y avait également un atelier où un mécanicien s'occupait de l'entretien de ces machines. C'était un matériel intensivement utilisé. L'étendue à tondre était telle que, lorsqu'on en avait terminé d'un bout, il était temps de recommencer de l'autre. Et il était hors de question qu'une machine restât en panne en pleine saison.

Les jardiniers n'avaient guère de répit. Dès que les joueurs avaient quitté les *fairways*, ils en prenaient possession et c'était alors un ballet de tondeuses dont les grondements troublaient la sérénité de la campagne.

Elle apprit du jeune cadet qu'il n'y avait pas moins de trois sortes de tondeuses : celles qui tondaient les *greens* au millimètre près, celles qui ne travaillaient que sur les *fairways*, quatre rouleaux traînés par un tracteur aux larges roues, et, enfin, les machines à *rough* qui coupaient les bordures, là où, pour pénaliser les joueurs qui ont manqué leur coup, l'herbe était plus haute. Il y avait aussi une machine à ratisser les *bunkers*, ces trous de sable placés sur le parcours dans des endroits stratégiques et qu'il était bon d'éviter car, comme l'avait dit le professeur, « il est plus facile d'y entrer que d'en sortir ».

Pour le reste, son apprentissage se poursuivait normalement et Paul Sergent paraissait très satisfait de son élève. Désormais elle touchait toutes ses balles, les expédiant même assez loin pour que ses compagnons de stage la regardassent avec une admiration agacée.

Elle se surprenait à y prendre goût, se demandant si, à l'issue de ce stage et de cette enquête, elle ne serait pas tentée de poursuivre l'expérience et d'adhérer à un club.

Le professeur, délaissant le *practice*, les amenait parfois sur le *pitch and putt*, un parcours de neuf trous raccourci, sur lequel les débutants faisaient leurs premiers pas.

Peu à peu, elle prit l'habitude d'y venir seule en attendant l'heure de la leçon. Elle y avait remarqué un très vieux monsieur qui jouait avec de jeunes enfants en faisant preuve d'une patience inépuisable. Paul Sergent, quand il le croisait, le saluait avec déférence.

Il leur apprit qu'il se nommait monsieur Hermany, qu'il allait allégrement sur ses quatre-vingt-dix ans, qu'il jouait tous les jours, quel que soit le temps, parfois seul, mais souvent avec les très jeunes enfants de l'école de golf. Monsieur Hermany, au dire de Paul Sergent, avait été un très bon joueur de golf et il savait encore prodiguer d'excellents conseils à ses jeunes coéquipiers.

— Ces gamins ont bien de la chance, disait-il, de pouvoir bénéficier de l'expérience de monsieur Hermany. Ceux qui ont le bonheur de pouvoir jouer avec lui connaissent déjà l'étiquette ou tout du moins, l'appliquent mieux que bien des joueurs adultes.

Minette avait demandé ingénument :

— Quelle étiquette ?

Et son air de naïveté naturelle avait fait sourire tout le monde, ceux qui savaient, comme ceux qui ne savaient pas.

— L'étiquette, avait expliqué le professeur, vous en entendrez souvent parler. Ce n'est pas autre chose qu'un code de bonne conduite sur un parcours de golf. Je vais tout de suite vous en donner les grandes lignes ; pour les détails, vous les trouverez dans l'opuscule qu'on vous a donné, concernant les règles du jeu.

Et comme tout le monde le regardait attentivement, il poursuivit :

— En premier lieu, respect du terrain : vous devez relever vos *divots*, c'est-à-dire les mottes de terre que vous pouvez arracher avec vos fers, et les replacer en tassant légèrement. Si vous le faites tout de suite, l'herbe reprendra racine et il ne subsistera pas de traces de votre passage. Sinon, le *fairway* gardera une vilaine pelade aussi inesthétique que dangereuse pour votre carte si votre balle y tombe. Si vous échouez dans un *bunker*, vous devez le ratisser et égaliser le sable pour que le joueur qui vous suit ne soit pas handicapé en trouvant sa balle dans l'empreinte en creux d'un de vos talons. Enfin, si vous *pitchez* sur le *green*...

— Si on quoi ? demanda encore Minette.

— Si vous *pitchez*, reprit Paul Sergent, c'est-à-dire si votre balle en tombant de très haut fait un petit creux sur le *green*...

Il la regarda en souriant :

— En l'état actuel de votre technique golfique, ça ne pourrait vous arriver que par accident...

Il sourit de nouveau de toutes ses dents qu'il avait fort blanches et bien alignées et poursuivit :

— Vous devez relever votre *pitch*.

Il sortit un petit objet de sa poche, une sorte de mini-fourchette de plastique à deux dents :

— Je vous engage à avoir toujours sur vous cet instrument qu'on appelle un *relève-pitch*. Vous soulevez la terre que votre balle a tassée, puis vous damez le tout avec votre *putter*. Sans tarder, et le *green* continuera de pousser normalement. Sinon, l'herbe mourra, votre *green* aura vite un sale aspect et il sera martelé de nombreux trous, ce qui ne facilitera pas votre jeu.

Pour le reste, en ce qui concerne les autres joueurs, l'étiquette est une simple affaire de bonne éducation : si vous sentez que vous gênez une autre partie qui va plus vite que la vôtre, laissez-lui le passage. Quittez le *green* dès que vous avez fini de *putter*, allez marquer votre carte sur le départ suivant. Et si une partie vous gêne en jouant trop lentement, demandez-lui courtoisement le passage sans lui lancer des balles sur la tête.

Il les regarda de nouveau en souriant :

— Je sais, ça paraît simple, c'est même élémentaire, mais si vous saviez combien ces règles de savoir-vivre sont peu respectées !

*

Le soir, au bar, Mary vint saluer le vieil homme qui sirotait un Coca-Cola avec ses jeunes amis, en attendant, comme eux, qu'on vienne le chercher.

Quand les enfants furent partis avec leurs parents, elle engagea la conversation :

— Il paraît que vous êtes le plus ancien golfeur du club, monsieur Hermany.

— Hélas oui, Mademoiselle, dit-il avec un sourire malicieux.

Il avait une étonnante chevelure très blanche qui contrastait avec un visage couleur de vieux cuir, marqué de rides profondes. Des yeux noisette, étonnamment jeunes pétillaient sous des sourcils tout blancs eux aussi.

— Je vous vois presque tous les jours, dit-elle après un silence, vous jouez souvent avec de jeunes enfants.

— Pas souvent, dit-il, toujours !

Il y eut un autre silence pendant lequel ils se regardèrent, et ce fut monsieur Hermany qui parla le premier :

— Voyez-vous, l'extrême vieillesse se rapproche de l'enfance. Je n'ai plus la force de *driver* bien loin, eux ne l'ont pas encore.

Il parlait doucement et sa voix chevrotait un peu.

Le dernier petit garçon venait de quitter le bar après un signe de la main à son vieil ami.

Monsieur Hermany lui sourit et lui rendit son salut :
— A demain Nicolas...

Il le regarda partir, attendri et dit à Mary :
— Un bon petit gars. Ça fera un rude client dans une dizaine d'années...

Il rêvassa un peu, nostalgique. Il ne serait pas là pour le voir. Puis il revint à Mary :
— Ils ne conduisent pas encore, dit le vieux monsieur, leurs parents doivent venir les chercher. Moi, je ne conduis plus, et c'est ma fille qui m'amène et me ramène, comme un enfant. Quand elle va venir, elle me demandera si je ne me suis pas trop fatigué, si j'ai bien remis ma laine dans les coins à courant d'air, si j'avais bien pris mon parapluie...

Il sourit de nouveau en regardant Mary :
— Comme à un gosse.

Il montra son verre de Coca-Cola :
— Je bois les mêmes boissons qu'eux...

Et il ajouta en confidence, comme on avouerait quelque chose d'inconvenant :
— Et je dois dire que je me suis mis à aimer ça !

Au bar, la pompe à bière ne chômait guère. On avait servi plusieurs tournées et le ton des conversations montait.

— Vous ne vous mêlez guère, dit Mary, aux autres seniors.

Monsieur Hermany rit de nouveau :
— C'est que, les autres seniors, comme vous dites, ont vingt ans de moins que moi. Voyez Claude Cagesse, le Capitaine des Jeux, j'ai beaucoup joué avec son père

qui a été le premier président de ce club. Mais pour moi ça reste un gamin. Quant aux autres…

Il eut un petit geste désabusé que Mary ne sut pas interpréter. Elle le regarda d'un air interrogateur. Qu'avait-il voulu dire ? Elle risqua :

— Vous ne les connaissez pas ?

A nouveau il eut un petit rire et il leva les sourcils, ce qui multiplia les rides sur son front, lui faisant des yeux de clown :

— Que si, trop bien !

A ce moment, la porte du bar s'ouvrit et une dame entra, qui aurait pu être la grand-mère de Mary.

— Ah, voilà mon chauffeur, dit le vieil homme en s'appuyant sur les accoudoirs de son fauteuil pour se lever.

Mary se leva vivement pour l'aider et il l'en remercia. Puis il s'exclama, enjoué :

— Ah, ces fauteuils ! On y est bien, mais quelles difficultés pour en sortir !

Puis à l'adresse de sa fille :

— Me voilà, Madeleine.

— J'ai un peu de retard, dit la dénommée Madeleine, mais le jardinier est venu présenter sa note juste comme je montais dans ma voiture, et, vous le connaissez, tant qu'il n'a pas donné des nouvelles de tout le quartier, il ne sait pas partir.

— Ce n'est pas grave, dit le vieil homme, j'étais en charmante compagnie.

Mary se présenta :

— Mary Lester. Je suis en vacances à La Baule et j'en profite pour m'initier au golf.

— Alors, vous avez trouvé à qui parler ! dit la femme en lui tendant la main.

Elle se présenta à son tour :

— Madeleine Dur, je suis la fille de ce vieux galopin.

Monsieur Hermany se mit à rire silencieusement, et Mary trouva que le qualificatif de « vieux galopin » lui seyait particulièrement bien.

Elle avait un visage plein et lisse, les mêmes yeux que son père et un sourire bien franc. Sa poignée de main était ferme et Mary remarqua des griffures sur ses doigts et sur son poignet.

Elle avait suivi le regard de Mary sur ses estafilades :

— Les mûres, expliqua-t-elle. C'est la pleine saison et cette année, avec la chaleur, il y en a des quantités. Ça nous fera de bonnes confitures pour l'hiver.

— Vous ne jouez pas au golf ? demanda Mary.

— Elle n'y joue plus, dit monsieur Hermany. Vous ne le savez pas, mais c'était une championne ! Et maintenant encore, si elle voulait s'y remettre, je connais bien des péronnelles qui se prennent pour des cracks et qu'elle pourrait renvoyer à leurs études.

Madeleine Dur posa affectueusement sa main sur le bras du vieil homme :

— Allons père, vous racontez n'importe quoi ! Vous savez bien que je n'ai pas touché un club depuis vingt ans !

— Qu'importe, dit le vieux têtu, je sais ce que je dis ! Avec un tant soit peu d'entraînement...

Elle secoua la tête en souriant et se tourna vers Mary :

— Avec une maison à tenir, six petits-enfants en vacances et les confitures, comment trouverais-je le temps... Bonsoir Mademoiselle.

Mary les regarda sortir, et elle entendit Madeleine demander à son père :

— Vous ne vous êtes pas trop fatigué, j'espère !

Et le vieux se tourna vers elle en lui lançant un clin d'œil entendu, d'un air de dire :

— Tiens, qu'est-ce que je vous avais dit !

6

Bernard Brévu, alias « Niklhaus », s'entraînait tôt le matin, avant de prendre son service dans l'équipe d'entretien. Cette possibilité lui était consentie parce qu'à ces heures matinales il ne risquait pas de gêner les membres qui ne venaient que bien plus tard.

Mary ne connaissait encore le terrain que par l'article de la revue de golf que lui avait prêtée le commissaire Graissac. Le plan du parcours était détaillé, trou par trou, les distances établies, les difficultés explicitées.

Cependant, elle avait hâte de le parcourir « pour de vrai ». Sa compétence en matière de golf ne lui permettait pas encore de fouler le grand parcours. Il eût fallu pour cela qu'elle « passât ses cartes », c'est-à-dire qu'elle subît une sorte d'examen avec des performances minimales, sésame obligatoire pour avoir accès aux dix-huit trous.

Ces dispositions étaient prises pour que le parcours ne fût pas endommagé par des golfeurs inexpérimentés, qui auraient pu, en outre, par leur méconnaissance de « l'étiquette », retarder les parties et troubler la sérénité des *old members*.

Au dire de son professeur, en dépit de ses progrès remarquables, Mary n'y était pas encore prête. A cette appréciation elle n'avait pas fait de commentaires bien qu'elle eût remarqué, sur le départ du trou numéro un, qui se trouvait face aux fenêtres du bar, des épouses de membres qui ne paraissaient avoir d'autre science du golf que celle de l'habillement.

Et quel habillement ! L'écossais régnait en maître, en pantalon, en jupe culotte, quand ce n'était en une sorte de kilt revu et corrigé par une couturière en mal d'inspiration. Une grande blonde molle, à la lippe dédaigneuse, arborait même une sorte de béret à pompon rouge qui était, disait-elle, l'emblème d'un des plus anciens clans écossais.

Mary avait surpris Paul Sergent assistant au départ de ces dames avec un sourire en coin. Comme il le disait dans son jargon pour apprécier un mauvais coup, « ça maillochait dur » et les touffes d'herbe volaient souvent plus loin que la balle.

Pour autant, quand il avait ravalé son sourire, son commentaire restait empreint d'une grande indulgence : il assurait à madame X... qu'elle était en grands progrès, à madame Y... qu'il serait bon qu'elle resserrât son *grip* et à madame Z... qu'il y aurait avantage à ce qu'elle « pivotât » davantage, la pauvre, elle qui était affligée d'une poitrine qui l'eût fait basculer sur le nez si son arrière-train n'avait constitué un contrepoids judicieusement disposé là par la nature.

Ça n'empêchait pas ces dames, au retour de leurs neuf trous, devant la sacro-sainte tasse de thé, de commenter leur partie avec beaucoup d'indulgence et d'autosatisfaction.

Pour découvrir le parcours, Mary avait préféré demander à « Niklhaus » de l'accompagner, proposition à laquelle le jeune garçon avait adhéré avec plaisir.

Ce matin-là, il jouait avec son partenaire habituel, un autre cadet sensiblement de son âge, Luc Monnier, dit « Ballesteros ». Luc Monnier était, lui aussi, le fils d'un employé du golf. Son père s'occupait de l'entretien des machines et, comme son compère « Niklhaus », il était cadet pendant les vacances.

— Vous vous êtes donc tous attribué des noms de champions, demanda-t-elle au départ du trou numéro un.

— Ouais, dit « Niklhaus », en plus de nous deux, il y a Norman, Langers et Watson.

— Les filles aussi ont leur surnom ?

Les deux garçons se mirent à pouffer.

— On a Laura Davies, dit enfin « Niklhaus », elle bosse à l'accueil. Mais il vaut mieux ne pas l'appeler comme ça, elle n'aime pas.

Mary se souvint d'avoir vu au bureau de réception, une adolescente boulotte, au regard bleu et dur, qui devait souffrir de son embonpoint.

Perplexe, elle regarda les deux garçons qui riaient toujours et demanda enfin :

— Laura Davies elle aussi est…

Elle gonfla ses joues et écarta les bras du corps pour se donner du volume.

— … Un peu enveloppée ?

De nouveau les deux adolescents éclatèrent de rire.

— Un peu, oui !

Et « Niklhaus » ajouta, admiratif :

— Mais elle tape aussi loin qu'un mec !

— Tu parles de la vraie ou de votre copine ? demanda Mary.

— Des deux, fit le cadet.

Et, s'adressant à son copain :

— Hein « Stevy », de vraies mules !

« Stevy Ballesteros », puisqu'en plus du nom du champion il avait aussi gagné son prénom et même son surnom, acquiesça du chef. Le tirage au sort lui avait donné l'honneur, il jouait donc le premier. Il enfonça son *tee* dans le sol, vérifia s'il n'était pas devant les boules, posa sa balle sur la petite cheville de bois destinée à la surélever et annonça avec sérieux : « *Titleist* numéro deux. »

C'était la marque et le numéro d'identification de la balle.

Puis il décapuchonna son *driver*, dont la tête métallique était protégée par un manchon fourré, assura son *grip*, fit quelques mouvements d'essai en faisant siffler le club, et se mit enfin à l'*adresse*, c'est-à-dire devant sa balle, prêt à frapper.

Il regarda longuement l'immensité verte qui s'étendait devant lui, bordée par des pins, leva son *club* avec une lenteur exaspérante. Enfin, après un temps d'arrêt au point le plus haut, le *club* redescendit comme l'éclair. Mary entendit le sifflement dans l'air et le son argentin de la balle contre la tête de métal qui vint, au finish, quasiment heurter les fesses du garçon.

La balle était partie toute droite, montant comme un avion qui décolle. Il sembla à Mary qu'elle ne descendrait jamais plus. Pourtant elle tomba sur le *fairway* à une distance invraisemblable et continua de rouler sur l'herbe tondue ras.

— Mâtin, s'exclama-t-elle, quel *drive*!

« Ballesteros » qui ramassait son *tee* en rosit de plaisir. Ce qui stupéfiait Mary, c'est qu'il n'avait pas paru forcer. Ça avait été un mouvement d'une grâce aérienne, une sorte de figure de danse parfaitement harmonieuse qui s'était terminée en apothéose là-bas, à deux cent cinquante mètres, en plein au milieu du *fairway*.

A son tour, « Niklhaus » se préparait avec le même cérémonial. Il annonça : « *Titleist* numéro cinq ». Son mouvement fut, lui aussi, tout en souplesse. Sa balle vola au-dessus des pins. Elle n'avait pas suivi la même trajectoire que celle de son camarade, mais décrivit une légère courbe et, revenant sur le *fairway*, elle continua de rouler. Elle s'arrêta enfin une dizaine de mètres plus loin que celle de « Ballesteros ».

Cette fois Mary en siffla d'admiration et le cadet déclara fièrement :

— Personne n'*overdrive* Niklhaus !

— Pfff ! fit « Ballesteros » dépité, on verra bien qui sera le premier dans le trou !

— Qu'est-ce que ça veut dire *overdrive*? demanda Mary.

— *Overdriver*, c'est *driver* plus loin, expliqua le cadet.

Il jubilait.

— Ça fout un coup au moral de l'adversaire !

En effet, ce *drive* magistral n'avait pas l'air de réjouir « Ballesteros » qui chargea son sac sur l'épaule et partit à grands pas vers sa balle. « Niklhaus » s'empressa de le rattraper et lui expliqua doctement :

— Je te l'ai dit cent fois, ce trou, il faut le jouer en *draw*.

— En quoi ? demanda Mary.

— En *draw*, dit le cadet en mimant avec la main, c'est-à-dire avec un effet de droite à gauche.

— Tu veux dire que tu mets de l'effet dans ta balle ? s'exclama-t-elle stupéfaite.

— Evidemment, dit le cadet en riant de sa surprise. C'est simple, tu ouvres un peu ton pied gauche, tu fermes un peu ton *grip*, ça va tout seul ! la balle tourne comme tu veux.

Dans l'enthousiasme de son coup réussi, il avait tutoyé Mary ; s'en rendant compte, il mit sa main devant sa bouche et s'exclama :

— Oh pardon, Madame !

— J'aime mieux me faire tutoyer que de me faire appeler madame, lui dit-elle.

« Ballesteros » était déjà à sa balle. Il avait posé son sac à terre et il analysait le coup qu'il allait avoir à jouer avec un sérieux incroyable. « Niklhaus », lui, consultait un petit carnet sur lequel il avait porté des notes.

— Normalement, il devrait jouer un bois trois, dit-il à Mary en confidence. Ça devrait le mettre juste devant le *green*... S'il réussit son approche, il peut faire un *birdie*.

— Le *birdie*, c'est un en dessous du *par* ? demanda Mary à voix basse.

— Oui, dit le cadet soudain attentif.

Le *par* était le score à faire selon la longueur du trou : trois, quatre, ou cinq.

Son camarade, comme il s'y attendait, avait sorti un bois trois de son sac et il se positionnait pour son second coup. A nouveau la balle fila tout droit, s'arrêtant à une dizaine de mètres du *green*.

Il se retourna tout fier de son coup et s'exclama :

— T'as vu ça, Jack, essaie donc de faire mieux !

Le défi était lancé, la balle de « Jack » s'était posée une quinzaine de mètres plus loin que celle de son adversaire. A son tour, il se plaça devant sa balle, arracha trois brins d'herbe qu'il jeta en l'air pour voir d'où venait le vent.

Mais de vent, il n'y en avait pas. C'était une belle matinée d'été qui sentait bon l'herbe fraîchement coupée et les aiguilles de pin. Niklhaus avait pris un fer, il fit quelques *swings* d'essai, puis hocha la tête, le replaça dans son sac et en choisit un autre. A nouveau, il fit quelques mouvements puis vint se placer à la hauteur de sa balle, les sourcils froncés par la concentration.

A nouveau l'armement du coup fut d'une lenteur incroyable. Puis le fer siffla et claqua sur la balle. Une escalope de gazon s'envola tandis que la petite sphère blanche fendait l'azur. Elle toucha le sol à la hauteur de celle de « Ballesteros » et continua de rouler jusqu'au *green* où elle s'arrêta à un mètre du drapeau.

— Putain ! fit « Stevy » impressionné, qu'est-ce que tu as tapé ?

— Fer un, dit « Jack » fièrement. Tu as vu ça, j'ai fait un *balle sol* impeccable !

Il avait ramassé son *divot* et il le brandissait comme un trophée. Puis il revint sur ses pas pour le replacer à l'endroit d'où il l'avait arraché.

— Expliquez-moi, demanda Mary, c'est quoi un *balle sol* ?

— Un bon coup de fer, dit le cadet, doit toucher d'abord la balle et ensuite le sol. Quand vous regarderez les pros à la télé, vous verrez qu'à chaque coup, ils arrachent une plaque de gazon. C'est ce qu'on appelle un *divot*. Ça donne un mouvement de rotation à la balle qui est garnie d'alvéoles. Ces alvéoles créent une turbulence qui porte la balle très loin.

— Ton coup était formidable, dit Mary.

Et « Jack », faussement modeste concéda :

— Oui, je n'en suis pas mécontent.

Il y en avait un, en revanche, qui n'appréciait guère l'exploit, c'était « Stevy ». De nouveau, il marchait à grands pas vers sa balle. Son copain était en position d'*eagle*, c'est-à-dire qu'il était susceptible de faire trois sur le *par* cinq. Lui, au mieux, pouvait faire une bonne approche et un *putt*, ce qui le mettrait à quatre, mais il était bien plus probable qu'il prenne deux *putts*, ce qui le mettrait dans *le par*, à deux coups de son copain.

Deux coups dès le premier trou, c'était un bien lourd handicap face à un joueur de la force de « Jack ».

Il posa son sac près de sa balle, arpenta le terrain jusqu'au *green* en comptant ses pas, s'en fut jusqu'au drapeau, évalua la pente du sol, recula de quelques mètres, se mit à genoux, puis à quatre pattes et, ce cérémonial accompli, revint à son sac.

Il choisit avec soin un *club*, en essuya la face avec sa serviette, ôta son gant et chercha sa position.

Pendant ce temps, « Niklhaus » décontracté avait pris son *putter*, puis avait déposé une petite marque derrière sa balle avant de la relever.

— Qu'est-ce qu'il va jouer ? demanda Mary à voix basse.

— Un *wedge*, je pense, dit le cadet. C'est un fer très ouvert qui doit soulever la balle pour la faire retomber sur le *green* sans la faire trop rouler.

Il parlait du coin de la bouche, pour ne pas troubler son camarade.

— Faut se méfier de lui, ajouta-t-il, il est fortiche au petit jeu !

Le monde aurait pu s'écrouler autour de « Stevy ». Rien n'existait plus pour lui que cette petite balle blanche, posée sur cette étendue verte aussi rase qu'un velours, et que ce petit trou dans lequel était planté un drapeau rouge pendant sur sa hampe de métal.

Il lui fallait loger la petite sphère dans le petit trou, ou du moins s'en approcher suffisamment pour qu'il n'y ait plus, au maximum, qu'un seul coup à donner ensuite.

Ce qui stupéfiait Mary, c'était la concentration dont faisaient preuve les deux garçons. Elle n'avait jamais vu ça dans aucun autre sport. Ce silence quand l'autre allait jouer... Pour un peu elle se serait crue dans un temple et elle comprit un peu mieux pourquoi certains golfeurs considéraient leur sport comme une religion.

Enfin, « Stevy » frappa la balle. Ce fut un coup mesuré, dosé comme il fallait. La petite boule vola par-dessus le morceau de *fairway* qui la séparait du *green*, tomba juste où il fallait et roula vers le drapeau qu'elle percuta avant de s'immobiliser à cinq centimètres du trou.

D'enthousiasme, prise au jeu, Mary battit des mains en criant « bravo ! » tandis que le faux Ballesteros jurait :

— Meeerde !

Elle le regarda, stupéfaite, remettre son fer avec humeur dans son sac.

— Tu n'es pas content ? C'est un coup superbe !

— Il est peut-être superbe, dit « Stevy » avec humeur, mais il n'est pas dedans !

— Et alors ?

— Et alors ?

Il la regarda comme s'il avait affaire à une demeurée et, montrant « Jack » qui s'apprêtait à « *putter* » :

— Vous croyez qu'il va se gêner, lui, pour enquiller ?

« Jack » avait ôté le drapeau du trou et l'avait déposé à trois pas derrière lui, sur le *green*. Puis il ôta son gant et le glissa dans la poche arrière de son pantalon. Maintenant, il évaluait son *putt*. Comme « Stevy » n'avait pas marqué sa balle, il la lui renvoya d'un coup de pied négligent en disant :

— Donné pour quatre !

— Merci, dit « Stevy » en ramassant sa balle d'un air pincé.

— Pourquoi a-t-il ôté le drapeau ? demanda Mary.

— Quand la balle est sur le *green*, il est interdit de *putter* avec le drapeau dans le trou. Ça coûte deux points de pénalité. En revanche, quand on fait une approche comme celle que je viens de faire, on a le choix : on peut le garder, ou demander qu'on l'enlève.

— Et qu'est-ce que ça veut dire « donné pour quatre » ?

— Ça veut dire qu'il considère que je suis assuré de rentrer le *putt*, et qu'il me dispense de le jouer.

Et il ajouta :

— Ça n'est valable qu'en *match play*, c'est-à-dire quand on joue directement l'un contre l'autre, trou après trou.

— C'est ce que vous faites ?

— Non, on va compter tous nos trous, en *stroke* et on totalisera à l'arrivée, mais c'est une convention entre nous.

« Jack » avait frappé la balle. C'était un *putt* d'un mètre, en ligne droite, en légère montée, un de ces *putts* dont on dit volontiers « qu'ils ne se manquent pas ». Pourtant, il le manqua. La balle fit exactement le tour du trou en roulant sur le bord et s'immobilisa à quelques millimètres.

Pétrifié, le cadet regardait sa balle, incrédule. « Elle va tomber ! », semblait-il dire. Puis il s'écria, comme s'il s'adressait à une personne de chair et d'os : « Tombe ! Tombe ! mais tombe donc ! »

Las, la balle, perchée sur le bord du trou comme un défi aux lois de l'équilibre, restait sourde à ses exhortations.

Alors, « Stevy », ramassant son sac lui dit à son tour :
— Donné pour quatre.

*

Le trou suivant était un *par* quatre, un trou *blind*, avec *dog leg* à droite.

« Jack » expliqua à Mary qu'un trou *blind* était un trou aveugle, c'est-à-dire que, depuis le départ, on n'apercevait pas le *green*. Quant au *dog leg* – littéralement « patte de chien » – il signifiait que le *fairway* formait un angle.

Il convenait donc de *driver* sa balle dans l'angle du *dog leg* pour avoir l'ouverture sur le *green*. C'était un coup technique qui ne pardonnait pas l'erreur.

Comme le trou précédent avait été joué à égalité, « Stevy » avait conservé l'honneur. Il prit alors un fer cinq pour jouer l'ouverture tandis que « Jack » le regardait avec un petit sourire ironique. Ce sourire donna à penser au garçon qui, se ravisant, échangea son fer contre son *driver*.

« Jack » le regardait faire en souriant largement, ce qui ne manquait pas de troubler « Stevy ».

« Nous voilà en pleines manœuvres d'intoxication » pensa Mary.

En effet, les très longs frappeurs, en frappant par-dessus la barrière d'arbres qui bordait le *fairway*, pouvaient espérer toucher le *green* du deux en un seul coup, ce qui, automatiquement, transformait *le par* quatre en *par* trois.

Cependant, le risque était considérable. Il suffisait que la balle touche une branche pour que, au mieux elle retombe dans le bois, ou qu'au pire elle soit perdue.

Sur le trou précédent, « Jack » avait démontré qu'il était plus « long » que « Stevy ». La sagesse aurait donc commandé que le garçon, qui avait fait valoir ses qualités techniques, jouât le trou en *par* quatre, laissant son compagnon, s'il le désirait, tenter le coup en trois.

Mais chez « Stevy », le désir de vaincre avait annihilé toute prudence. Il saisit donc son *driver* et s'aligna délibérément sur la barrière d'arbres. S'il perdait sa balle, il prenait deux points de pénalité. « Jack » aurait alors tout loisir de jouer le trou en *par* quatre, sans prendre aucun risque, et de le reléguer à deux points.

Tous ces paramètres devaient tourner dans la tête du garçon quand il frappa son coup. Ce ne fut pas le *swing* fluide et gracieux du précédent départ, mais un coup dans lequel il avait voulu mettre toute sa puissance.

Or, tous les professeurs de golf l'affirment, un coup forcé est un coup raté. Pendant un temps on put croire que la balle allait voler par-dessus la cime des arbres, mais elle manquait de force. On la vit toucher une branche haute, puis plus rien.

A nouveau, le cadet jura :

— Meeerde ! en martelant le sol de la tête de son *driver*.

— Tu as voulu forcer, dit « Jack » sentencieusement. Et, comme pour le consoler il ajouta :

— Tu la retrouveras en lisière.

A son tour il prit son *driver* et il dit encore :

— Tu vois, je suis sport, je pourrais jouer peinard en *par* quatre et te prendre deux ou trois points, mais je vais la jouer comme toi !

Furieux, « Stevy » rangeait son *club*, la tête basse.

Le *swing* de « Jack » fut un modèle du genre, fluide, bien rythmé, avec un finish impressionnant. La balle passa largement au-delà des arbres et le garçon sauta en l'air en s'exclamant : « elle est dessus ! Elle est dessus ! ».

Pour rejoindre le *green* ils passèrent par le sous-bois parfaitement nettoyé.

— Alignons-nous, commanda « Jack », on devrait retrouver ta balle par ici…

Ils marchèrent vers la lisière écartés en tirailleurs, examinant soigneusement chaque pouce de terrain. Il n'y avait pas de balle en vue.

— Peut-être est-elle passée quand même, dit « Stevy » plein d'espoir, je dois être dans le *rough*.

Mais dans la portion de gazon plus dense qui bordait le *fairway*, il n'y avait pas non plus de *Titleist* numéro deux. Mary découvrit une *Golden Ram* oubliée par une partie précédente.

« Stevy » jura de nouveau, contrarié. Puis il ajouta à l'adresse de son partenaire :

— On ne voit pas la tienne non plus.

— Bizarre, dit « Jack » les sourcils froncés, en examinant l'étendue verte devant lui. Puis, plein d'espoir à son tour :

— Elle est peut-être dedans, j'aurais fait trou en un !

— Ben tiens, fit « Stevy » sarcastique, tu as fait trou en un ! Surtout que c'est fréquent de faire trou en un sur un *par* quatre aveugle !

Bien entendu, la balle n'était pas dans le trou. Elle n'était nulle part d'ailleurs, proprement introuvable.

Derrière le *green*, il y avait une butte d'une quinzaine de mètres, surmontée de deux gros pins. A leurs pieds, un banc attendait les spectateurs qui voulaient se reposer en regardant jouer les autres. Le directeur du Golf venait là de temps en temps avec une paire de jumelles pour surveiller le déroulement des parties. De cette butte on découvrait tout le parcours et il n'y avait pas grand-chose qui pouvait lui échapper.

Il notait les manquements à l'étiquette sur un petit carnet noir fermant avec un élastique et il n'était pas bon d'y voir inscrire son nom. Le colonel (c'était réellement un officier en retraite qui occupait la fonction directoriale) adorait prendre les contrevenants « aux rations » comme il le disait lui-même, avec un vocabulaire qui sentait encore son corps de garde.

Arrivé au sommet de la butte, « Stevy » écarta les bras en un mouvement d'impuissance, puis il redescendit en courant :

— Vous fatiguez pas à chercher les balles, dit-il, « Gros Con » est passé par là. Il se tire, là-bas, le long du six !

— Putain, s'exclama « Jack », il fait chier, ce gros salaud !

— C'est qui ça, « Gros Con » ?

— Un débile, dit « Jack ». Il habite juste à côté du sept et son plaisir c'est de venir piquer des balles sur le parcours.

— Et vous ne pouvez rien faire ?

— Oh, dit « Stevy » avec écœurement, il est bien trop malin pour les piquer lui-même ! Il a dressé son chien à le faire pour lui !

— Mais pourquoi fait-il ça ?

— Rien que pour nous emmerder, affirma « Jack ». Dis donc, fit-il à son copain, faudrait faire un hold-up chez lui un de ces jours, il doit avoir une de ces quantités de balles !

— Merci, dit « Stevy », je ne tiens pas à me faire bouffer par son clébard !

— C'est quoi, son chien ? demanda Mary.

— Une sorte de boxer, en plus gros, un gros con de chien, qui bave partout, dit « Jack ».

Mary sourit :

— Son maître aura déteint sur lui.

— J'sais pas qui a déteint sur qui, fit « Jack », mais en tout cas, c'est pas marrant de voir des gus comme ça sur le terrain.

— Je croyais que l'entrée du parcours était interdite, dit Mary.

— Elle l'est, dit « Jack », ce ne sont pas les pancartes qui manquent, mais ce taré s'en fout !

— Il ne s'en fout pas, ça le fait jouir de nous emmerder, dit « Stevy ».

Et il ajouta :

— Tu ne sais pas, il a encore fait chier son chien sur le banc du colonel !

— Pas vrai ! s'exclama « Jack », soudain égayé.

— Je te jure !

— Tu n'as pas nettoyé, j'espère !

— Eh ! tu me prends pour qui ?

Soudain, les deux garçons furent pris d'un fou rire inextinguible.

— A la bonne heure ! dit Mary, vous voilà soudain de belle humeur. On peut participer ou c'est réservé aux initiés ?

— Il y a un mois, expliqua « Jack », c'était la coupe du Rotary, la première grande compétition de l'année. Le colonel était à son poste pour vérifier si tous les joueurs comptaient tous leurs coups.

— Mais comment peut-il faire ? demanda Mary.

— Pas difficile, fit « Stevy ». Il prend une partie, par exemple sur le six, ou sur le dix, ou sur le seize ; de son belvédère, on voit ces trous du départ jusqu'au *green*. Il compte les coups et il note : « Au six, Untel a fait quatre. Untel a fait sept, Untel a fait huit. » Le soir, quand on rend les cartes, il vérifie que les scores sont bien portés en face des trous correspondants.

— Et si ça ne correspond pas ?

— Il déclasse, il pénalise, il dénonce même en public, à la remise des prix.

« Jack » nuança le propos de son ami :

— Eh, il ne déclasse pas tout le monde, hein ! car quand il s'agit du Président, du Capitaine des Jeux ou de quelques autres grossiums, il sait fermer les yeux !

— Parce que, dit Mary stupéfaite, le Président, le Capitaine des Jeux trichent ?

— Peut-être pas eux, dit « Jack », mais on en connaît qui ne se gênent pas !

— Eh ouais, fit « Stevy », on les connaît, hein « Jack » ?

— Et comment, dit « Jack ».

Mary s'étonna :

— Mais… Quel intérêt ?

Les deux garçons eurent une mimique évasive. Ils ne savaient pas non plus ce qui poussait des notables venant faire leur partie dans un coupé à quarante briques, à tricher pour gagner un parapluie à cinquante balles. Mystère de la nature humaine.

— Qu'est-ce qui vous a fait rire tout à l'heure ?

— Ah ouais, dit « Jack », la coupe du Rotary… Le colonel avait mis sa tenue numéro un, pantalon blanc, blazer avec l'écusson doré, la Légion d'honneur à la boutonnière… Il n'a pas vu qu'il s'était assis dans la merde du chien de « Gros Con » ! Il s'est pointé à la remise des prix avec son beau falzar tout blanc plein de merde ! Ça fouettait dans toute la salle ! Ah putain qu'est-ce qu'on a rigolé ! Il était vexé comme un pou !

— Surtout, ajouta « Stevy », qu'il n'arrête pas de nous casser les pieds au sujet de la tenue à la remise des prix. Faut mettre une cravate, un blazer, comme pour aller à la messe…

— J'espère, dit Mary, qu'il ne vous a pas vus rigoler !

— On n'est pas fous, dit « Jack », rien que pour ça, il serait capable de foutre mon vieux à la porte. On s'est tirés vite fait par derrière, et on est allés se fendre la gueule dans les douches.

— Et les autres, demanda-t-elle, ils ont pu se retenir ?

— On ne sait pas, dit « Stevy », je te l'ai dit, on s'était barré.

Mary se félicita de n'avoir pas été présente à cette fameuse coupe du Rotary. Elle se souvenait encore de ce fou rire incoercible qui l'avait prise quand, au château de Trévarez, elle avait appris la résurrection de Leamond de La Rivière[1]... Sûr qu'elle n'aurait pas su se maîtriser.

L'intermède comique étant passé, la partie reprit ses droits. Les deux garçons convinrent de *dropper* une balle sans pénalité approximativement à l'endroit où ils auraient dû retrouver les leurs : « Stevy » en lisière du bois, « Jack » sur le *fairway* devant le *green*.

Dans une position délicate « Stevy » fit de nouveau une approche magnifique et prit deux *putts*. « Jack », quant à lui, ne semblait pas avoir le même talent au petit jeu que son camarade. Il resta court sur son approche et prit lui aussi deux *putts*. Tous les deux firent le *par*.

Trou après trou, la partie se poursuivit, équilibrée. Ce que « Jack » prenait par sa longueur au *drive*, « Stevy » le compensait par un petit jeu d'une précision diabolique. Il savait « lire » un *green* comme personne. Sa balle tombait juste là où il fallait, puis elle roulait vers le drapeau en épousant les courbes du terrain. Il y eut même, sur un *par* trois difficile où la balle du cadet était à demi enfouie dans le sable au

---

1. *Voir* Le manoir écarlate.

pied d'un *green* en pente, une sortie fabuleuse où le *backspin* ou effet rétro ramena la balle vers le trou alors qu'elle était tombée un mètre trop loin.

Du grand art que « Jack » lui-même ne put s'empêcher d'applaudir.

Ce fut au trou numéro sept que l'accrochage eut lieu.

7

C'était pourtant un trou bien anodin que le trou numéro sept, un long *par* cinq sans difficultés majeures, si ce n'était un resserrement du *fairway* à la chute du *drive*.

« Stevy » venait d'enquiller un *putt* de huit mètres et avait un point d'avance sur son camarade. Compte tenu de l'incident du trou numéro deux, ils avaient perdu du temps et convenu de se contenter de neuf trous pour ne pas se mettre en retard.

« Jack » décida donc de tenter de jouer ce *par* cinq en *par* quatre, comme il l'avait fait sur le un. Malheureusement il fit le même péché que son camarade au deux : il voulut frapper sa balle trop fort, de sorte qu'elle se trouva complètement déportée vers la gauche.

— Je crains que tu sois hors limites, dit « Stevy » avec une jubilation rentrée.

— Tu crois ? demanda « Jack » inquiet.

— J'en ai bien peur. A ta place, je mettrais une « provisoire ».

— Tu as peut-être raison... Joue ta balle, j'en mets une autre.

« Stevy », qui savait qu'il avait désormais une option sur la victoire, ne chercha pas à faire un coup de longueur. Il joua un bois trois bien tranquille au milieu du *fairway* tandis que son camarade cherchait une autre balle dans son sac.

Mary lui demanda :

— C'est quoi, une provisoire ?

— Quand on risque de ne pas retrouver sa balle, on en joue une autre en l'annonçant « provisoire ». Ainsi, ça t'évite, si ta balle est réellement perdue, de revenir, après l'avoir cherchée, sur le lieu où on a tapé son coup. Ça fait gagner du temps.

— Et si tu retrouves ta balle ?

— Alors la balle provisoire n'a plus de raison d'être. Elle est annulée et c'est la première qui reste en jeu. En revanche, si je ne retrouve pas ma première balle, ou bien si elle est hors limites, c'est la balle provisoire qui devient balle en jeu. Mais, en plus d'avoir perdu ma balle, je prends un point de pénalité.

— Ce qui fait, dit Mary, qu'au lieu d'être en un sur ton *drive*, tu serais en trois sur ta balle provisoire.

— Exact... Et je crois bien que c'est ce qui va m'arriver, car je crains d'être tombé chez « la folle ».

— C'est qui « la folle » ?

— Un spécimen, dit le gamin, je ne te raconte pas ! Plus personne ne veut jouer avec elle.

— Mais pourquoi ?

— C'est une emmerdeuse de première. Elle conteste tout et elle se croit obligée d'être désagréable avec tout le monde. Quand elle s'inscrit aux compétitions, c'est le diable pour trouver quelqu'un qui veuille bien partager sa partie. Heureusement, il y a des gens de l'extérieur qui ne la connaissent pas, sinon on ne pourrait pas la faire jouer.

Ils en étaient arrivés à un endroit du parcours bordé de somptueuses résidences protégées par des haies ou des murets fleuris. La plupart avaient des portillons qui ouvraient directement sur le golf.

Sur une de ces barrières, un propriétaire qui avait de l'humour avait affiché une pancarte : « Slicers, si vous venez récupérer votre balle entre 14 et 16 heures, fermez la porte doucement, je fais la sieste ».

— C'est un type sympa qui habite là, dit « Stevy ». Ils ne sont pas tous comme ça...

Une des propriétés, de construction récente, n'avait pas encore de clôture. La balle de « Jack » reposait sur un gazon maladif, à deux mètres à l'intérieur de la lisière du golf.

— La vache, dit le garçon avec conviction, je pensais bien que j'y étais !

— Récupère quand même ta balle, dit Mary.

— Houla, dit-il avec une mimique douloureuse, si « la folle » me voit entrer chez elle, je suis mort !

— Tu ne crois pas que tu exagères un peu ? demanda Mary. Qu'est-ce que c'est que tout ce foin pour une balle à vingt francs !

— On voit bien que tu ne la connais pas, dit le garçon.

« Stevy » avait sorti de son sac une longue perche télescopique munie à son extrémité d'une sorte de minuscule épuisette de métal.

— Tiens, je vais te la prendre ta balle, dit-il, et « la folle » elle n'aura rien à dire, tu ne mettras même pas un pied chez elle !

Mais, à peine le cadet eut-il cueilli la balle dans son godet que la porte-fenêtre s'ouvrit brutalement et que celle que les garçons appelaient « la folle » fit son apparition.

C'était une grosse bonne femme d'une cinquantaine d'années, aux cheveux mi-gris mi-roux, mal peignés, au visage empâté, avec un regard mauvais et de larges poches sous les yeux. Elle était empaquetée dans une robe de chambre écossaise ceinturée à la diable, chaussée de charentaises... écossaises et paraissait de fort méchante humeur.

— Qu'est-ce que vous faites chez moi ? glapit-elle.

Sans répondre, « Stevy » replia son ramasse-balles télescopique, cueillit son sac et se défila à toutes jambes sur les traces de « Jack » qui l'avait précédé. Mary se trouva seule face à la mégère.

— Je suis chez vous ? demanda-t-elle en feignant l'étonnement. Il me semblait bien pourtant être sur le parcours de Golf du Bois-Joli.

— Est-ce que je vous parle, espèce de connasse ? lui répondit élégamment la femme en écossais.

— Soyez donc polie, s'il vous plaît, dit calmement Mary. Nous ne sommes que deux, il me semble. Donc si vous parlez à quelqu'un, c'est à moi.

— Je parlais, dit « la folle » décontenancée par cette jeune fille qui lui faisait front avec sang-froid, à ces deux cadets que j'ai reconnus, Brévu et Monnier, ils peuvent bien se sauver, ils auront de mes nouvelles !

— De vos nouvelles ? Mais que vous ont-ils fait ?
— Ils sont entrés chez moi pour voler des balles de golf, dit la femme avec la plus parfaite mauvaise foi.

Mary soupira. La grosse commençait à lui chauffer les oreilles. Elle lui aurait bien claqué le museau, mais ce n'était pas la bonne solution. Il fallait, quoi qu'il lui en coûtât, garder son sang-froid.

— Permettez-moi de vous faire remarquer, dit-elle, que, primo, ils ne sont pas entrés chez vous, secundo, ils n'ont rien volé puisqu'ils n'ont fait que récupérer une balle qu'ils avaient malencontreusement envoyée dans votre jardin. Où est le dommage ?

La grosse faisait penser à un dogue auquel on vient d'ôter son os. Elle s'avança vers Mary le front bas, le mufle mauvais. Sous la robe de chambre ballottait un amas de mauvaise graisse.

« Ça y est, se dit Mary, elle vient au contact. Lève seulement ta main, grosse vache, et tu vas te prendre une paire de baffes dont tu te souviendras toute ta vie ».

Mais la « grosse vache » s'arrêta à deux mètres, une frontière les séparait, la limite du jardin.

— Les balles qui tombent chez moi sont à moi ! glapit-elle. Et elle poursuivit sur le même ton : j'en ai marre, de voir des malappris entrer dans ma propriété à tout bout de champ !

— Dans ce cas, dit Mary, faites donc comme vos voisins, clôturez votre terrain !

La grosse bonne femme resta un moment interloquée, puis elle postillonna :

— De quoi je me mêle ? Espèce de pisseuse ! Et d'abord, qu'est-ce que vous foutez sur ce golf ?

— Je joue, madame, il paraît que c'est fait pour ça !

La grosse devint carrément hystérique :

— Vous avez votre *greenfee* ?

— Et vous, vous avez qualité pour le contrôler ?

La monstresse ne devait pas avoir l'habitude qu'on lui tînt tête. Elle parut sur le point d'exploser. Mary, qui avait retrouvé tout son calme, s'amusait maintenant de la situation.

— Qualité ? Qualité ? balbutia-t-elle. Elle me demande si j'ai qualité... Mais je suis membre du club du Bois Joli !

— Ça ne me paraît pas une raison suffisante, dit Mary.

Puis elle renifla ostensiblement et lâcha, dégoûtée :

— En plus vous êtes ivre !

De fait, la grosse sentait l'alcool à plein nez. La remarque la cueillit de plein fouet. Elle se remit à glapir :

— Insolente ! Petite garce ! Ivre, moi, ah ça, mais...

Elle ne trouvait plus ses mots. Mary enfonça le clou :

— Bien sûr que vous êtes ivre ! Votre ignoble comportement, votre langage ordurier ne s'expliquent pas autrement. Vous feriez mieux d'aller cuver votre vinasse que d'agresser les honnêtes gens ! Bonsoir, Madame !

Et elle lui tourna le dos, la plantant là, toute tremblante de fureur impuissante. Elle l'entendit brailler :

— Vous entendrez parler de moi, je vais aller me plaindre, pas plus tard que tout de suite ! Je vais personnellement aller voir le directeur ! Vous allez savoir qui je suis !

Mary ne daigna pas se retourner, elle s'en allait, en s'efforçant à l'indifférence bien qu'elle fût, elle aussi, toute vibrante d'indignation. Quand elle entendit la porte-fenêtre claquer, elle revint sur ses pas. Pendant que la femme lui parlait, elle avait vu une voiture garée au pignon de la maison, une Honda rouge. Elle sortit de sa poche le petit carnet et le crayon qui ne la quittaient jamais et releva le numéro d'immatriculation de la voiture.

Puis elle rejoignit les deux gamins qui l'attendaient derrière un arbre. Ils avaient assisté à toute la scène :

— Vingt dieux, dit « Jack » admiratif, qu'est-ce que vous lui avez passé ! Il en était tellement baba, qu'il en avait repris son vouvoiement. Mais faites gaffe, poursuivit-il, c'est une vraie salope, elle va aller chialer dans le burlingue du directeur et nous, on va morfler.

Mary, encore tendue, se prit à sourire du vocabulaire du cadet.

— Personne ne va morfler, dit Mary, sauf elle. Venez avec moi. Vous savez où il y a un téléphone ?

— Ben ouais, à la réception. Mais faut une carte.

— J'ai ça, dit Mary. Mais filons, il faut faire vite.

Trois minutes plus tard ils étaient dans le hall de réception encore désert à cette heure matinale. Seule présence vivante, une femme de ménage passait une serpillière sur le carrelage en chantonnant une sorte de fado.

Mary prit l'annuaire, chercha le numéro de la gendarmerie, et l'appela. Quand elle eut le gendarme de permanence au bout du fil, elle se présenta :

— Monsieur, je m'appelle Mary Lester. Il y a quelques minutes, j'ai failli être renversée par une voiture conduite par une personne complètement ivre.

— Où ça ? demanda le gendarme.

— Dans l'avenue qui longe le golf.

— Avenue Jean Boutroux, lui souffla « Jack ».

Elle répéta au gendarme :

— Avenue Jean Boutroux. C'était une Honda rouge immatriculée…

— Un instant, dit le gendarme, qui êtes-vous ?

— Mary Lester.

Elle épela son nom.

— Vous avez quel numéro ?

Il y eut une méprise, Mary croyait que le gendarme lui demandait le numéro de la voiture, en réalité il désirait seulement le numéro de téléphone d'où elle appelait. Quand elle eut compris, elle le lui donna.

— Raccrochez, ordonna le gendarme, je vous rappelle.

Quelques instants plus tard, le téléphone sonna et, de nouveau, elle entendit la voix du gendarme :

— Vous êtes bien madame Lester ?

— Oui, Monsieur.

— C'est bien vous qui venez de téléphoner pour porter plainte ?

— Je viens effectivement de téléphoner. Pour autant, je ne désire pas porter plainte, je vous signale seulement qu'une personne en état d'ébriété circule actuellement sur l'avenue Jean Boutroux à bord d'une Honda rouge immatriculée 23 ABX 44 et que si vous n'intervenez pas immédiatement, elle risque de provoquer un accident. Et, si cet accident se produit, je ne manquerai pas de signaler à la presse que vous étiez prévenus…

Du coup, le ton du gendarme se fit moins nonchalant.

— Bien Mademoiselle, dit-il, nous avons une voiture de patrouille qui ne doit pas être loin, elle va passer dans le coin.

— Je vous remercie, dit Mary en raccrochant.

— Wouaou ! hurla « Jack ». Ah dites donc Madame, vous êtes vachement forte !

« Stevy », muet, la contemplait avec de grands yeux incrédules, ne sachant que répéter : « Ah la vache ! Ah la vache ! » sans qu'on sache trop à qui le qualificatif s'appliquait.

Elle les prit affectueusement par le col et les secoua :

— D'abord, on ne me dit pas Madame, ensuite, motus et bouche cousue sur cette affaire ! Compris ?

— Okay, dirent les deux garçons.

— Et maintenant, dit-elle, on file au boulot !

8

Le soir, lorsqu'elle revint au bar après son cours, elle trouva la faune habituelle en effervescence.

— Il y en a de l'agitation, ce soir, dit-elle au barman. Que se passe-t-il donc ?

Il se pencha vers elle et lui dit sur le ton de la confidence :

— « La folle » – enfin, je veux dire madame Leblond – a été arrêtée ce matin par les gendarmes.

— Et qu'avait-elle fait, cette brave femme ? demanda hypocritement Mary.

— Conduite en état d'ivresse, deux grammes vingt, vous vous rendez compte ? A neuf heures du matin !

On ne savait trop si c'étaient les deux grammes vingt ou l'heure matinale où la dame avait établi cette performance qui surprenait le plus le barman.

— Est-ce que je la connais ? demanda Mary plus hypocrite que jamais.

— Je ne pense pas, dit le barman. Elle vient rarement au bar.

Il se pencha de nouveau et chuchota :

— Elle n'est pas très bien vue par les autres membres...

Mary regarda vers les *old members* qui discutaient toujours avec animation.

— Pourtant ils ont l'air de s'émouvoir de son sort !

— C'est qu'elle est toujours au poste ! Paraît qu'elle a insulté les gendarmes, qu'elle les a menacés, qu'elle leur a dit des horreurs !

— Eh bien, dit Mary, si elle a fait ça, elle n'a pas arrangé son cas.

— Le colonel essaie d'écraser le coup, dit encore le barman en ramassant un cendrier plein, vous vous rendez compte, un membre du Bois Joli arrêté pour ivresse au volant à neuf heures du matin. Ah, ça fait bien dans le paysage !

Sa voix, comme ses gestes, était maniérée. Il s'en retourna en faisant des mines vers son bar où l'on requérait ses services.

— De quoi il se mêle cette espèce de militaire, grommela Mary *in petto*.

Monsieur Hermany fit son entrée discrètement, jeta un coup d'œil sur le bar, aperçut Mary et vint vers elle avec un sourire. Elle se leva pour l'accueillir.

Il protesta :

— Ne vous donnez pas cette peine !

Il trottinait, menu, discret.

— Avez-vous fait une bonne partie ? demanda Mary.

— Excellente, dit le vieil homme. Mes partenaires avaient dix et onze ans, ils m'ont donné bien du fil à retordre. Mais ce sont de bons petits gars, figurez-vous qu'ils me portent mon sac !

— C'est bien le moins, dit elle.

Monsieur Hermany regardait de droite et de gauche, intrigué par cette fébrilité inhabituelle qu'il sentait dans l'air.

— Qu'est-ce qu'il se passe ici aujourd'hui ? demanda-t-il enfin.

— Il paraît qu'une dame Leblond s'est fait arrêter par les gendarmes.

— « La folle » ? s'exclama le vieux, qu'est-ce qu'elle a encore fait ?

— Conduite en état d'ivresse, à ce qu'on m'a dit. Elle aurait insulté les gendarmes qui la contrôlaient.

— Ça ne m'étonne pas d'elle, dit Hermany, c'est une sale bonne femme ! Quand je pense à ce qu'elle a fait à mon ami Bonnez !

Mary se pencha vers lui :

— Racontez-moi ça, monsieur Hermany.

Le vieil homme soupira :

— Je ne sais pas si ça vaut la peine...

Il leva les yeux vers Mary, et, la voyant attentive, il dit d'une voix lente, sur le ton de la confidence :

— Serge Bonnez avait dix ans de moins que moi. Il est mort voilà quinze jours... Nous nous étions connus avant la guerre, ici, au golf. Il avait monté une petite usine de cartonnages qui existe toujours et qui est maintenant dirigée par son fils. Pendant la guerre, il faisait partie d'un réseau de résistance. Il fut arrêté par la Gestapo, torturé et déporté. Il en avait gardé une main gauche mutilée où il ne lui restait que trois doigts en bien mauvais état. A cause des sévices qu'il avait subis, ces trois doigts n'étaient plus irrigués normalement et, au moindre changement de température, ils devenaient tout bleus. Il était donc connu au golf sous le nom de « l'homme aux doigts bleus ».

Sans qu'il eût commandé, le barman était venu servir un Coca-Cola à monsieur Hermany. Il but une longue gorgée et poursuivit :

— Ça ne l'empêchait pas de pratiquer. Il y a trois ans, au cours d'une compétition du dimanche, le hasard le désigna pour jouer en compagnie de madame Leblond, une débutante, nouvelle venue au club. c'est la femme de Jean Leblond, le directeur départemental des services du Trésor.

— Elle ne doit pourtant pas jouer si mal, dit Mary, j'ai vu sur le tableau de classement affiché dans le hall qu'elle est classée dix-huit.

Hermany leva la main :

— Je vous expliquerai tout à l'heure comment on peut être classé dix-huit tout en ne sachant même pas jouer trente-cinq !

» Mais revenons à cette partie, qui fut – à ce qu'il me confia plus tard – la plus abominable que mon camarade eût jamais joué. Madame Leblond contestait tout, depuis les règles les plus élémentaires jusqu'au décompte des points, n'hésitant pas à s'attribuer deux coups de moins, quitte à les ajouter au total de ses partenaires. Bien entendu, mon ami Bonnez n'était pas homme à s'en laisser conter : ayant remis les choses au point une fois avec cette courtoisie qui était chez lui une seconde nature et n'ayant pas été compris, il apporta un second rectificatif aux comptes de la dame, de façon plus sèche, car ses manières commençaient à l'irriter sérieusement. Ce fut là que tout se gâta. A sa grande stupéfaction, il se fit copieusement insulter devant le troisième partenaire, un malheureux junior qui n'osait pas piper mot. Enfin, voyant la tournure que prenaient les choses, il se décida à quitter la partie après avoir dit son fait à cette gracieuse personne. Huit jours plus tard, une armée de polyvalents investissait l'entreprise de son fils et même son domicile personnel fut fouillé de fond en comble.

— Et vous croyez... demanda Mary.

— Je ne crois rien, je suis sûr que c'est elle qui fut à l'origine de cette inquisition.

— Mais elle n'est rien, dit Mary, rien d'autre que la femme d'un haut fonctionnaire des finances !

Le vieil homme se pencha vers elle et dit sur le ton du secret :

— Ça n'altère en rien sa capacité de nuisance.

Ayant jeté un regard circulaire, il ajouta, plus bas encore :

— C'est elle qui porte la culotte. Tout haut fonctionnaire qu'il soit, son mari est un béni-oui-oui qui tremble devant elle. Alors, pour avoir la paix...

— Pour avoir la paix, compléta Mary, il n'hésite pas à lâcher ses polyvalents sur les cibles que lui désigne sa mégère. Eh bien, c'est du beau ! On en rencontre des spécimens intéressants dans votre confrérie, monsieur Hermany !

— Oh, dit le vieil homme en se redressant, c'est comme partout... Quel que soit le club, quel que soit le sport, vous rencontrez la même proportion de braves gens, une majorité, et une poignée de salopards.

Il lui sourit :

— J'ai beaucoup vécu, Mademoiselle, et j'ai pratiqué de nombreux sports. J'ai joué au rugby...

Et comme elle le regardait étonnée, il lui dit avec amusement :

— Mais si, j'ai joué au rugby ! On ne le dirait pas, mais j'ai même été international universitaire ! C'était en 1930, vous n'étiez même pas née.

— Non, dit-elle, et mon père non plus.

— Ensuite, j'ai joué au tennis, puis enfin, au golf. Eh bien, dans toutes ces activités, j'ai trouvé des gens bien et d'autres qui l'étaient moins.

Il haussa ses frêles épaules :

— Ça doit tenir à la nature de l'homme !

Il sourit de nouveau :

— On ne devient très vieux qu'en étant très philosophe. Pour en revenir à l'origine de la descente des polyvalents chez mon vieil ami, la culpabilité de Victoire Leblond ne fait aucun doute. Elle ne s'en est pas cachée, trop heureuse de montrer ce qu'il en coûte de « lui manquer de respect », selon ses propres termes. Cela nous ramène à votre question de tout à l'heure : comment être classé dix-huit quand on ne joue pas trente-cinq. Vous avez la réponse. Désormais toute personne qui est dans une partie avec cette dame note les scores qu'elle déclare sans chercher plus loin.

— C'est du beau, dit Mary rêveuse, j'aimerais bien, moi, lui noter sa carte.

— Vous savez, dit le vieil homme, les gens viennent jouer ici pour oublier leurs soucis, pas pour s'en créer...

— Et votre ami ? demanda Mary.

— De ce jour, il n'approcha plus du club. C'était un homme très droit, un idéaliste...

Il eut à nouveau ce sourire désabusé qu'elle lui avait déjà vu :

— ... Une espèce en voie de disparition... Le simple fait d'avoir été soupçonné de comportement délictueux l'avait bouleversé. Et, il ne me le dit que plus tard, bien plus tard, d'avoir été réveillé au petit matin par la police comme un malfaiteur avait fait resurgir en lui des souvenirs d'un temps qu'il croyait à jamais révolu.

Cette fois son sourire était triste :

— Il est mort au début de l'été... Je jurerais bien que cette sale bonne femme a hâté sa fin.

Il y eut un silence plein d'émotion que rompit le barman en venant lui glisser à l'oreille :

— Mademoiselle Lester, le colonel désirerait vous parler.

*

Le bureau du colonel Dubois se trouvait derrière l'accueil, fermé par une porte vernie, imitation acajou. Afin que nul n'en ignore, on y avait vissé une plaque de cuivre jaune soigneusement astiquée, gravée de deux lignes :

M. le Colonel Dubois
DIRECTEUR

L'hôtesse y toqua d'un doigt précautionneux et une voix mâle et autoritaire répondit :

— Ouais !

La fille ouvrit doucement la porte et annonça Mary :

— C'est mademoiselle Lester.
— Faites entrer, et laissez-nous !
« Pas baisant, le bonhomme ! » pensa Mary.

Le colonel était assis derrière son bureau. Les lunettes sur le nez, il écrivait. Il ne leva pas les yeux sur la jeune femme, mais lui jeta d'une voix rogue :
— Asseyez-vous !

Mary attira une des deux chaises placées devant le bureau et s'y posa, fixant le colonel qui continuait d'écrire en jouant à l'homme accablé de travail que l'on dérange au plus fort d'une activité capitale.

C'était un grand pendard qui devait frôler la soixantaine, avec des cheveux gris, presque blancs, coupés en une brosse rase, un visage tavelé de petits cratères (autrefois on l'eût déclaré marqué de petite vérole, mais le passé colonial du colonel, affiché en photos derrière son bureau pouvait laisser à penser que ces cratères avaient pu être causés par n'importe quelle maladie tropicale.)

Des photos de sa gloire sous les armes, il y en avait plein les murs. On le voyait en treillis, casqué, mitraillette au côté, pataugeant dans ce qui pouvait être des rizières, martial, au cours d'une prise d'armes et, encadré, sous verre, son brevet de parachutiste trônait entre les photos.

Quand Mary eut fini d'examiner le décor, le colonel écrivait toujours. Peut-être rédigeait-il ses mémoires. Dans ce cas, ça risquait de prendre du temps, alors elle sortit *Les trois mousquetaires* de son sac, et s'installa commodément pour lire.

Décontenancé, le colonel leva les yeux et la regarda. Comme elle paraissait entièrement absorbée par sa lecture, il dut toussoter pour attirer son attention.

Alors elle leva sur lui son regard et lui sourit aimablement en demandant :

— C'est à moi ?

— Pardon ? dit-il sur la défensive.

— Vous avez terminé vos petites écritures, dit-elle, vous allez pouvoir m'expliquer ce que vous me voulez.

La conversation ne prenait pas le tour qu'avait envisagé de lui donner le colonel. D'ordinaire, quand il convoquait dans son bureau, les invités n'en menaient pas large. Celle-ci, en revanche, paraissait prendre la chose avec un détachement invraisemblable. Quelle inconscience !

— Mademoiselle Lester, lui dit-il enfin, vous êtes ici depuis une quinzaine de jours, je crois.

— C'est cela, dit-elle.

Elle marqua soigneusement sa page et rangea le livre dans son sac.

— Si mes renseignements sont exacts, vous prenez des cours avec notre « pro », Paul Sergent.

— Exact.

— Ce matin, toujours si mes renseignements sont exacts, vous vous êtes rendue sur le grand parcours en compagnie de deux cadets.

Elle hocha la tête en signe d'assentiment et fit une moue admirative :

— Vos services de renseignements fonctionnent à merveille !

Il souffla du nez, agacé par la réponse, et poursuivit :

— Vous savez que vous n'avez pas accès au grand parcours…

— Pour jouer, non, dit-elle. Mais pour accompagner une partie, monsieur Sergent m'a dit que j'étais autorisée.

Cette référence au « pro » parut contrarier le colonel.

— En effet, dit-il, mais ces deux cadets sont tolérés sur le grand parcours et il semble qu'ils aient encore fait des leurs.

— Qu'entendez-vous par là ? demanda-t-elle d'une voix douce.

— Ils seraient entrés dans des propriétés riveraines pour y dérober des balles.

— Là, on vous aura mal renseigné, monsieur le Directeur.

— Ici tout le monde m'appelle « mon colonel », crut-il bon de préciser.

— Vous avez réellement été colonel ? demanda-t-elle avec candeur.

Il se retourna, fièrement vers ses photos :

— Oui, dans l'Infanterie de Marine. L'Indochine, l'Algérie, le Tchad…

— Mais maintenant vous êtes en retraite de l'Armée.

— Oui, depuis cinq ans.

— Et, depuis cinq ans, vous êtes directeur de ce golf.

— Tout à fait.

— Vous êtes donc ici à titre de directeur…

— Bien évidemment, dit-il agacé. A quoi voulait jouer cette souris ?

— Alors, pourquoi voulez-vous que je vous appelle « mon colonel » ? Si encore j'avais servi sous vos ordres !

La tronche du colon (comme aurait dit « Niklhaus ») devint carrément rébarbative :

— Si vous aviez servi sous mes ordres, mon petit, vous vous en souviendriez. Avec moi, on ne rigole pas !
— Je n'en doute pas, monsieur le directeur, fit-elle d'une voix suave. Mais, pour ce qui concerne nos deux gaillards, je puis vous assurer qu'ils n'ont pas pénétré dans les propriétés pour quelque raison que ce soit.

— C'est vous qui le dites !

Mary le fixa droit dans les yeux :

— En effet... Et je suppose que madame Leblond prétend le contraire.

Il lui répondit de la même manière, en la fixant de ses yeux froids :

— En effet...

Puis il prit sur son bureau une règle de fer, en éprouva la rigidité comme s'il souhaitait la tordre.

— Qui dois-je croire ?

Elle ironisa :

— Madame Leblond assurément ! Il y a toutes les raisons pour ça.

— Et quelles raisons, je vous prie ?

Mary fit la moue et, comptant sur ses doigts, elle énuméra :

— D'abord, elle est mon aînée de quelques décennies, ensuite, elle est membre du club, enfin, de par la fonction de son mari, elle a la capacité de causer de graves ennuis à qui n'est pas de son avis.

La bouche du colonel se tordit en un rictus sarcastique, entre ses mains, la règle résistait bien.

— Je vois que vous avez écouté les ragots de comptoir.

— On a les services de renseignement qu'on peut.

— Et vous croyez que ce genre de considération...

Elle le coupa :

— Je ne le crois pas, j'en suis sûre !

Le colonel lâcha la règle qui rebondit sur le bureau avec un tintement métallique et frappa des deux poings sur son sous-main.

— En voilà assez ! Votre insolence dépasse les bornes ! Vous vous êtes inscrite au Bois Joli pour un stage d'initiation au golf. Votre attitude me déplaît au plus haut point, je ne sais ce qui me retient de vous virer !

Elle lui fit le plus beau sourire de son répertoire :

— Moi je sais, monsieur le Directeur, vous n'en avez pas le pouvoir.

Il essaya de ricaner :

— Ah, ah ! je n'en ai pas le pouvoir ?

— Non, dit-elle d'une voix soudain plus âpre. Le contrat que monsieur Paul Sergent a signé avec le Golf du Bois Joli stipule qu'il est libre d'accepter qui lui plaît comme élève et qu'il peut procéder à leur formation en utilisant sans réserve les installations du club.

Le colonel en resta bouche ouverte. S'il s'était attendu à ça ! Elle poursuivit :

— Je me suis inscrite pour trente leçons, à raison de deux heures par jour. J'en ai reçu quinze, il m'en reste donc autant à prendre, et je compte bien les prendre, que ça vous plaise ou non !

Il n'avait toujours pas refermé la bouche et, très à l'aise, Mary s'en donnait à cœur joie.

— Si d'aventure vous tentiez de faire pression sur monsieur Paul Sergent pour me faire expulser, et si vous parveniez à le convaincre, croyez bien que je l'attaquerai pour rupture arbitraire de contrat. Devant n'importe quel tribunal ça lui coûterait cher en dommages et intérêts. N'oubliez pas que je suis étudiante en droit, bientôt avocate et que je suis vouée à défendre la veuve et l'orphelin, en commençant par moi-même.

Le colonel essaya de transporter le combat sur un autre terrain :

— C'est vous qui avez dénoncé madame Leblond à la gendarmerie !

— Et alors ? M'en suis-je cachée ? N'ai-je pas épelé mon nom au gendarme de service ?

— Vous avez même téléphoné ici, du golf.

— Parfaitement, en présence de deux témoins.

— Qui vous l'a permis ?

Elle se mit à rire :

— Parce que, selon vous, il faudrait demander la permission pour téléphoner d'un lieu public ? Redescendez sur terre, mon vieux, vous n'êtes plus dans une caserne, même si quelques demeurés persistent à vous donner du « colonel » long comme le bras.

Le « vieux » ne savait plus quelle contenance tenir. Il opta pour la mauvaise solution, l'autoritarisme :

— En tout cas, j'en connais deux qui vont connaître leur douleur !

Elle ironisa :

— Ah, c'est facile, n'est-ce pas, de s'en prendre à deux gamins... Deux gentils garçons, les meilleurs joueurs de votre club assurément, mais, si vous m'en croyez, vous n'en ferez rien.

Il regimba, croisant les bras, essayant vainement de prendre une attitude hautaine. Il ne lui manquait qu'un monocle...

— Et pourquoi, s'il vous plaît ?

— D'abord, parce que ce serait une injustice, et vous le savez bien. Ensuite, parce que vous tentez, je ne sais pour quelle raison, de protéger une sale bonne femme.

Elle se leva, s'appuya des deux mains sur son bureau et le fixa dans les yeux :

— Vous feriez mieux de laisser tomber, monsieur Dubois, c'est une mauvaise cause. Madame Leblond conduisait avec deux grammes vingt d'alcool dans le sang, à neuf heures du matin. Vous ne pensez pas qu'il était temps qu'on l'arrête ? Toute personne dotée d'un minimum de sens civique en aurait fait autant.

Elle eut un petit rire provocant :

— Mais le sens civique, je doute fort que vous en ayez entendu parler...

A son tour il se leva, s'appuya lui aussi des deux poings sur son bureau, fixant Mary d'un regard féroce :

— Je ne vous permets pas !

Par-dessus le bureau, leurs visages étaient à vingt centimètres l'un de l'autre. Elle nota qu'il sentait l'ail, mais ça ne la fit pas reculer d'un millimètre :

— Eh bien moi je me permets ! Je me permets même en sus, de vous dire que quand on a la chance d'avoir une retraite d'officier supérieur, on ne prend pas la place d'un jeune sur le marché du travail. Au cas où vous ne le sauriez pas, il y a cinq millions de chômeurs en France...

Il tenta d'ironiser :

— Et qu'est-ce que ça changerait...

— Qu'est-ce que ça changerait si vous n'y étiez plus ? Et bien ça ferait cinq millions de chômeurs, moins un. Et pour celui-là, croyez-moi, la chose serait d'importance.

Des lueurs de démence passaient dans les yeux du colonel. Pendant un moment, elle se demanda s'il n'allait pas la gifler. Elle enfonça encore le clou :

— C'est pourquoi je me permets de vous dire, entre quatre yeux, que non seulement vous n'avez pas de sens civique, mais qu'encore, vous n'avez pas le sens de l'honneur. Et ça, pour un officier supérieur, c'est grave.

Elle se redressa :

— J'ai un bon copain qui est journaliste à *Libération*, je suis sûre que c'est là une histoire qu'il aurait du plaisir à raconter à ses lecteurs. Je vois d'ici les titres : « Le colonel protégeait une dangereuse alcoolique... »

Assommé, le colonel s'était assis et il se tenait recroquevillé et blafard au fond de son fauteuil. Elle ouvrit la porte et lui lança gentiment, assez fort pour que tout le monde entende :

— Bonsoir monsieur Dubois, et merci de m'avoir reçue.

9

Le soir même, à la pension des Mimosas, ce fut le commissaire qui l'appela. Le pauvre homme n'avait pas l'air dans son assiette.

— Mademoiselle Lester... lui dit-il sur un ton de reproche.

Ça y est, se dit Mary en se carrant dans le fauteuil du hall, ce bon Graissac est au courant. Je crains fort que les vacances ne soient finies. Le colonel a dû remuer terre et ciel pour me faire virer du club.

— Monsieur le commissaire, dit-elle enjouée, quel bon vent vous amène ? Je croyais que nous ne devions communiquer que par le biais de cabines publiques.

— Je suis dans une cabine publique, dit le commissaire.

Elle sentit que ce bon commissaire n'appréciait pas sa conduite.

Il y eut un temps de silence, puis il explosa :

— Bon Dieu, qu'est-ce qui vous a pris d'aller vous mêler des affaires de la mère Leblond ?

— Je l'ai déjà expliqué au colonel, dit-elle d'une voix suave, mon sens civique.

— Ah non ! dit le commissaire, je ne vous ai pas fait venir pour que vous surveilliez les incartades d'une pocharde au volant !

— Non, vous m'avez fait venir pour...

Il l'interrompit :

— Chutt!

Elle sourit en l'imaginant dans sa cabine de verre, le col de sa veste remonté jusqu'aux oreilles comme un espion de cinéma, examinant les alentours pour voir si on ne le surveillait pas. De qui avait-il peur? Peut-être de sa femme qui, le voyant là aurait pu s'imaginer qu'il appelait sa maîtresse...

Il y eut un nouveau silence, puis il demanda :

— Justement, à ce propos?

— A ce propos, rien.

— Ah, fit-il déçu, vraiment rien!

— Ecoutez, monsieur Graissac, vous m'expédiez dans un club qui compte en gros cinq cents membres, sans parler du personnel d'entretien du terrain, des cuisines, du bar etc. Vous ne me fournissez pas la moindre piste, je n'ai accès aux installations que deux ou trois heures par jour. Comment voulez-vous... Vous ne pourriez pas m'éclairer un peu?

— Le type à la Ferrarri rouge, dit le commissaire dans un souffle.

— Je vois, dit-elle. C'est lui votre suspect? Tout ce que je sais, c'est qu'il joue gros. Vous connaissez le coup de « la balle enveloppée »?

— Je connais.

— Eh bien, l'équipe qu'il fréquente affectionne cette formule. Et, d'après ce que j'ai vu, votre type y laisse des plumes assez régulièrement.

Nouveau silence, elle n'entendait plus que le souffle de Graissac.

— Oh, dit-elle, vous êtes toujours là ?

— Oui...

— Vous ne m'avez tout de même pas payé des vacances à La Baule uniquement pour savoir qui joue gros au club du Bois Joli ?

— Non, bien sûr, dit-il faiblement.

— Je suppose que le colonel vous a fait son rapport...

— Effectivement, il m'en a parlé, dit Graissac à regret.

— Comme il a dû en parler à toutes les huiles ayant quelque influence au club...

Le commissaire ne répondit pas :

— Je commence à discerner comment ça se passe, dans ce joli monde. On se soutient pour les affaires, comme pour écraser les coups tordus...

Toujours le silence que, cette fois, Mary laissa se prolonger jusqu'à ce qu'elle entendît le commissaire soupirer :

— Ecoutez, mademoiselle Lester...

C'était la voix de quelqu'un qui est réellement ennuyé.

— ... Je ne sais pas si j'ai bien fait de vous lancer sur cette piste...

Ça avait du mal à sortir.

— Je me suis peut-être emballé un peu vite avec cette histoire de drogue... Je n'avais que de vagues soupçons...

Les phrases venaient difficilement, entrecoupées de silences. On eût dit un petit garçon qui avouait ses méfaits en les tronçonnant pour que ça paraisse moins grave.

Mary ne faisait rien pour l'aider, elle le laissait peiner, impitoyable. Elle l'imaginait, mal à l'aise dans l'étroitesse d'une cabine publique sentant le tabac et l'urine, au bas de son immeuble. Peut-être même avait-il dû en essayer deux ou trois avant d'en trouver une en bon état de marche. Enfin, comme c'était un gentleman, il n'usait pas du vocabulaire d'ordinaire employé dans la profession.

Elle en connaissait d'autres qui n'auraient pas eu sa délicatesse, qui l'auraient interpellée brutalement, dans le style :

— Allô Lester ? On s'est gourés, ma petite. Allez, vous rentrez demain !

Et il n'y aurait pas eu à discuter.

Graissac, lui, se perdait en périphrases avec des « je pense que... je crois qu'il serait meilleur que... »

Enfin, elle en eut assez de l'entendre tourner autour du pot et ce fut elle qui eut cette question brutale :

— Vous renoncez donc à explorer cette piste, Monsieur le commissaire ?

A nouveau Graissac plongea dans les circonlocutions :

— Sans y renoncer tout à fait, peut-être est-il prématuré...

Elle le coupa :

— Bon, je serai à votre bureau demain à onze heures. Il sera plus facile de s'y expliquer que par téléphone.

Il bredouilla :

— C'est cela... c'est cela... onze heures.

Elle raccrocha l'appareil et souffla irrévérencieusement :

— Quel gland !

Le couple de vieux Anglais qui passait à ce moment dans le hall crut qu'elle leur adressait la parole. Ils répondirent avec un ensemble touchant, avec leur plus gracieux sourire :

— Good night !

*

Le commissaire Graissac avait l'air bien préoccupé quand il ouvrit la porte à Mary Lester, le lendemain matin au commissariat de Nantes.

A nouveau il la salua chaleureusement et l'accompagna jusqu'au fauteuil, devant son bureau. Puis il retourna s'asseoir, s'appuya bien au fond de son siège et s'exclama avec une jovialité assez bien imitée :

— Mes compliments, vous avez une mine superbe !

— Merci, dit-elle, non moins aimable. Vous y êtes pour quelque chose.

Il parut surpris :

— Comment cela ?

— Eh bien, il est probable que si j'étais restée enquêter sur les vols à la roulotte dans les cages d'escalier de la cité HLM, j'aurais moins eu l'occasion de prendre le soleil.

Il écarta les mains devant cette évidence.

— Mais comme vous allez m'y renvoyer, dit-elle encore, je ne vais pas tarder à les perdre. Enfin, ce qui est pris est pris !

Il hocha la tête, ravi de voir que la jeune femme faisait contre mauvaise fortune bon cœur. Elle lui sourit largement :

— Enfin, il me reste encore quinze jours !

Le commissaire se rembrunit :

— Quinze jours ?

Elle le regarda, candide :

— Ben oui... Je suis arrivée le premier août et j'ai retenu ma chambre jusqu'au premier septembre.

— Vous voulez dire que vous allez rester... Il ne finit pas sa phrase, alors elle s'en chargea :

— Je veux dire que je vais rester aux *Mimosas* jusqu'au premier septembre.

Graissac en resta bouche bée.

— Vous allez rester aux *Mimosas*...

— Jusqu'au premier septembre, vous m'avez bien entendue.

— Mais je vous ai dit hier que votre mission...

— Que ma mission s'arrêtait, oui. J'ai bien compris.

— Alors ?

— Alors ? Mais comme tout un chacun, j'ai droit à des congés. Or il se trouve justement que j'avais posé mes congés du quinze août, c'est-à-dire hier, au quinze septembre... C'est inscrit au planning à Quimper. En fait, cette mission à La Baule, je l'ai prise sur mes vacances. Le commissaire Fabien, mon patron, ne s'étonnera donc pas de ne pas me voir rentrer avant le quinze septembre.

Elle avait volontairement dit « mon patron » pour montrer à Graissac de qui elle dépendait réellement.

— Et vous comptez finir vos vacances à La Baule ?
— Pourquoi pas ? C'est une station balnéaire, non ?
— Bien entendu, dit Graissac avec l'enthousiasme du navigateur solitaire qui trouve trois pieds d'eau dans sa cale en plein Atlantique.
— Et comme ça je pourrais continuer de suivre mon stage, dit Mary.

Il souffla :
— Votre stage de golf ?
— Eh oui, mon stage de golf ! Ce n'est pas tous les jours que je trouverai un professeur comme Paul Sergent, ni un groupe aussi sympathique...

Graissac se tenait la tête dans les mains. Mary le soupçonna d'avoir promis au colonel d'expulser « l'emmerdeuse ». Elle poursuivit, enjouée :

— Vous savez, j'ai fait d'énormes progrès, le « pro » est très content de moi. Je dois justement passer ma première carte dimanche.

Graissac avait l'air accablé. Elle fit mine de ne pas s'en apercevoir :

— Ah, Monsieur le commissaire, je ne saurai jamais vous remercier assez pour m'avoir fait découvrir le golf. Au début, je ne m'y voyais pas, mais jour après jour, j'y ai pris goût. Je crains d'avoir attrapé le virus.

— Et vous dites que vous passez votre première carte dimanche ? fit Graissac.

— Oui, neuf trous sur le *pitch and putt*. L'équipe du stage joue en deux équipes de trois. Mon équipe sera conduite par monsieur Hermany, l'autre par Paul Sergent lui-même.

— Eh bien, soupira Graissac, je suppose que tout aurait été plus facile si vous n'aviez pas eu cet accrochage avec le colonel.

— Vous voulez parler du directeur du golf ?

— Ouais, vous le savez bien. Il veut qu'on l'appelle « colonel », d'accord, c'est une vanité bien puérile, mais, après tout, De Gaulle aimait bien qu'on lui donne du « général ».

Mary pouffa :

— Vous n'allez pas comparer, tout de même !

Le commissaire eut un mince sourire, le premier depuis leur entretien.

— Non...

— Et puis, vous savez bien, Monsieur le commissaire, s'il y a eu accrochage, ce n'est pas de mon fait.

— Je m'en doute, fit Graissac, mais en tout cas, c'est bien fâcheux !

Il regarda Mary et dit, sans illusion :

— Je suppose que, quoi qu'on vous dise, vous êtes décidée à rester ?

— Et comment ! fit-elle.

— J'aurais dû m'en douter.

Il lui sourit de nouveau :

— Une caboche, hein !

— On me l'a déjà dit... Mais voyez-vous, Monsieur le commissaire, si votre colonel n'avait pas eu le ridicule de vouloir me mettre à la porte du Golf du Bois Joli avec cette morgue de seigneur de l'ancien régime, je serais partie sans regrets. Maintenant, c'est un bras de fer entre lui et moi. Et je vous jure qu'il ne le gagnera pas !

— Eh bien, souffla Graissac, voilà qui nous promet du plaisir.

— Et, puisque je ne suis plus en mission, ajouta-t-elle, je voudrais récupérer mon petit matériel.

Et comme Graissac semblait ne pas comprendre, elle précisa :

— Mon arme de service, les menottes et ma carte de police. Il me semble que vous les aviez rangées dans votre coffre.

— Je pense préférable que vous les y laissiez encore, dit le commissaire.

— Ça veut donc dire que je suis toujours en mission, dit-elle avec un large sourire.

— Oui, mademoiselle Lester, confirma Graissac. Et, une nouvelle fois, soyez prudente.

Mary allait sortir quand une idée l'effleura soudain :

— Dites-donc, Monsieur le commissaire, comment se fait-il que le colonel ait eu recours à vos services pour me faire virer du golf ? Vous lui avez dit qui j'étais ?

— Que non ! dit vivement Graissac. Il téléphone ici à la moindre contrariété, comme il téléphone à tous les gens qui ont tant soit peu de pouvoir : le sénateur, le député, le conseiller général, le maire, le commandant de gendarmerie, j'en passe et des meilleurs.

Mary eut une moue dégoûtée :

— C'est vraiment un sale type, votre biffin, je ne regrette pas de lui avoir dit son fait ! A propos, Monsieur le commissaire, faites-vous la compétition dimanche ?

— Oui, dit-il d'un ton morne.

— Eh bien, fit-elle avec entrain, à dimanche alors !

10

« La remise des prix aura lieu à dix-neuf heures précises au *club house*. Tenue correcte exigée. »

La mention était portée en lettres majuscules au bas de la carte de score remise aux compétiteurs par la secrétaire du club.

Les départs avaient lieu de dix en dix minutes, à partir de huit heures du matin. Ils s'échelonneraient ainsi jusqu'à treize heures, ce qui permettrait de faire jouer une centaine de golfeurs.

Les équipes avaient été formées « aléatoirement » par le tirage de l'ordinateur, en fonction des handicaps des compétiteurs, les meilleurs partant tôt le matin.

Cependant, à la lecture de la feuille de départ placardée à la porte du club, on s'apercevait que, pour certains, ce tirage n'avait d'aléatoire que le nom. On retrouvait régulièrement les mêmes amis dans les mêmes équipes. Le Capitaine des Jeux, censé être le scrupuleux gardien des traditions, n'hésitait pas à faire bidouiller un peu l'ordinateur par la secrétaire pour favoriser ses copains, sans s'oublier lui-même.

Après tout, c'était de bonne guerre. On a beau aimer le golf, on n'en a pas pour autant envie de passer cinq heures en compagnie de gens qui vous sont parfaitement inconnus, voire carrément antipathiques.

Les « non classés », c'est-à-dire les débutants comme l'étaient Mary et ses compagnons de stage, allaient tenter d'obtenir leur première carte sur le *pitch and putt*. *Le par* y était de vingt-sept, il fallait qu'ils restent sous la barre des trente-cinq.

Cet exploit devait être renouvelé deux fois, après quoi ils se verraient attribuer le handicap de trente-cinq et auraient accès au grand parcours.

Pour cette première compétition, les deux équipes de débutants étaient accompagnées d'un mentor, monsieur Hermany pour l'équipe de Mary qui jouait avec Minette et Robert Duhallier, et le pro, Paul Sergent pour les trois autres.

Le vieil homme s'était pourvu d'un fer sept et d'une canne siège sur laquelle il se reposait de temps en temps.

Le temps était radieux, pas un nuage dans le ciel, pas de vent.

— Ça va chauffer, dit monsieur Hermany qui s'était couvert la tête d'un vaste chapeau de paille. Je ne voudrais pas être à la place de ceux qui partiront à midi !

En effet, passer l'après-midi sous cette canicule risquait d'être une épreuve.

Il avait expliqué aux débutants comment on échangeait sa carte, de manière que les scores soient notés par le coéquipier.

— Vous noterez également votre score et, à la fin de la partie, vous vérifierez si vous êtes d'accord avant de signer votre carte. N'oubliez surtout pas que toute carte doit être signée par le joueur et son marqueur avant d'être remise au secrétariat, sous peine de nullité.

Mary lui avait demandé :

— Dites-moi, monsieur Hermany, je vois au bas de la carte, avec l'heure de la remise des prix, « tenue correcte exigée ».

Le vieil homme sourit malicieusement :

— Pour les femmes, je ne sais pas, dit-il, mais, en ce qui concerne les hommes, il est de bon ton de porter le blazer avec chemise et cravate. Le directeur est très à cheval sur la tenue et soucieux de l'élégance de l'assemblée aux remises de prix.

Et il ajouta à l'adresse de Robert Duhallier :

— Si vous arborez la cravate aux armes du club, il sera comblé.

Il n'avait pas d'inquiétudes à avoir à ce sujet. Robert Duhallier avait décidé de consacrer sa retraite au golf. Il s'était donc pourvu de tous les accessoires qu'avait pu lui fournir le « pro-shop ».

C'était un petit homme trapu, solide et, à en juger d'après ses mains larges et puissantes, il n'avait pas dû faire toute sa carrière derrière un bureau.

Un soir que le Capitaine des Jeux, au cours d'une conversation, lui avait demandé quelle était sa profession, il avait déclaré avec une belle simplicité et à la grande stupéfaction de ses interlocuteurs, qu'il était chaudronnier.

Par la suite, il avait confié à Mary, pour laquelle il manifestait un intérêt teinté de curiosité, qu'il avait en effet commencé sa carrière comme apprenti, puis ouvrier chaudronnier, avant de créer son entreprise au port du Havre.

Son affaire avait bien prospéré puisque, quand il l'avait vendue, elle employait, avec ses succursales dans différents ports de France et de l'étranger, plus de mille personnes. Il se considérait pourtant toujours comme un chaudronnier puisqu'il faisait, entre autres choses, des cuves pour les pétroliers géants.

Robert Duhallier, qui insistait pour qu'on l'appelât « Bob », avait de petits yeux bleus faussement candides où, par moments, perçait une étincelle de rouerie. En affaires, le bonhomme devait être redoutable.

En le voyant marcher devant elle avec son chariot électrique flambant neuf, sa casquette irlandaise et son pantalon écossais, il rappelait à Mary la silhouette de Goldfinger dans le film de James Bond.

Il jouait tous ses coups avec une application extrême, comme si sa vie en dépendait. On sentait le monsieur qui a l'habitude de gagner et de faire aller choses et gens selon son désir. Quand la petite balle blanche échappait à son contrôle, il lui montrait le poing en l'injuriant, tapait du pied avec colère. Puis il soulevait sa casquette et s'excusait auprès de ses coéquipiers de cette formule invariable :

— Pardonnez-moi...

Cécile Breton, dite « Minette », n'avait pas cette concentration. Elle jouait ses coups à la va-vite, sans réfléchir, en perdant une balle tous les deux trous. Il était évident que son total serait bien supérieur au minimum requis, et qu'elle s'en fichait. Son « fiancé », comme elle disait, jouait sur le grand parcours, et tout ce qui semblait l'intéresser, c'était de le retrouver sitôt qu'on en aurait fini avec cette épreuve. Elle avait d'ailleurs confié à Mary que, par ce temps, elle eût été mieux sur le sable, au bord de la mer.

Les neuf trous du petit parcours furent joués en un peu moins de deux heures, ce qui fit qu'ils déposèrent leurs cartes au secrétariat un peu avant midi.

Mary qui avait fait trente-trois avait brillamment passé cette première épreuve, « Bob » avait fait juste ce qu'il fallait, trente-cinq, et en était particulièrement ravi, quant à « Minette », même avec l'extrême indulgence de monsieur Hermany, elle approchait les cinquante.

Dans le groupe du pro, tout le monde avait réussi le test.

On s'installa donc sur la terrasse pour fêter l'événement, juste devant le départ du trou numéro un. Minette s'en fut assez vite, pour profiter de la plage avant la remise des prix, les trois autres stagiaires aussi, qui avaient des obligations familiales, si bien qu'il ne resta plus que Mary, Paul Sergent, Bob Duhallier et monsieur Hermany.

Puis Madeleine Dur vint récupérer son père et Paul Sergent, sollicité par un élève s'absenta à son tour.

Mary resta donc seule avec Bob Duhallier.

— Vous avez remarquablement joué, la complimenta l'ex-chaudronnier.

— Merci, dit-elle, j'ai été assez heureuse sur les *putts* aujourd'hui.

Il insista :

— Heureuse, peut-être, mais il n'empêche que vous avez un jeu autrement solide que tous les autres. Paul Sergent me le disait encore tout à l'heure : « Si Mary continue à s'entraîner, elle ira loin ».

— Ça, je n'en sais rien, dit Mary en riant.

Puis, regardant Bob dans les yeux :

— Avez-vous jamais joué avec les cadets, mon cher Bob ? Vous savez, ces jeunes garçons qui ramassent les balles et fouettent les *greens* le matin avant les compétitions.

— Non, dit Bob.

— Eh bien, vous devriez !

Il la regarda, intrigué :

— Pourquoi me dites-vous ça ?

— Parce que, si vous aviez joué avec eux, vous auriez une autre vision du golf que celle qu'en donnent les compétiteurs du dimanche.

Elle désignait d'un signe de tête les joueurs qui attendaient leur tour de partir en faisant des *swings* dans le vide pour s'échauffer, souvent avec des gestes gauches, grotesques même à force d'être étudiés.

— Ces gamins, poursuivit-elle, jouent merveilleusement bien... Il faut le voir pour le croire, à deux cent cinquante mètres ils vous posent la balle sur le *fairway* là où ils ont décidé de la mettre, quand il y a un *dog leg* ils savent la faire tourner juste comme il faut et à cinquante mètres du *green*, ils jouent le drapeau... Savez-vous pourquoi ils jouent si bien ?

— Ils ont commencé jeunes, dit Bob.

— Voilà ! Ils ont commencé à six, sept, huit ans. Et même en ayant commencé au berceau, ils ne sont pas sûrs de jouer un jour une compétition nationale et encore moins internationale. Alors moi qui commence à vingt-cinq ans...

— Et moi à soixante-cinq ! dit Bob.

Elle le regarda en riant :

— C'est vous dire si nos chances sont minces de figurer un jour au Gotha du golf.

— Aussi n'y compté-je pas, dit Bob. Mais le plaisir de se retrouver sur ce magnifique terrain, d'y jouer avec des amis, de réussir un bon coup de temps en temps...

A son tour il la regarda :

— Vous pensez que j'en demande trop ?

Elle haussa les épaules en signe d'ignorance :

— Je n'en sais rien... Après tout, ce qui importe c'est ce que vous ressentez, ce que vous recherchez...

— Tout est là, dit-il. Regardez ce bon monsieur Hermany qui nous a accompagnés. Quatre-vingt-dix ans et toujours une forme éblouissante grâce au golf. Qui n'en souhaiterait autant ?

Devant eux les joueurs passaient, traînant leurs sacs sur des chariots. Certains avaient loué des voiturettes électriques pour n'avoir pas trop à marcher. On les voyait filer, silencieuses, seul le gravier des allées crissant sous leurs pneus annonçait leur venue.

Des groupes ayant accompli les neuf premiers trous rejoignaient la seconde partie du parcours, adressant aux amis assis à la terrasse des signes d'enthousiasme – pouce en l'air – ou de désespoir – pouce tourné vers le bas – en cas de score catastrophique.

— Voyez tous ces gens, dit Bob, ils aiment ce sport !

C'était probablement vrai. Nombre d'entre eux y étaient venus par mode, par snobisme. Mais ceux-là avaient fait long feu. La discipline était trop dure, trop exigeante pour que les tièdes persévèrent. Restaient les purs, ceux qui avaient attrapé le virus et qui ne s'en guériraient jamais.

Ceux-là, mode ou pas mode, continueraient à jouer, quoi qu'il dût leur en coûter. Ils étaient là en ce dimanche caniculaire d'août, ils seraient là sous les bruines de novembre et sous la bise de janvier et les giboulées de mars, fascinés par cette petite balle blanche qu'il fallait, à l'aide de crosses appelées *clubs*, faire pénétrer dans un trou même pas gros comme la main, sur lequel était posé un drapeau.

Il y eut un temps de silence, puis Robert Duhallier fixa Mary de ses petits yeux redoutablement perspicaces :

— Mais vous, mademoiselle Lester, pourquoi n'aimez-vous pas le golf ?

Elle fut tellement surprise qu'elle le regarda sans répondre. Alors, il nuança sa question :

— Je voulais dire, pourquoi vous astreignez-vous à prendre des leçons, alors que, visiblement, vous n'êtes pas passionnée ?

Elle protesta :

— Qu'est-ce qui vous fait croire ça ?

— Allons, fit-il avec rondeur, ce n'est pas aux vieux singes qu'on apprend à faire la grimace ! Vous jouez mieux que n'importe lequel d'entre nous, assurément, mais on ne sent pas chez vous le feu sacré !

Il clignait de l'œil avec malice en tournant un peu la tête pour montrer qu'il n'était pas dupe.

— Eh ! dit-elle en riant, c'est parce que je ne l'ai pas !

Il la regarda, intrigué. Il n'avait pas l'air de comprendre, alors, elle expliqua :

— Je fais du vélo parce que j'aime ça, parce que c'est pratique et pourtant, je n'ai pas le feu sacré ! Pour le golf, c'est pareil. J'aime l'endroit où on y joue et il y a des gens avec qui je me sens bien pour y jouer. Cependant, il serait bien excessif de parler de feu sacré. J'ai vécu un quart de siècle sans avoir la moindre notion de ce qu'était ce jeu... Si, demain, je ne pouvais plus y jouer, certes j'en serais un peu contrariée, mais je n'en mourrais pas !

Bob la regardait, perplexe.

— Et vous, mon cher Bob, lui demanda-t-elle, si demain vous ne pouviez plus jouer au golf, y survivriez-vous ?

— Probablement, dit Bob dans une moue. Mais ma déception serait grande...

— Bah, fit-elle, il y a tant d'autres choses à faire dans la vie... Jouer aux boules, faire de la pêche à la ligne, de l'aquarelle...

A nouveau il eut cette moue qui lui faisait avancer sa bouche de trois bons centimètres :

— Vous me voyez faire de l'aquarelle ?

Elle éclata de rire :

— Non, mais aux boules vous ne devriez pas être mal! Savez-vous comment on appelle le golf dans le midi? Non? Eh bien, on l'appelle « la pétanque des riches ». Avé l'assent, bien évidemment.

Bob la fixait de ses petits yeux perspicaces, comme s'il cherchait, derrière Mary Lester, un autre personnage que celui d'une sage étudiante en vacances. Et Mary se demandait elle aussi, si, derrière ce paisible « chaudronnier » en retraite dont le regard bleu avait parfois de surprenantes lueurs, ne se cachait pas un autre « Bob », autrement inquiétant celui-là.

Il se leva soudain et lui tapa familièrement sur le genou :

— Allez, venez, jeune fille, je vous invite!

Ils déjeunèrent ensemble au restaurant du club, à une table fleurie qui donnait sur le *green* du dix-huit. De la sorte, ils voyaient arriver les parties, depuis le *tee* de départ jusqu'au dernier *putt*, ce qui permit à Mary, quand les questions de son hôte se faisaient trop précises, de les éluder en commentant le coup qui venait d'être joué.

A quatorze heures elle reprit son vélo et pédala jusqu'à la pension Mimosas. De là elle partit se baigner, puis elle revint à son hôtel pour ce moment qu'elle aimait entre tous : le thé avec des rôties, sous les arbres. Enfin, à dix-sept heures trente, elle remonta dans sa chambre pour revêtir la « tenue correcte » préconisée pour la remise des prix.

*

Le temps était si beau que la proclamation des résultats eut lieu en plein air, sur la terrasse. On y avait dressé quelques tables nappées de blanc qui faisaient office de présentoir. Les lots que les heureux gagnants allaient pouvoir retirer y étaient exposés, pour la plupart des articles de golf, sacs, chariots, *clubs*, balles, parapluies et casquettes publicitaires.

Sur une autre table protégée par un grand parasol blanc, l'apéritif et le buffet. Pour la circonstance, deux extra en veste blanche assistaient le barman.

Lorsque Mary arriva, toujours à vélo, les dernières parties rentraient. Les visages étaient marqués de fatigue, les polos de sueur. Visiblement, ceux qui avaient joué sous le soleil ardent de l'après-midi avaient été éprouvés.

On les voyait remettre leurs cartes à la hâte à la secrétaire qui les attendait pour faire le classement, puis ils se précipitaient au vestiaire pour une douche réparatrice.

Ensuite ils se retrouvaient au bar, dans cette salle un peu sombre dont la fraîcheur, en cette fin de journée de canicule, était fort appréciée.

Mary traversa le bar qui était assiégé par des gens dont la soif semblait inextinguible. Les tournées de bière succédaient aux tournées de bière dans un brouhaha de conversations et la fumée des cigarettes.

Elle préféra se diriger vers la terrasse, un endroit ravissant où les tables de vieux teck étaient disposées entre des massifs de rosiers. Monsieur Hermany y était installé, tout seul sous un parasol, devant son Coca-Cola habituel. Il fit un petit signe d'amitié à Mary qui vint le saluer.

— Alors, Monsieur, pas trop fatigué de la partie de ce matin ?

Il lui sourit malicieusement :

— Vous voulez rire, jeune fille, neuf trous sur le *pitch and putt*, c'est mon lot quotidien ! Et puis, je n'ai même pas joué, je n'ai fait que suivre.

Il se pencha vers elle :

— Vous savez, je n'ai pas le loisir de me fatiguer. Ma fille me contraint à faire la sieste. Tel que vous me voyez, je sors de mon lit !

— Vous venez souvent aux remises de prix ?

— Chaque fois que je le peux. Il y a des gens qui parrainent les compétitions, qui offrent des prix, il est juste qu'en retour, tous ceux qui ont participé les honorent de leur présence.

— Et tout le monde y vient ?

— Pensez-vous ! J'en connais qui, sous le prétexte qu'ils ont mal joué et qu'ils n'ont donc rien gagné, s'abstiennent d'y paraître.

Il posa sur Mary son regard noisette :

— Que voulez-vous, il y a des malappris partout !

— C'est la première fois que j'assiste à une telle cérémonie dit Mary, ça se passe comment ?

— Eh bien…

Il allait se lancer dans des explications, mais il fut interrompu par le président du club qui s'était emparé du micro et demandait à « l'honorable assistance » de se rapprocher pour la proclamation des résultats.

La centaine de personnes présentes se regroupa en demi-cercle autour de la table. Mary regarda son vieil ami pour lui demander s'il était nécessaire qu'elle se joignît à eux, mais il secoua la tête négativement en disant :

— D'ici on verra tout aussi bien, et comme on est mieux assis que debout...

Et il ajouta, malicieux :

— Vous allez voir la société de remerciement mutuel en action.

Elle se pencha pour lui demander ce qu'il entendait par là, mais il posa son index sur ses lèvres car le président avait commencé son discours et Mary comprit instantanément ce que le vieux monsieur avait voulu dire.

Il commença par remercier le ciel de leur avoir donné un si beau temps, puis il remercia les jardiniers d'avoir si bien préparé le terrain, et enfin, remercia le mécène du jour pour la superbe dotation, invitant l'assistance à le remercier par des applaudissements nourris.

C'était un discours de convenance comme il devait en faire chaque dimanche.

Quelques applaudissements polis saluèrent ledit mécène, une grande surface spécialisée dans les articles de sport. On eût dit qu'on lui faisait sentir le grand honneur qui lui était consenti de pouvoir présenter ses produits sur le Golf du Bois Joli.

C'était la première fois que Mary voyait le président, un quinquagénaire aux cheveux poivre et sel, extrêmement bronzé, vêtu d'un pantalon gris aux plis irréprochables et d'un blazer marine dont la pochette était agrémentée d'un bel écusson doré. Sur la chemise blanche, se détachait la cravate du club, vert sombre, avec deux *clubs* entrelacés autour d'une balle et, en rouge, une inscription : Club du Bois Joli.

Il avait les yeux tombants d'un cocker malade, curieusement surmontés de paupières proéminentes, en capote de fiacre et un nez aquilin qui partait de travers, ce qui n'était pas surprenant car, jugea-t-elle avec impertinence, c'était un pif qui appelait le coup de poing. Sa lèvre inférieure formait une lippe dédaigneuse d'où les mots, d'une affligeante banalité, tombaient avec condescendance.

Ayant dit, il tendit le micro au mécène, un petit homme rondouillard avec une bonne bouille de camelot qui en rosit de plaisir.

Il bredouilla toute la joie et tout l'honneur qu'il ressentait à être en aussi belle compagnie, remercia le président pour ses paroles amènes, le Capitaine des Jeux pour sa belle organisation, les compétiteurs pour leurs belles performances, et se félicita enfin lui-même d'avoir eu la bonne idée d'être présent « sur un vecteur aussi porteur que le golf ». Enfin, il invita tout le monde à trinquer à la prospérité conjointe du Golf du Bois Joli et de sa société, au buffet qu'il avait, bien sûr, offert.

L'invitation fut accueillie par des applaudissements un peu plus nourris, mais le Capitaine des Jeux lui ayant repris le micro, précisa que le buffet serait ouvert après la proclamation des résultats « techniques ».

Près du président se tenait tout raide le colonel Dubois, lui aussi en blazer et pantalon clair, plus culotte de peau que jamais.

Le Capitaine des Jeux annonça tout d'abord le résultat des tests sur les neuf trous et Mary eut la surprise de s'entendre nommer.

— Allez-y, lui dit monsieur Hermany.

— Où ça ? demanda-t-elle surprise.

Il montra la table couverte de lots derrière laquelle se tenaient le mécène, le Capitaine des Jeux, le président et le directeur du golf.

— Il faut que...

A l'idée de passer devant tous ces gens, elle sentit une sueur froide lui couler sur l'échine. Déjà Bob, plus Goldfinger que jamais, heureux et fier se dirigeait sans aucun complexe vers les officiels.

— Allez-y donc, insista le vieil homme.

Alors elle se leva et, d'un pas d'automate, rejoignit deux de ses compagnons de stage. Confortée d'être ainsi encadrée, elle se présenta au Capitaine des Jeux qui lui serra la main, lui tendit une boîte de balles et un paquet de *tees* en marmonnant une vague formule de félicitations. Le président lui tendit une main molle en regardant ailleurs tandis que le colonel s'était reculé d'un pas pour n'avoir pas à lui toucher la main. Le mécène, éperdu de bonheur, tint à lui faire la bise.

Elle se retourna, toute rouge de confusion, ayant l'impression que tout le monde avait les yeux fixés sur elle. Mais le poids du regard qu'elle avait senti n'était autre que celui de Victoire Leblond, dite la folle, qui se tenait au premier rang, vêtue d'un corsage incarnat et d'une sorte de kilt aux carreaux jaunes, verts et noirs. Noirs comme son regard.

Il y avait dans ses yeux une lueur de meurtre et Mary se dit que, décidément, elle avait beaucoup de talent pour se faire des ennemis.

Après le scandale qu'avait déclenché son arrestation en état d'ivresse, une personne de bon sens aurait eu à cœur de se faire oublier quelque temps. Victoire, non. Elle défiait le monde entier. N'était-elle pas la femme d'un monsieur qui pouvait faire de sérieux ennuis à tout le monde ou presque ?

En passant devant elle, Mary ne baissa pas les yeux. Fonctionnaire de police appointée par l'Etat, elle ne craignait pas que l'on vînt fouiller dans ses comptes.

Mais ça, la grosse ne le savait pas encore.

Elle rejoignit sa chaise et son vieil ami. De sa voix éraillée, le Capitaine des Jeux faisait lecture du palmarès agrémentant les performances des uns et des autres de commentaires d'un goût douteux, avec des sous-entendus graveleux. Peut-être croyait-il avoir de l'humour... Ceci n'empêchait pas les heureux gagnants de repartir qui avec un sac, qui avec un chariot, qui avec un *putter*.

— Dites-moi, monsieur Hermany, dit-elle, tout ce matériel qui est distribué, c'est autant, si je ne m'abuse, que ce brave commerçant ne vendra pas.

Monsieur Hermany eut un petit rire :

— De toutes façons, Mademoiselle, il ne l'aurait pas vendu. Ce sont là des fins de série qui, au lieu de terminer dans les réserves du magasin, finiront dans les caves des heureux gagnants. Car, voyez-vous, pour gagner ces matériels, il faut savoir bien jouer...

— Evidemment, dit-elle.

— Or, ceux qui savent bien jouer, poursuivit-il, possèdent leur matériel depuis longtemps. Et un matériel nettement supérieur à celui-là.

— Je vois, dit-elle encore.

— Ceux qui ont gagné aujourd'hui, dit le vieil homme, ont déjà huit ou dix sacs dans leur cave, cinq ou six chariots dans leurs greniers, et ils ne comptent plus les *putters* et les *drivers* qui encombrent leurs étagères et qui ne serviront jamais. En revanche, vous et vos amis stagiaires, vous devrez acheter tout ce matériel car vous ne le gagnerez pas, votre jeu n'est pas encore assez bon.

— Et, dit-elle, pour y parvenir, il nous faudra du bon matériel que nous serons contraints d'acheter au prix fort...

— Vous avez tout compris, dit monsieur Hermany.

Quand tous les lots eurent été distribués, et après une nouvelle vague de remerciements, le Capitaine des Jeux libéra l'assistance qui se pressa autour des tables du buffet.

— Regardez-moi ça ! s'exclama monsieur Hermany d'un air dégoûté, ne dirait-on pas que ces gens n'ont rien à bouffer chez eux ?

Le colonel, qui, elle l'avait vu sur les photos dans son bureau, avait l'habitude des assauts, s'était emparé d'une assiette de carton dans laquelle il empilait jambon à l'os, canapés au saumon fumé, petites pizzas chaudes et pâtisseries sans autre souci que d'en rafler un maximum. Dans le même temps, il ne manquait pas d'engloutir des tranches de « pain surprise », au point qu'il en avait des joues de hamster.

Hermany haussa ses maigres épaules :

— Et dire que ça prétend représenter la bonne société ! Ce soir, quand le traiteur ramassera son matériel, il s'apercevra encore qu'il lui manque deux douzaine de petites cuillers !

Mary s'était levée :

— Je vais aller au ravitaillement. Que souhaitez-vous que je vous rapporte ?

Hermany eut un geste fataliste :

— Ce qu'ils auront laissé, ma bonne amie.

Et il ajouta :

— Si toutefois ils laissent quelque chose !

Le vieil homme avait été pessimiste. Elle parvint à remplir deux assiettes et revint vers sa table.

Quand il vit son butin, monsieur Hermany siffla, admiratif :

— Hé, Hé ! vous savez y faire !

— Que voulez-vous boire ? demanda-t-elle. Il y a du champagne, de la sangria, du whisky.

Il montra son verre :

— Je m'en tiendrai au Coca.

Elle dut aller se faire servir au bar car le Coca, pas plus que l'eau minérale qu'elle souhaitait boire, n'avait été prévu pour le buffet.

Les groupes s'étaient formés par affinités et la remise des prix prenait l'aspect d'une « garden-party ». Le « généreux donateur » errait d'un groupe à l'autre, mais maintenant qu'il avait rempli sa fonction, on ne se souciait plus guère de lui.

Quand Mary revint avec les boissons à la table de monsieur Hermany, elle eut la surprise d'y voir le commissaire Graissac.

— Permettez-moi, mademoiselle Lester, de vous présenter monsieur Roger Graissac.

Mary s'inclina avec réserve.

— Mademoiselle Lester est débutante, dit encore Hermany. Elle a passé sa première carte aujourd'hui, et fort brillamment puisqu'elle a fait trente-trois sur le *pitch and putt*.

— Mes compliments, dit poliment Graissac.

— Elle vient de débuter, dit Hermany enthousiaste, elle ne joue que depuis quinze jours, mais je vous assure qu'elle ira loin !

Graissac était vêtu d'un pantalon beige et d'une chemise bleue à col ouvert. Un foulard de soie grège ceignait son cou. Ainsi, il était un des rares à avoir enfreint la règle qui voulait que le blazer et la cravate aux armes du club fussent de rigueur lors des remises de prix. Mais, tel qu'il était, Mary trouva que sa tenue était particulièrement bien choisie en cette belle soirée d'été, et que, sur le chapitre de l'élégance, il ne cédait en rien aux tenants de l'orthodoxie vestimentaire.

— Dans le civil, si je peux dire, fit encore Hermany, monsieur Graissac est commissaire de police.

— Ah ! fit Mary en feignant la surprise, et vous êtes ici en qualité ?

— Non, dit Graissac, j'ai fait la compétition.

— Je n'ai pas entendu votre nom lors de la proclamation des résultats, dit Hermany. Ça doit être parce que je suis un peu dur d'oreille.

— Allons, pas de fausse modestie, mon cher doyen, dit Graissac en riant. Si vous n'avez pas entendu mon nom, c'est qu'on ne l'a pas prononcé. Votre oreille va très bien. En réalité, j'ai joué comme un sagouin. J'ai perdu je ne sais combien de balles, et des *sockets* j'en ai fait par paires !

— Une *socket*, expliqua monsieur Hermany à Mary, c'est quand on frappe la balle avec le talon du *club*. Bien entendu, ça part n'importe où !

— N'importe où, c'est bien là que je suis allé, dit Graissac. Ah, il y a des jours où il n'y a rien à faire.

— Et ça tient à quoi ? demanda Mary.

Le commissaire eut un geste évasif :

— Si on le savait... Parfois on est préoccupé par des soucis de famille, de boulot...

— Je croyais que le golf avait la faculté, justement, de faire le vide dans l'esprit des joueurs, de les détendre, de les libérer.

— Une partie amicale certes, dit Graissac, mais dès lors qu'on compte ses points, dès lors qu'on se soucie d'un score, toutes les données sont changées.

Deux petits garçons d'une dizaine d'années, vêtus comme des écoliers anglais, avec une petite casquette ronde vinrent saluer monsieur Hermany. Il leur rendit leur salut gravement et s'entretint avec eux comme s'ils avaient été de grandes personnes.

Mary profita de ce que le vieil homme était ainsi occupé pour questionner le commissaire :

— On se demande bien ce qui peut préoccuper les gens, dit-elle légèrement. Il fait beau, on a à manger, à boire, on est en bonne compagnie, que demander de plus.

— En effet, dit le commissaire en la regardant dans les yeux.

Il allait ajouter quelque chose, mais son regard croisa celui de Victoire Leblond et il se leva.

— Excusez-moi, dit-il.

Et il ajouta en s'inclinant :

— Ravi d'avoir fait votre connaissance.

Puis il s'en fut saluer « la folle ».

La « party » se poursuivait et, sous l'effet de l'alcool, le ton des conversations montait. Monsieur Hermany se leva, sa fille venait d'arriver. Il souhaita une bonne soirée à Mary, lui donnant rendez-vous pour le lendemain. Elle se leva également. Une fraîcheur humide tombait des arbres et les moustiques commençaient à être agressifs.

Bob, un verre à la main, était en grande conversation avec un groupe de personnes parmi lesquelles Mary reconnut le président et le Capitaine des Jeux. Le commissaire Graissac était toujours accaparé par « la folle ». Mary se demanda ce qu'elle pouvait bien lui raconter, car il était certain que c'était d'elle qu'on parlait. Les fréquents regards en biais que lui jetait Victoire Leblond ne laissaient aucun doute à ce sujet.

Elle récupéra son vélo près du vestiaire des dames et prit le chemin de la pension Mimosas. Avant de tourner sur le boulevard de l'océan, elle jeta un dernier regard au *club house* tout illuminé, aux silhouettes élégantes qui se déplaçaient en ombres chinoises sur les murs éclairés par des projecteurs dissimulés dans les massifs d'hortensias. C'était là l'image d'une société de luxe, d'abondance et d'insouciance.

Lorsqu'elle longea le parking abondamment garni de Mercedes, de BMW et de Porsche aux carrosseries brillantes sous les lampadaires qui venaient de s'allumer, elle ne put s'empêcher d'avoir, une fois de plus, une pensée émue pour Fortin, le petit Fortin, qui à cette heure planquait peut-être derrière les poubelles d'une cité HLM pour tâcher de surprendre le gang des voleurs à la roulotte.

Mais les loubards de la zone et leurs familles vivaient-ils sur la même planète que les golfeurs du Bois Joli ?

Elle pédalait dans le crépuscule au long d'allées cavalières où les fers des chevaux avaient laissé leurs empreintes sur les bas-côtés sableux. Les grands pins brûlés de soleil exhalaient une odeur de résine qui se mêlait par endroits à la senteur plus forte du crottin de cheval. Des voitures décapotables passaient lentement et, quand elle les doublait, Mary entendait des bribes de jazz. Tout était paisible. En contrebas, loin devant elle, les lampadaires du remblai brillaient au bord de la mer.

La bicyclette que Mary avait louée était une machine hollandaise, assez lourde, mais confortable, avec un haut guidon, ce qui lui permettait de pédaler toute droite, dans une position qu'elle trouvait très digne.

La sérénité de la nuit fut troublée par le bruit d'un moteur qui s'emballa soudain comme elle traversait un carrefour. Subitement, elle fut en alerte et quand la voiture fonça délibérément sur elle, elle ne fit qu'un bond vers le bas-côté. Sur son erre, la bicyclette continua de rouler toute seule avant que la voiture folle ne la cueille de plein fouet.

Emportée par son élan, Mary avait boulé dans le sous-bois, sur la piste cavalière où elle s'étala de tout son long sur un sol sableux couvert d'aiguilles de pin.

La bécane était restée coincée sous la voiture qui la traîna sur quelques mètres dans un jaillissement d'étincelles. Puis l'auto tamponneuse freina brutalement, fit marche arrière en faisant grincer ses vitesses et, débarrassée de la carcasse métallique, repartit en avant dans un hurlement de pneus malmenés.

Mary se releva lentement, épousseta ses genoux et ses coudes, ne réalisant pas encore, comme si elle se réveillait après un mauvais rêve.

Elle n'avait vu qu'une carrosserie rouge qui avait déjà disparu au bout de la rue. Elle fit quelques pas hésitants vers ce tas de tubes tordus qui avait été sa bicyclette et le tira sur le bas-côté de la route, là où il ne pouvait pas gêner la circulation.

Puis, vaincue par l'émotion, elle s'assit au pied d'un arbre et fondit en larmes en balbutiant :

— Les salauds. Ah, les salauds !

Elle resta un moment prostrée, puis ses larmes séchées, elle se dissimula derrière un gros tronc d'arbre, prête à s'enfuir si la voiture revenait.

Enfin, sa nature combative reprit le dessus, et elle se releva. Son pantalon avait un assez bel accroc et son chemisier portait des traces de terre. A part ça, elle était indemne. Elle avait eu le bon réflexe au bruit du moteur, ce qui lui avait sans doute sauvé la vie.

Après un dernier regard navré aux restes de sa bicyclette, elle regagna la pension *Mimosas* à pied. Elle traversa silencieusement le hall désert et retrouva sa chambre avec plaisir et soulagement.

Allongée sur son lit, elle s'astreignit à un exercice respiratoire que lui avait enseigné une amie qui pratiquait le yoga : trois inspirations profondes suivies d'expirations complètes, puis, les yeux clos, cinq minutes de relaxation en essayant de ne penser à rien. Enfin, trois nouvelles inspirations et expirations. Quand elle eut exécuté cet exercice, elle sentit qu'elle avait retrouvé tout son calme.

Alors elle prit une douche puis elle se coucha et s'endormit paisiblement.

11

De la cabine d'où elle téléphonait, elle surplombait toute la baie. Il était neuf heures et demie et déjà les familles arrivaient sur la plage. La mer descendait, il y avait une grande marée et le flot serait au plus bas vers midi. Il faudrait marcher sur le sable chaud pendant plusieurs centaines de mètres pour aller se baigner.

A cinq heures, quand la mer remonterait, ces milliers d'estivants éparpillés sur les huit kilomètres de sable fin, devraient reculer devant le flot et il y aurait alors, dans le haut de la plage réduite à une étroite bande de sable, une telle concentration de baigneurs que la plupart d'entre eux devraient plier bagage.

Et, tandis que l'on dressait les parasols sur l'immense plage de La Baule et que l'on arrosait les terrasses du front de mer, Graissac devait être en réunion au commissariat de Nantes. Mary dut insister pour qu'on le lui passât et, quand elle l'eut enfin, elle crut discerner de l'impatience dans sa voix.

— Inspecteur Lester ? Qu'y a-t-il de cassé ?

Elle avait dû le déranger. Les remises en route du lundi matin, surtout en été, ne sont jamais agréables.

— Mon vélo, dit-elle.

— Quoi votre vélo ?

— Vous me demandez s'il y a quelque chose de cassé, je vous réponds oui, mon vélo.

Graissac faillit exploser, seule sa bonne éducation le retint de le faire.

— Et c'est pour me dire que votre vélo est cassé que vous me dérangez en pleine réunion ? Je suis avec le sénateur-maire...

Elle le coupa :

— Alors, si vous êtes avec le sénateur-maire, veuillez m'excuser.

— Voyons, mademoiselle Lester, fit-il en recouvrant son sang-froid, vous rendez-vous bien compte ? Nous travaillons sur un dossier important et urgent...

— Alors je vous laisse. Je voulais simplement vous dire que mon vélo avait été écrasé par une voiture et que si je n'avais pas eu le réflexe de sauter quand elle m'est arrivée dessus, à cette heure je ne serais pas dans une cabine téléphonique, mais à la morgue.

— Vous voulez dire que...

— Que j'ai été agressée, oui, c'est exactement ce que je veux dire !

Il y eut un blanc sur la ligne, le commissaire Graissac digérait l'information. Puis il demanda d'une voix pressée :

— Où puis-je vous rappeler ?

Il y avait, en face de la cabine téléphonique, une terrasse qui paraissait particulièrement accueillante.

— Au bar *le Belem*, dit-elle en lisant l'enseigne.

— Dans un quart d'heure, dit-il.

Elle raccrocha et traversa le boulevard. A cette heure, la terrasse était presque vide. A trois tables d'elle, un vieux monsieur lisait son journal en buvant un demi. A ses pieds, son chien, un gros labrador noir déjà affecté par la chaleur, tirait une longue langue rose en haletant doucement.

Elle commanda un café et demanda également le journal local. Quand le garçon revint, elle lui dit qu'elle attendait un coup de téléphone et qu'elle s'appelait mademoiselle Lester.

Quelques minutes plus tard, le garçon lui tendit un appareil sans fil. C'était le commissaire Graissac tout excité.

— Alors mon petit, qu'est-ce qui vous arrive ?

Mary, qui avait horreur qu'on l'appelle de la sorte répondit avec humeur :

— Presque rien, on a essayé de me tuer, c'est tout.

— Croyez-vous ?

— Mais non, dit-elle avec humeur. Je dis ça pour me rendre intéressante, bien sûr !

Graissac se voulut rassurant :

— C'est probablement un accident... Un chauffard...

— Sûrement pas, dit Mary catégorique. On me guettait, la voiture m'a foncé dessus après qu'on m'eut identifiée. Si je n'avais pas eu le réflexe de sauter...

— Vous n'avez pas eu de mal ?

— Rien. Rien si ce n'est un pantalon déchirée, un corsage salopé et une trouille d'enfer.

— Qu'avez-vous fait ?

— Que vouliez-vous que je fasse ? J'ai tiré la carcasse de mon vélo sur le bas-côté de la route et je suis rentrée à mon hôtel à pied.

— Vous n'avez averti personne ?

— Vous êtes le premier à le savoir. J'ai ma petite idée sur la conduite à tenir, mais je voulais d'abord vous en parler.

— Vous avez bien fait. Alors ?

— J'ai tout d'abord eu envie de reprendre mon arme et de me défendre, mais, à la réflexion, je ne pense pas que ce soit la bonne solution.

A l'autre bout du fil, Graissac écoutait attentivement.

— Il faut, poursuivit-elle, que je reste dans mon rôle de jeune fille en vacances, qui a été victime d'un chauffard. Que ferait cette jeune fille en pareil cas ?

— Elle irait porter plainte à la gendarmerie, dit Graissac.

— Exact ! Avec votre accord, je vais donc y aller.

— Vous l'avez. Surtout, restez dans la peau de votre personnage…

— Comptez sur moi.

— Vous retournez au Golf du Bois Joli ?

— Bien sûr. Et je vais raconter à qui voudra m'entendre la mésaventure qui m'est arrivée. Comme le ferait une étudiante en vacances. Bien entendu, je mettrai ça sur le compte d'un chauffard.

— Je crois que c'est la bonne solution, dit Graissac. Mais je ne sais si je dois vous laisser poursuivre cette enquête… Ça devient dangereux…

— Si j'avais voulu un métier sans danger, lui dit-elle, je me serais faite bibliothécaire ou conservateur de musée. A propos, patron, la voiture qui m'a renversée était de couleur rouge.

— Ah...

— Ça ne vous dit rien ?

— Non...

— Rouge comme celle de Victoire Leblond.

— Vous ne pensez tout de même pas... s'exclama Graissac.

— Je ne pense rien, dit-elle, parodiant le commissaire Maigret. Je vais de ce pas voir les gendarmes.

— Tenez-moi au courant, dit le commissaire d'une voix tendue et surtout, mademoiselle Lester, soyez prudente !

Combien de fois avait-elle entendu cette phrase : « tenez-moi au courant »... Comme si elle avait eu l'intention de dissimuler quoi que ce fût !

— Promis, dit-elle, je vais faire installer des rétroviseurs sur ma prochaine bécane.

Graissac faillit s'étrangler :

— Vous n'allez tout de même pas reprendre un autre vélo ?

— Pourquoi non ? N'est-ce pas le moyen le plus écologique, le plus pratique et le plus économique pour se déplacer ? En plus, j'aime ça et ça me maintient en forme.

— Vous avez une voiture, dit encore Graissac.

— Ouais, dit-elle, une voiture qui m'appartient et que j'ai payée de mes deniers. Une petite Austin à laquelle je tiens, et qui ne pèserait pas lourd si on s'avisait de rentrer dedans en 4 × 4 par exemple.

— En 4 × 4 ? demanda Graissac, pourquoi parlez vous d'un 4 × 4 ?

— Comme ça, dit Mary légèrement, parce que ça me semble être un véhicule propre à ce genre de besogne. Je vais donc louer un autre vélo, si toutefois ils veulent bien m'en confier un.

Et, comme Graissac ne disait rien, elle ajouta :

— Je vous appelle dès que j'ai du nouveau, même si vous êtes avec le sénateur-maire !

Elle coupa la conversation avant qu'il n'ait eu le temps de faire un commentaire.

*

Le jeune gendarme la regardait d'un air sceptique :

— Vous dites que vous avez failli être renversée par une voiture ?

— J'ai été renversée par une voiture, dit Mary. Si je n'avais pas eu le réflexe de sauter, à cette heure je serais à l'hôpital, ou à la morgue.

— Et ça se serait passé où ?

— Ça s'est passé hier soir à vingt heures, vingt-cinq boulevard de Caqueray.

— A quel niveau ?

— Au niveau de la forêt communale.

— Et votre vélo…

— Mon vélo, ou plutôt ce qu'il en reste, je l'ai traîné sur le bas-côté du chemin, derrière l'allée cavalière.

— Pourquoi n'êtes-vous pas venue déposer plus tôt ?

— Je n'étais pas blessée, en revanche, j'étais choquée. Je suis rentrée à mon hôtel, j'ai pris une douche et je me suis endormie. Ce matin je me suis réveillée tard et je suis venue aussitôt.

Le gendarme n'avait pas quitté son air sceptique. Il tapait sans conviction la déposition de Mary avec deux doigts.

— Avez-vous identifié le véhicule qui vous a renversée ?

Enfin, se dit Mary, il admet que j'ai peut-être été renversée ! C'est un progrès.

— Non, j'ai simplement vu que c'était une voiture de couleur rouge, de moyenne cylindrée.

— Immatriculation ?

— Je n'ai pas eu le temps de la voir.

Le gendarme se leva :

— Un instant, je vous prie.

Il sortit et Mary se retrouva seule dans la permanence de la gendarmerie. Aux murs il y avait des affiches, des avis de recherche avec photo, habituels dans de pareils lieux. La permanence était d'une propreté rigoureuse et la pièce, dont la fenêtre était ouverte sur une cour où l'on voyait des véhicules de gendarmerie, sentait encore le produit de nettoyage que l'on avait passé sur le sol garni de linoléum vert.

Le jeune gendarme revint, accompagné d'un quinquagénaire rougeaud aux cheveux gris, qui devait être son chef. Il salua Mary d'un hochement de tête et se pencha sur la machine à écrire pour lire la déposition. Puis il regarda Mary par-dessus ses lunettes en demi-lune :

— Mademoiselle Lester... Est-ce vous qui avez téléphoné pour nous signaler une conduite en état d'ivresse ?

— Moi-même, dit-elle.

— Ah... Et aujourd'hui vous venez porter plainte contre X. Une voiture non identifiée vous aurait bousculée.

Revoilà le conditionnel, se dit Mary. Et elle rectifia :

— Une voiture m'a bousculée et a écrasé mon vélo.

— Ce vélo vous appartenait en propre ?

— Non, je l'avais loué en ville, dans un magasin spécialisé.

— Ah... fit encore l'adjudant-chef. Et vous êtes étudiante en droit ?

— C'est cela.

— Puis-je voir votre carte d'identité ?

— Certainement.

L'adjudant-chef examina longuement la carte que Mary lui tendait, puis il la retourna, l'examina encore et enfin, la passa à son adjoint.

— Elle est authentique, vous savez.

— Je n'en doute pas, dit l'adjudant-chef.

Puis après un silence :

— Pourriez-vous nous accompagner à l'endroit où vous avez laissé votre vélo ?

— Bien sûr.

Elle se leva :

— On y va tout de suite ?

L'adjudant-chef coiffa son képi et dit, laconique :

— Tout de suite.

Pas souriant, le bonhomme, dit Mary en le suivant dans la cour.

Elle prit place à l'arrière du fourgon bleu marine. Le jeune gendarme conduisait, l'adjudant-chef s'était assis sur le siège passager. La voiture suivait une longue avenue bordée de villas cossues blotties dans les pins. Quand ils arrivèrent au croisement où Mary avait entendu gronder le moteur de la voiture rouge, elle fit signe au jeune gendarme de s'arrêter.

— C'est ici.

Elle montra le sous-bois.

— Mon vélo, ou ce qu'il en reste, est là.

L'air sentait bon la rosée du matin, une odeur qui lui rappelait celle des promenades de son enfance, quand elle accompagnait son grand-père à la cueillette des champignons. Dans les pins, les pigeons et les tourterelles jouaient à se poursuivre. De temps en temps une voiture passait et ralentissait à la vue du fourgon bleu et de son gyrophare. Le conducteur et les passagers jetaient un coup d'œil intrigué, se demandant probablement ce que les gendarmes cherchaient à cet endroit. Ils écartèrent les hautes fougères, firent des allées et venues tout au long du bois, en vain.

Mary n'en croyait pas ses yeux : son vélo avait disparu.

— Vous êtes sûre que c'est ici ? demanda l'adjudant-chef.

— Absolument, certifia-t-elle.

Et elle pensa : « Je vais encore passer pour une cinglée ! »

Le jeune gendarme suggéra :

— Peut-être vous êtes-vous trompée. Ces allées se ressemblent toutes.

— Non, dit-elle. Je fais cette route tous les jours à vélo, depuis une quinzaine, et je peux vous assurer que c'est bien ici que la voiture m'a foncé dessus.

— C'est tout de même bizarre... dit l'adjudant-chef.

Il regarda Mary :

— Vous dites que vous avez traîné ce qui restait de votre vélo sur le bas-côté.

— Oui. Je ne pouvais pas le laisser sur la route, non plus sur l'allée cavalière, ça aurait pu provoquer un accident. Je l'ai tiré là, dans le sous-bois.

— Eh bien, il n'y est plus, dit le jeune gendarme.

— Humpp ! fit l'adjudant-chef d'un air de doute.

Et il regarda son collègue d'un air de dire : « s'il y a jamais été ! »

Mary était retournée sur la route. Elle se souvenait de la gerbe d'étincelles qu'avait soulevée la bécane coincée sous la voiture. Peut-être y avait-il des traces sur le bitume. Elle trouva d'abord des débris de verre et elle appela les gendarmes :

— Dans le choc, la voiture a dû casser un phare. Regardez...

Le jeune gendarme ramassa les plus gros morceaux de verre, puis retourna à son fourgon pour les y déposer tandis que Mary montrait à l'adjudant-chef des traces gravées dans le goudron.

— Ma bicyclette est restée coincée sous la voiture. Le chauffeur a dû s'arrêter, puis faire une marche-arrière pour se dégager.

Les gendarmes examinaient le bitume attentivement. L'adjudant-chef passa la main sur le sillon gravé dans la chaussée, puis il regarda son jeune collègue :

— C'est tout frais !

— Ah, dit Mary, vous me croyez maintenant ?

L'adjudant-chef éluda la question :

— C'est quand même bizarre qu'on ne retrouve pas l'épave du vélo.

— Quelqu'un a pu l'embarquer, suggéra Mary. Peut-être qu'il y avait des pièces récupérables.

L'adjudant-chef haussa les épaules :

— Peut-être...

Il marcha vers la voiture :

— Enfin, nous verrons bien... Nous allons compléter votre déposition, et puis nous ferons une enquête.

*

Munie de l'attestation des gendarmes, Mary retourna chez le loueur de bicyclettes. A midi, elle faisait son entrée dans la cour des Mimosas sur une machine neuve, absolument identique à la première, mais qu'elle avait fait munir, comme elle l'avait dit au commissaire Graissac, d'une paire de rétroviseurs.

A dix-huit heures, elle était au *practice* du Golf du Bois Joli, et elle racontait à qui voulait l'entendre, comme l'aurait fait l'étudiante en droit qu'elle disait être, l'accident dont elle avait failli être la victime.

Ses amis exprimèrent bruyamment leur indignation et tinrent à lui manifester leur solidarité. Solidarité purement verbale, bien entendu.

Bob seul alla plus loin : prenant Mary à part, il lui proposa de lui payer un autre vélo.

— Vous savez Mary, pour moi ce n'est pas grand-chose, et ça me ferait réellement plaisir...

Elle refusa fermement. Le vélo ne lui appartenait pas, l'assurance dédommagerait la maison de location. D'ailleurs, elle en avait déjà loué un autre.

— Pourquoi feriez-vous ça ? demanda-t-elle comme il insistait. Vous n'êtes pour rien dans cet accident !

Et elle ajouta :

— Du moins, je l'espère !

Il se cabra :

— Pourquoi me dites-vous ça ?

Elle lui fit un grand sourire :

— Mais parce que je vous ai battu dimanche ! Vous ne vous souvenez pas ? J'ai fait trente-trois, vous trente-cinq !

Duhallier parut soulagé et sourit largement à son tour :

— Qu'elle est sotte, mais mon Dieu qu'elle est sotte ! s'exclama-t-il en la bousculant affectueusement.

Le cours se déroula sans incident et, à son terme, Mary tint à inviter ses compagnons et Paul Sergent à prendre un pot pour remercier la chance qu'elle avait eue.

Personne ne s'y déroba et elle engloba dans son invitation les piliers habituels du bar, le Capitaine des Jeux et sa fine équipe qui ne manquèrent pas, eux qui reprenaient leur voiture chaque soir avec deux grammes d'alcool dans le sang, de fustiger le laxisme coupable des autorités envers les délinquants.

Sur sa bicyclette neuve, Mary rejoignit son hôtel sans encombre. Dans la cour, il y avait le fourgon bleu des gendarmes. L'adjudant-chef s'était déplacé en personne, avec un autre gendarme que Mary n'avait jamais vu. Il vint à sa rencontre :

— Bonsoir, Mademoiselle Lester.

Mary remarqua qu'il avait l'air soucieux.

— Il y a du nouveau ? demanda-t-elle.

Il hocha la tête affirmativement. Puis, jetant un regard circulaire :

— Où pouvons nous causer tranquillement ?

— Peut-être dans la serre, dit-elle. A cette heure elle est sûrement inoccupée.

Le jardinier venait d'arroser, les plantes, les fleurs et le terreau embaumaient. Elle s'assit à la table où, d'ordinaire, elle prenait son petit déjeuner. L'adjudant-chef ôta son képi et s'assit en face d'elle. L'autre gendarme était resté auprès du véhicule.

— On a retrouvé l'épave de votre vélo, dit le gendarme.

— Où ça ? demanda-t-elle.

— Tout bêtement au service municipal des jardins. Leur camion fait le tour de la ville tôt le matin pour arroser les plates-bandes et, éventuellement, pour réparer les dégâts que font parfois les fêtards ou les vandales dans leurs parterres. Ils ont aperçu votre machine dans le sous-bois et ils l'ont ramassée. Pendant que nous la cherchions, ils téléphonaient à la brigade pour signaler leur découverte.

— Bon, dit Mary, ça fait toujours un point d'élucidé, mais tout ceci ne nous avance pas...

Le gendarme la regarda curieusement, puis il dit :

— On a également retrouvé la voiture qui a occasionné l'accident.

— Ah, dit Mary, voilà qui est mieux ! Où ça ?

— Sur le parking de la gare.

— Tiens donc !

— C'est une de nos patrouilles qui, en vérifiant toutes les voitures rouges a découvert une Honda Civic de cette couleur garée contre un mur. Elle avait le phare avant gauche cassé et des traces de peinture noire sur son aile.

— Il n'y a donc pas de doute, dit Mary.

— D'autant moins, dit le gendarme, que les débris de phare ramassés sur la route ce matin correspondent à la marque qui équipe ces véhicules. Par ailleurs, les traces de peinture proviennent sans aucun doute de votre machine.

— Sait-on à qui appartient la voiture ?

Le gendarme eut un mince sourire :

— Bien sûr. Et vous le savez aussi.

Il la regarda un moment sans mot dire, ménageant son suspense :

— Elle appartient à madame Victoire Leblond que, sur vos indications, nous avons arrêtée avant-hier conduisant en état d'ivresse.

Il y eut un silence, puis Mary demanda :

— Et que dit madame Leblond pour sa défense ?

— Rien.

Mary regarda le gendarme surprise :

— Allez-vous vous contenter de cette réponse ?

— Il faudra bien, dit le gendarme, madame Leblond a porté plainte dimanche soir pour le vol de son véhicule.

— Tiens donc... A quelle heure ?

— A vingt-deux heures.

Le gendarme tournait son stylo-bille entre ses gros doigts, Mary le regardait faire, attendant qu'il parle. Il se décida :

— Selon ses dires, madame Leblond aurait passé la soirée au Golf du Bois Joli.

— C'est vrai, dit Mary, j'y étais.

A nouveau le gendarme lui jeta un coup d'œil surpris :

— Vous étiez à cette soirée ?

— Oui...

Et, devant sa mine intriguée, elle crut devoir expliquer :

— Je fais un stage de formation au golf, donc j'y suis tous les jours.

— Ah... fit le gendarme. Et madame Leblond sait qui vous êtes ?

— Assurément !

— Elle ne vous a pas créé d'ennuis ?

— Pas encore, que je sache.

— Pourquoi dites-vous « pas encore » ?

— Parce qu'il paraît que cette dame a pour habitude de chercher noise à qui la contrarie. C'est du moins ce qui m'a été dit.

Elle regarda le gendarme en souriant :

— Peut-être en savez-vous quelque chose... ?

Il grommela :

— Elle peut toujours essayer...

— Comptez sur elle, dit Mary et elle ajouta :

— Vous ne me demandez pas la signification de « que je sache » ?

A son tour il eut un sourire crispé :

— Sans doute parce que c'est sa voiture qui a écrasé votre vélo !

— Juste !

— Eh bien ! il semblerait que cette bonne dame soit hors de cause, dit l'adjudant-chef. C'est en rentrant chez elle, où elle s'est fait reconduire car nous lui avons retiré son permis, qu'elle aurait constaté la disparition de sa voiture. Elle nous aurait aussitôt prévenus. Elle dispose d'un témoin digne de foi.

— Qui est ?

— Monsieur Graissac, commissaire divisionnaire à Nantes.

A nouveau il fixa Mary de son regard perspicace :

— Peut-être le connaissez-vous aussi ?

— Qui ça, Graissac ?

— Oui.

— On me l'a présenté ce soir-là.

— Vous voyez, c'est un témoignage de poids.

— Je vois… Dites-moi, monsieur l'adjudant-chef, la voiture de madame Leblond a-t-elle été fracturée ?

— Non, on a même retrouvé ses clés sur le tableau de bord.

— Ça ne vous paraît pas bizarre ?

Le gendarme eut un mouvement évasif :

— Non. Sa voiture était dans son jardin, il paraît qu'elle y laissait toujours ses clés.

— C'est imprudent.

— Nous le lui avons dit. Mais, vous savez, madame Leblond n'est pas de ces femmes qui reconnaissent facilement leur tort.

Il eut de nouveau ce sourire contraint :

— Je suis payé pour le savoir.

— Et maintenant ? demanda-t-elle.

— Maintenant quoi ?

— Que va-t-il se passer ?

— Au niveau de l'enquête ?

— Oui.

Il eut ce mouvement d'épaule qui était chez lui comme un tic :

— Selon la formule habituelle, l'information suit son cours.

— C'est-à-dire ?

— L'identité judiciaire va relever les empreintes digitales dans la voiture pour tâcher de déterminer qui la conduisait.

— Et puis ?

— Et puis on fera les recherches habituelles de témoignages...

Il avait dit ça d'un air désabusé, sans conviction. Il leva la tête vers Mary :

— Si vous avez des éléments nouveaux, si quelque chose vous revient, n'hésitez pas à nous appeler...

Il se leva en soupirant et lui tendit la main.

— ... Mademoiselle Lester... étudiante en droit...

Elle lui tendit la main qu'il garda emprisonnée dans sa grosse patte :

— Vous êtes sûre que vous ne voulez pas m'en dire plus ?

Elle se dégagea :

— Plus sur quoi ?

— Sur vos compétences en matière de police.

Elle feignit l'étonnement :

— Pardon ? Je ne comprends pas...

— Oh que si, vous me comprenez, dit l'adjudant-chef. Vous posez les questions que poserait un flic, pas celles qui viendraient à l'esprit d'une étudiante, fût-elle spécialisée dans le droit.

— Je lis beaucoup de romans policiers, dit Mary.

— Ah, ça explique tout ! ironisa-t-il. Vous connaissez même les grades dans la gendarmerie, et pourtant, passez-moi l'expression qu'est-ce qu'on peut raconter comme conneries dans ces bouquins !

Elle sourit :

— Vous en lisez aussi ?

— De temps en temps... Hors saison, quand mes petits drogués, mes chauffards alcooliques, mes voleurs à la roulotte et les agresseurs de petites vieilles m'en laissent le loisir... En hiver, quoi...

Mary regarda le gendarme dans les yeux, il n'était guère plus grand qu'elle et elle trouva qu'il avait une tête d'honnête homme. Soudain, elle eut envie malgré les consignes du commissaire Graissac, de se confier à ce militaire si différent de l'affreux colonel, directeur du Golf du Bois Joli.

Elle alla jusqu'à la porte de la serre, s'assura que personne n'écoutait derrière, la referma soigneusement. Puis elle revint au gendarme, le pria de s'asseoir.

— Mon adjudant-chef, je pense que je peux vous faire confiance.

De nouveau il la fixait sans mot dire.

— Sur ce que je vais vous dire ici, je demande une discrétion absolue. Je m'appelle bien Mary Lester, mais je ne suis pas étudiante en droit...

Les yeux de l'adjudant-chef n'avaient pas cillé, son visage était resté de marbre. Elle poursuivit :

— ... Je l'ai été, mais maintenant, je suis lieutenant de police...

Elle avait parlé à mi-voix, le gendarme, impassible, l'écoutait attentivement.

— J'ai été détachée de mon poste à Quimper pour une mission qui concerne le Golf du Bois Joli, à la demande du commissaire Graissac.

Elle le regarda et comme il ne disait toujours rien, elle dit :

— Vous ne me demandez pas pourquoi ?

Il laissa tomber un mot sans presque ouvrir la bouche :

— Drogue ?

Elle hocha la tête affirmativement.

— Ça vous surprend ?

— Non...

Puis il demanda à son tour :

— Pensez-vous que l'agression dont vous avez été victime soit liée à votre enquête ?

— Comment le savoir ? A priori il n'y a que mon patron, le commissaire Fabien qui est à Quimper, le commissaire Graissac et maintenant vous qui soyez au courant.

— Il y en a peut-être d'autres qui vous ont devinée, dit l'adjudant-chef.

— Peut-être... A ce propos, vous devez avoir des tuyaux sur les habitués du Bois Joli.

— J'ai mes renseignements, dit le gendarme prudemment.

— Et sur la drogue ?

— C'est un milieu difficile à pénétrer. Pratiquement je ne vois les drogués qu'au stade du consommateur, de ces gamins qu'on découvre complètement défoncés dans les jardins publics ou sur la plage à l'aube et pour lesquels il faut appeler le SAMU.

— Ça ne vous surprendrait pas qu'une filière puisse passer par le Golf du Bois Joli ?

L'adjudant-chef secoua la tête d'un air désabusé :

— Rien ne me surprend plus !

12

Mary Lester avait loué une Renault 5 bleu marine chez Hertz et elle l'avait garée dans une petite rue derrière son hôtel.

Son vélo, muni d'un antivol était rangé près de l'office et la petite Austin noire était bien visible sur le parking de l'hôtel, entre une Jaguar et une Land-Rover.

Allongée sur son lit, tout habillée, elle lisait son gros Dumas, ainsi qu'elle le faisait tous les soirs. A onze heures et demie, elle éteignit sa lampe de chevet, mais au lieu de s'endormir, elle se leva, s'approcha de la fenêtre et jeta un coup d'œil à l'extérieur.

La cour était déserte, éclairée à *giorno* par la lune qui était pleine dans un ciel sans nuages. Elle ouvrit la porte de sa chambre, la referma à clé et descendit l'escalier avec précaution. Enfin, elle sortit par l'office, une petite porte discrète donnant sur l'arrière du bâtiment.

De là elle gagna la rue et rejoignit la Renault 5 par les allées désertes. Elle ne croisa qu'un vieux monsieur qui promenait son chien à petits pas, en fumant une cigarette.

Aussitôt, elle prit la direction du golf. Il n'y avait que deux voitures sur le parking et plus une lumière n'éclairait le *club house*. Une petite route bordait le parcours. Elle la suivit puis, quand celle-ci s'éloigna du domaine du Bois Joli, elle fit demi-tour. Elle n'avait pas croisé une seule voiture. Sur le chemin du retour, une entrée de champ s'ouvrait entre deux haies. Elle y engagea sa voiture, dérangeant des lapins qui folâtraient entre les touffes d'herbe haute, puis elle coupa son moteur et ouvrit sa portière.

Elle sortit de sa voiture, ferma la porte à clé et revint sur la route. Son véhicule était invisible. Rassurée, elle escalada le talus et pénétra sur le parcours de golf.

Les *fairways* éclairés par la lune prenaient une allure irréelle. Dans les pièces d'eau, les grenouilles coassaient et il devait y en avoir une belle quantité pour produire un tel vacarme.

Hors ces charmantes bestioles, tout était calme. Quelques lumières brillaient dans les arbres aux fenêtres des maisons bordant le parcours. Elle allait, légère et silencieuse sur ses chaussures de tennis, ravie de la douceur de l'air et elle se surprit à fredonner une chanson de Charles Trenet qu'elle trouvait particulièrement adaptée aux circonstances :

« C'est un jardin, extraordinaire… »

Extraordinaire, il l'était. Une centaine d'hectares, taillés, tondus, manucurés, avec des massifs de fleurs, des arbres, des haies et des drapeaux rouges plantés sur des petits trous où de graves messieurs s'efforçaient, à l'aide d'une crosse, de faire pénétrer une petite balle blanche.

Parfois, quand elle passait sous un bosquet de pins, l'air sentait la résine, plus loin, c'était le chèvrefeuille qui embaumait, puis un massif de roses, d'herbe fraîchement coupée et encore de foin séché. Toute la magie d'une nuit d'été tenait à ces senteurs qui ne s'affranchissent de leurs corolles pour s'évader vers les étoiles que sous la caresse humide de la rosée nocturne.

Elle arriva devant chez Victoire Leblond, là où elle s'était accrochée avec « la folle ». La maison était silencieuse, seule une petite lumière brillait à une fenêtre de l'étage.

Mary s'appuya au tronc rugueux d'un pin. Elle était vêtue d'un jean et avait passé, par-dessus un tee-shirt marine, un léger blouson de toile marron. De la sorte, elle devait être totalement invisible sur le fond d'arbres.

La lumière de l'étage s'éteignit, tandis que la porte-fenêtre du rez-de-chaussée s'illuminait. Elle vit une silhouette aller et venir devant la lampe, puis une porte grinça légèrement et une tête circonspecte examina le jardin.

C'était « la folle ». Qu'est-ce qu'elle attend ? se demanda Mary.

Pressentant quelque chose d'intéressant, elle se laissa glisser au pied de son arbre en se faisant toute petite. Puis la lumière s'éteignit et la porte grinça de nouveau. Il y eut un léger sifflement auquel la folle répondit par un petit toussotement. Mary vit alors une longue silhouette se dresser à quelques mètres d'elle et jeter un regard inquiet à l'entour.

Puis elle entendit un timbre dolent tomber d'une des fenêtres ouvertes dans le toit :

— Qu'est-ce que c'est, Victoire ?

Et la voix de la femme, rauque, impatiente :

— Rien !

Et à nouveau la voix lasse :

— J'ai entendu un bruit !

Impatience de la femme :

— Je prends l'air. Dors !

Elle écouta un instant et demanda :

— Tu dors ?

Par la porte entrebâillée elle tendit l'oreille, écouta un instant et ressortit en haussant les épaules.

Le président du club, car c'était lui, Mary le voyait comme en plein jour, s'était arrêté dans l'ombre d'un arbre. Victoire lui fit signe de venir et il s'approcha précautionneusement. Sur l'herbe mouillée de rosée, ses pas ne faisaient pas le moindre bruit. Mary se ramassa sous son buisson et ferma les yeux, redoutant le pouvoir d'attraction d'un regard sur celui qu'on épie.

Le grand benêt – ainsi l'avait-elle surnommé dès qu'elle l'avait vu – avait rejoint « la folle » dans son jardin. Il eut un geste interrogatif en montrant l'étage du doigt, mais elle le rassura d'un geste de la main.

— Qu'est-ce qu'ils peuvent bien magouiller ces deux-là ? se demanda Mary.

Elle n'eut pas à attendre bien longtemps la réponse, « la folle » se jeta au cou du président qui l'enlaça tendrement.

Mary en resta pétrifiée. Si elle s'était attendue à ça ! Le président était l'amant de « la folle ». C'était si drôle et si inattendu qu'elle faillit éclater de rire.

Le couple se dirigea vers un banc dissimulé sous une charmille.

Elle entendit des chuchotements et comprit que le président, inquiet d'avoir entendu la voix du mari de sa dulcinée, lui demandait des explications.

Elle dut le rassurer car, tout soudain, elle n'entendit plus que des soupirs. N'ayant aucune propension au voyeurisme, elle se recula doucement, traversa le bosquet et, lorsqu'elle fut hors de vue de la maison, elle poursuivit sa promenade nocturne au long du parcours.

Elle avait eu de la chance de ne pas rencontrer l'amoureux de « la folle ». Il était bon qu'elle sache qu'en se promenant la nuit, elle pouvait tomber nez à nez avec lui, ce qui serait pour le moins fâcheux.

Par acquit de conscience, elle s'en fut jusqu'aux bâtiments des jardiniers, mais là tout était éteint et silencieux.

Elle reprit la route déserte et toujours éclairée par la lune et regagna sa voiture.

*

Le lendemain, elle eut la surprise d'avoir un coup de téléphone dès neuf heures. C'était le commissaire Fabien, son patron qui, de Quimper, venait aux nouvelles.

— Alors, Mary, ces vacances à La Baule ?

Le ton était jovial, le commissaire paraissait être d'excellente humeur.

— C'est très bien, patron. Et à la boîte, ça se passe comment ?

— Très bien. Enfin, je veux dire normalement. Fortin a coincé une équipe de roulottiers, de jeunes nomades qui campaient à la périphérie de la ville. Il en a pris deux en flagrant délit et a réussi à les arrêter.

— Bravo! dit-elle, il doit être content!

— Tu parles! fit le commissaire. Les deux types ont été présentés au juge et remis en liberté immédiatement. Ils sont passés devant Fortin qui n'en finissait pas avec ses formalités administratives en lui faisant un bras d'honneur. Et quand ce pauvre Fortin en a eu terminé avec sa paperasse, il est tombé sur le reste de la tribu devant le palais de justice et il s'est fait cracher dessus et insulter de tous les noms.

— Ça s'améliore tous les jours, ironisa-t-elle.

— Comme vous dites. Fortin était furieux, et je le comprends. Comment voulez-vous que je motive mes hommes dans ces conditions? Enfin... Et vous, où en êtes-vous?

— J'apprends à jouer au golf.

— Et ça vous plaît?

— Oui, dit-elle, je ne l'aurais pas cru, mais il m'arrive de me prendre au jeu.

— Et... pour le reste?

— Statu quo.

— Paraît que vous avez déjà réussi à vous mettre à dos deux personnalités influentes du Bois Joli?

— Ah, vous savez ça?

— Ben, tiens!

— Ne me dites pas que ça vous surprend.

Elle entendit le commissaire soupirer :

— Pas vraiment…
Puis il ajouta :
— Enfin, Graissac voulait Mary Lester, il l'a… A propos, comment ça se passe avec lui ?
— Le mieux du monde. C'est un parfait gentleman. Un peu timoré peut-être…
— Timoré, Graissac ? s'exclama Fabien. Il a bien changé alors !
— Pourquoi, vous l'avez connu plus… mordant ?
— Et comment, dit Fabien avec conviction. Si vous connaissiez ses états de service…
— Alors, ça doit être pour moi qu'il a peur. Je me demande s'il a bien assimilé le fait que, désormais, il y a des femmes dans la police.
— Pourtant, c'est lui qui vous a demandée.
— Ouais, dit-elle, mais je suis sûre qu'il y a des moments où il le regrette.
— Ça ne m'étonne pas…
Il y eut un silence, puis Fabien demanda :
— Quel est le programme à venir ?
— Je vais tâcher de faire un peu bouger les choses.
— Qu'entendez-vous par là ? demanda-t-il soudain méfiant.
— Maintenant que j'ai une vue d'ensemble du terrain et des gens qui y gravitent, je vais donner un petit coup de pied dans la fourmilière.
— Attention Mary, dit-il alarmé, vous évoluez sur un terrain miné. Le milieu de la drogue…
— … Est un milieu éminemment dangereux, compléta-t-elle, je connais la chanson, patron, le

commissaire Graissac me la serine chaque fois que je le vois. Soyez tranquille, je suis une grande fille, je regarderai où mettre les pieds.

Et, quand Fabien, pas trop rassuré eut raccroché, elle ajouta à haute voix : « et j'en connais qui seraient bien inspirés d'en faire autant ! »

*

Mary s'était de nouveau garée dans l'entrée de champ providentielle. En retrait de la route, la R5 y était invisible. Elle sauta le talus qui délimitait le golf et s'engagea sur ce *fairway* qu'elle commençait à si bien connaître.

Elle s'était munie d'un appareil photo et d'un gros flash. Par ailleurs, dans la buanderie de l'hôtel, il y avait une sorte de petit atelier où l'homme à tout faire des sœurs Bellair rangeait son outillage. Mary y avait trouvé un rouleau de mince fil de fer qu'elle avait amputé de quelques mètres pour un usage un peu particulier.

Quand elle parvint à hauteur de la maison de « la folle », il était onze heures. Les fenêtres du rez-de-chaussée étaient encore éclairées et elle pouvait voir la silhouette de Victoire Leblond se déplacer derrière ses rideaux. Hors de là, tout était calme.

Mary entreprit alors de tendre, entre deux arbres, le fil de fer à une hauteur de vingt centimètres. Ces deux arbres délimitaient un passage naturel pour venir de la propriété de « la folle » au *fairway*. Puis elle se retira sous le bosquet où elle s'était embusquée la veille et attendit.

Par la fenêtre entrouverte de la maison, des bruits de vaisselle lui parvenaient avec des bribes de conversation : la voix de Victoire, sans doute à l'adresse de son mari :

— As-tu pris tes gouttes ?

Et puis, avec sollicitude :

— Couche-toi, je te les monte !

L'ogresse paraissait avoir un grand ascendant sur les hommes. Pour quelles raisons ? Cela restait un mystère pour Mary qui, revoyant sa silhouette boulotte et son air peu avenant ne comprenait vraiment pas ce que cette personne pouvait avoir d'attirant.

Elle se surprit à soliloquer :

— J'en connais un qui va bien dormir !

En effet, si, comme il était probable, « la folle » avait rendez-vous avec son amant, rien ne lui était plus facile que de forcer la dose de somnifère pour assurer au receveur principal des impôts un sommeil sans rêves.

Une lumière s'alluma à l'étage, monsieur Leblond avait dû regagner son lit. Puis la lumière s'éteignit. Mary frissonna, une fraîcheur humide tombait du ciel sur les plantes assoiffées. Elle s'assura que son matériel photo était en bon état. Le petit éclair rouge, témoin que son flash était prêt à partir, était bien allumé. Il n'y avait plus qu'à attendre.

La lune en était à son dernier quartier, dans le ciel passaient de gros nuages qui la voilaient complètement, si bien qu'à certains moments, on était dans les ténèbres les plus complètes.

Que le docteur Bellama, président du Golf du Bois Joli, héritier d'une grosse clinique, chirurgien lui-même et personnalité en vue dans tout le département, pût être l'amant d'une créature telle que Victoire Leblond la stupéfiait.

La discrétion qui présidait à leurs rendez-vous laissait penser qu'ils ne souhaitaient, ni l'un, ni l'autre, que leur liaison fût connue. Ce qu'elle allait faire servirait-il ? Voire... Enfin, il fallait bien essayer de déclencher quelque chose.

Elle entendit un pas écraser une branche morte sur sa droite. Comme la veille, elle ferma les yeux, se ramassant le plus qu'elle pouvait. Heureusement que la nuit était plus sombre que les nuits précédentes. Une haute silhouette rejoignit « la folle » sur sa terrasse et l'enlaça.

D'où elle était, Mary voyait l'ombre courtaude de Victoire se dresser vers son amant qui, lui, devait se courber pour l'embrasser. Elle braqua son appareil sur le couple, il était réglé pour prendre des photos en rafales. Il suffisait de garder le doigt sur le déclencheur, le moteur faisait le reste.

Ce fut comme un feu d'artifice, les éclairs de flash se succédaient à une cadence accélérée. Là-bas, le couple se défaisait lentement, comme au ralenti et regardait, stupéfié, vers l'origine de ce déchaînement lumineux.

C'était fini, les vingt-quatre photos étaient prises, l'appareil rembobinait automatiquement le film et

Mary fut aussi stupéfaite que ceux dont elle venait, sans leur permission, de tirer le portrait. Car là, sur la terrasse, ce masque crispé par la surprise et la colère n'était pas celui de Paul Bellama, mais bien du colonel Dubois, directeur du Golf du Bois Joli qui se partageait – avec combien d'autres ? – les charmes fanés de Victoire Leblond.

Elle s'enfuit d'un bond, mais si prompte qu'elle eût été, le colonel l'avait devancée. De sa guerre en brousse, le vieux colonial avait gardé de beaux restes. Ce n'était pas sa graisse qui le handicapait, et, quand Mary faisait trois pas, il n'en faisait qu'un.

Heureusement qu'elle avait tendu son fil de fer ! Le colonel s'y prit les jambes et elle entendit une chute lourde suivie d'un fantastique chapelet de jurons.

N'attendant pas son reste, elle rejoignit son trou de talus, puis sa voiture. Elle démarra doucement, évita de repasser devant la maison des Leblond et regagna son hôtel.

13

Le colonel passa devant le bar sans s'arrêter, sans regarder les clients à la terrasse. Il portait de grosses lunettes noires, avait le nez écorché et il boitait fortement. De plus, il arborait une mine renfrognée qui, d'avance, décourageait le moindre salut.

Mary, assise à la terrasse sous un parasol, buvait un Vittel menthe en attendant l'heure de son cours. Par la fenêtre ouverte, elle entendit le Capitaine des Jeux s'exclamer :

— Ben qu'est-ce qui lui arrive au colon ? Il est retourné en guerre ou quoi ?

Le barman, l'air coincé, essuyait les verres dans son coin. Claude Cagesse l'interpella :

— Hé, Firmin, qu'est-ce qui lui arrive à ton patron ?

Firmin était réellement le nom du barman. Il s'appelait Jean-Paul Firmin, mais il était affligé d'un nom propre de valet de comédie, une malédiction quand on faisait le métier qui était le sien. C'était un garçon d'une bonne vingtaine d'années, étroit d'épaules, blême de peau, et dont les cheveux noirs tenaient plaqués au crâne par une gomina de toute première qualité, si l'on en jugeait aux sillons creusés par les dents du peigne, qui étaient gravés dans sa chevelure du matin jusqu'au soir.

Tel qu'il était, il aurait pu passer pour un Sicilien, mais il était en réalité le fils cadet d'un ostréiculteur de La Trinité-sur-Mer qui avait dû trouver plus commode de servir de la bière que d'affiner les huîtres.

Firmin regarda le Capitaine des Jeux d'un air inquiet et marmonna en rangeant ses bouteilles :

— Je ne sais pas ce qu'il a, mais je peux vous dire que depuis ce matin, tout le monde a pris son avoine ! Les jardiniers, les cadets – surtout les cadets – et, fit-il piteusement, moi.

Il avait une voix efféminée, un tantinet précieuse qui laissait à penser qu'il devait préférer les garçons aux filles.

— Et pourtant, ajouta-t-il encore plaintivement, je ne lui ai rien fait.

Le Capitaine des Jeux s'était adossé au bar, les coudes reposant sur la barre de cuivre qui en faisait le tour. Il vit Mary et, par la fenêtre ouverte, lui adressa un sourire.

— Vous voyez, mademoiselle Lester, brailla-t-il, vous n'êtes pas la seule à avoir eu un accident !

Elle lui rendit son sourire et Bob, qui arrivait avec son chariot électrique et son pantalon de golf lui répondit :

— Ah, tout le monde ne peut pas avoir la chance de Mary !

Il s'approcha de la fenêtre ouverte et demanda à Cagesse :

— Qu'est-ce qui s'est passé ?

Le capitaine des Jeux haussa les épaules en signe d'ignorance et ce fut le barman qui répondit, en jetant autour de lui des regards effarés :

— Il paraîtrait qu'il aurait fait une ronde cette nuit, et qu'il aurait surpris des maraudeurs.

— Ici ? sur le golf ? s'étonna Bob.

— Ouais, dit le barman, et en les pourchassant, il serait tombé.

— Humpff ! fit Cagesse, à mon avis il s'est fait casser la gueule, ouais.

— Mais pourquoi ? demanda Bob.

— Hé, ce ne sont pas les raisons qui manquent.

Il se retourna vers Bob :

— Il y a des tarés partout, mon cher Bob. Il est arrivé que nous trouvions les *greens* martelés à coups de talons...

Bob fronça les sourcils :

— Mais... Quel intérêt y a-t-il, pour agir de la sorte ?

Le Capitaine des Jeux eut un geste évasif :

— Allez savoir...

Et il ajouta :

— Il y a même eu une fois où des cinglés ont organisé une course de 4 × 4 sur le parcours. Vous vous imaginez un peu les dégâts ? On a vu leurs traces pendant plus d'un an.

— En tout cas, dit le barman, le patron a annoncé que, désormais, il patrouillerait toutes les nuits. Je souhaite bien du bonheur à ceux qu'il surprendra sur le terrain, il prend son fusil à pompe !

— Nom de Dieu, je vous l'avais dit, fit Cagesse amusé, c'est la guerre !

— La guerre du golf ! fit Bob ravi de son trait d'esprit.

Les trois hommes s'esclaffèrent et Mary qui entendait tout sans mot dire depuis sa chaise sur la terrasse, était la seule à savoir exactement ce qui s'était passé. Elle se pencha sur son magazine en souriant et imagina le scandale qu'elle pourrait déclencher à la prochaine remise des prix en racontant ce qu'elle avait vu et en montrant ses photos.

Car maintenant le colonel et « la folle » savaient qu'il y avait des photos. Ils devaient s'attendre à un quelconque chantage dans les jours à venir. Et, l'absence de manifestation de la part de leur « maître-chanteur » leur paraîtrait aussi inquiétante, voire plus encore qu'une revendication précise.

Dès le matin, elle s'était expédié le film à son domicile de Quimper. Elle le développerait elle-même, plus tard, et si, dans les vingt-quatre clichés il y en avait un de particulièrement bon, elle en ferait un agrandissement qu'elle collerait dans son album secret avec un commentaire approprié.

Un moment, elle regretta de n'avoir pas conservé quelques centimètres de pellicule pour figer le grand soleil qu'avait fait le colonel par-dessus le fil de fer tendu. Ça aurait pu être un grand moment photographique, mais il y avait toujours le risque qu'avec ses longues pattes, le colonel eût évité l'obstacle.

Auquel cas, elle n'osait imaginer quel eût été son sort !

Peu à peu, les *old members* arrivaient au bar où Claude Cagesse tenait sa permanence quotidienne. Bien évidemment, les supputations sur la mésaventure survenue au directeur allaient bon train.

Celui-ci demeurait invisible, cloîtré dans son bureau. Mary n'avait pas de mal à imaginer quelles étaient les interrogations qui se bousculaient sous son crâne. Il avait déjà dû faire la liste des suspects et devait se demander comment il allait confondre le coupable.

Puis Jean Leblond arriva, suivi de sa femme. Victoire Leblond arborait une gueule hargneuse. Les temps devenaient durs, on avait dû lui conseiller d'y aller mollo sur la bouteille, et si, en plus, elle devait mettre sa libido en veilleuse, ça allait être terrible.

Le directeur des services fiscaux était un petit bonhomme falot qui paraissait toujours être ailleurs.

Mary faillit éclater de rire en l'entendant demander si l'orage de la nuit n'avait pas fait trop de dégâts.

Quand on lui demanda de quoi il voulait parler, il expliqua qu'avant de s'endormir, il avait aperçu des éclairs. Bien entendu, dans son demi-sommeil, le pauvre avait entrevu les lueurs du flash de Mary à travers ses persiennes.

Sa femme alors déclara sur un ton comminatoire :

— Je te dis que tu as rêvé ! Il n'y a pas eu d'orage !

Elle le dominait d'une demi-tête et de toute sa corpulence. Si, dans la nuit, le couple que Mary avait entrevu lui avait fait penser à un dessin de Picasso représentant Don Quichotte et Sancho Pança, Victoire et Jean Leblond évoquaient de façon saisissante ces couples grotesques que Dubout a si bien su immortaliser.

Le pauvre homme, après une mimique d'incompréhension se le tint pour dit. Il se hissa sur un haut tabouret, commanda une bière et ouvrit *Le Monde* à la rubrique financière.

Six heures sonnantes, Mary se rendit au *practice* pour sa leçon quotidienne avec ses compagnons de stage. Paul Sergent, le pro, avait sur sa bouille réjouie un sourire qui en disait long. Le colonel était craint, il n'était pas aimé et sa mésaventure mettait en joie la plupart des membres du club, comme les avait réjouis la trace de crotte de chien sur son beau pantalon blanc un jour de remise des prix.

A dix-neuf heures, les stagiaires rangèrent leur matériel et Paul Sergent leur fit une recommandation en forme de clin d'œil :

— Il vaudrait mieux ne pas venir s'égarer sur le parcours cette nuit !

— Qu'y viendrions-nous faire ? demanda Mary parfaitement hypocrite, ce n'est pas équipé pour qu'on joue en nocturne, que je sache !

— Ça dépend de ce à quoi on vient jouer, répondit le pro d'une manière sibylline.

Cette réponse donna à penser à Mary. Elle se demanda si elle ne devrait pas prévenir les gendarmes qu'un dangereux maniaque allait se promener la nuit sur les *fairways* du Bois Joli avec une arme semi-automatique chargée à la chevrotine. Peut-être y avait-il des amoureux qui choisissaient ce coin pour s'isoler et qui pourraient faire les frais de la fureur de l'ancien militaire.

Dès son retour à La Baule, elle s'en ouvrit à l'adjudant-chef. Elle lui décrivit l'état d'esprit dans lequel se trouvait le colonel et le danger qu'il pouvait représenter pour d'innocents promeneurs.

Cette révélation plongea l'adjudant-chef Bourguignon dans l'embarras :

— Que voulez-vous que j'y fasse ? demanda-t-il à Mary. Le Golf du Bois Joli est une propriété privée, à chaque accès il y a des pancartes « défense d'entrer »... Personne ne peut empêcher le colonel Dubois de se promener sur un terrain dont il est responsable avec une arme qu'il détient en toute légalité...

— Et s'il zigouille quelqu'un ? demanda Mary.

— Dans ce cas, bien sûr, nous interviendrons.

— Vous interviendrez quand le type sera mort...

Elle entendit le gendarme soupirer longuement au téléphone quand elle ajouta :

— Ça serait tout de même plus intelligent de prévenir...

— Certes, dit le gendarme exaspéré, ça serait bien plus intelligent, mais ça n'est pas possible !

Il y eut un silence et il ajouta plus posément :

— Comprenez bien, mademoiselle Lester que nous ne sommes pas dans le même cas de figure que lorsque vous nous avez signalé une personne en état d'ivresse au volant d'un véhicule. En l'occurrence, il y avait délit sur la voie publique. Ici il n'y a pas encore de délit, et c'est dans une propriété privée.

Il avait détaché, en les articulant soigneusement, les deux syllabes des mots « encore » et « privée » pour qu'elle en saisisse tout le sens.

— Je vous comprends particulièrement bien, mon adjudant-chef, et croyez bien que je ne vous en tiens pas rigueur. Je voulais simplement vous prévenir...

— Je vous en remercie, dit le gendarme radouci. Tout ce que je peux faire, c'est marquer la présence de la gendarmerie sur le terrain. Nous allons multiplier les patrouilles autour du *club house* et sur les routes qui longent le périmètre du golf. Et vous allez voir que si notre présence est trop ostensible, Dubois va aller se plaindre à je ne sais trop qui, mais en tout cas à quelqu'un qui pourra me faire des ennuis, qu'il est persécuté par la gendarmerie. N'oubliez pas qu'il est colonel, et que je ne suis qu'adjudant-chef!

— Je ne l'oublie pas, dit Mary.

*

Le colonel Dubois arpentait l'herbe souple de « son » terrain de golf. Il aurait aimé retrouver son « pas d'indien », comme il disait autrefois, cette longue foulée élastique qui le faisait se mouvoir dans le djebel sans faire plus de bruit qu'un fellouze.

Mais il y avait longtemps depuis l'Algérie. A l'époque, il était sous-lieutenant et il avait trente ans de moins.

Et puis, allez donc marcher comme un indien avec une canne anglaise. Car le colonel avait dû se pourvoir d'une canne anglaise! Son médecin avait diagnostiqué une assez belle entorse et lui avait prescrit dix jours de repos absolu. Normalement, le colonel Dubois aurait dû être au lit près de la colonelle et attendre patiemment que ses ligaments distendus reprissent leur place.

Au diable les médecins, au diable la colonelle, son honneur était en jeu, « on » était venu le défier sur son propre terrain, il ne laisserait pas tomber le gant. Quoi qu'en eût dit cette péronnelle de Mary Lester, il avait de l'honneur une idée bien précise. Seulement, ce mot n'avait pas le même sens pour les jeunes générations que pour la sienne.

D'ailleurs, toutes ces saloperies qu'elle lui avait balancées en pleine gueule dans son bureau, elle le lui paierait, et cher. Il ne savait pas encore comment, mais la dette était inscrite en lettres de feu derrière son front étroit. Il n'était pas prêt à solder le compte.

Rien qu'en y pensant, il sentait la fureur monter en lui comme une vague sauvage, si irrépressible qu'il en tremblait, serrant dans sa main noueuse la poignée de son arme, serrant les dents, serrant les lèvres, serrant tout ce qu'on peut serrer en pareil cas. Ah, il n'eût point fait bon que le mystérieux photographe lui tombât sous la main !

Peu à peu, cette promenade nocturne le calma. La sérénité de la nuit, le plaisir de voir ces longues étendues d'herbe sous les étoiles, ces *fairways* si verts au soleil qui devenaient gris sous la lune, avec les longues taches blafardes du sable des *bunkers*... Le sentiment qu'il était le maître incontesté de ce magnifique domaine le remplissait d'orgueil.

Et cette Mary Lester qui avait osé lui suggérer de laisser cette place de directeur à un chômeur. Il en ricana amèrement. A un chômeur ! Je vous demande un peu ! Ah, il aurait été beau le Golf du Bois Joli. Pour mener un tel domaine, il fallait un homme, un vrai ! Un chef, un type à poigne ! Un type comme le colonel Dubois, pas moins ! Un chômeur... Il secoua la tête avec commisération.

Il marchait sur les berges de la longue pièce d'eau qui bordait le trou numéro six, un par cinq de cinq cent vingt-cinq mètres, le trou le plus long du parcours.

Le coassement des grenouilles couvrait tous les autres bruits. Quand il s'approchait trop de l'eau, elles jaillissaient de l'herbe par centaines et plongeaient parmi les nénuphars dont les fleurs, à cette heure, s'étaient refermées. Puis les bestioles s'installaient sur les larges feuilles qui flottaient à la surface de l'eau et regardaient passer l'intrus de leurs grands yeux cerclés d'or.

Tout au bout de la pièce d'eau, il apercevait les hangars des jardiniers et la station de pompage avec ses gros tuyaux qui plongeaient dans l'eau calme du lac.

Il remonta le numéro sept en grimaçant ; sa cheville, bien qu'elle eût été bandée serré le faisait souffrir. Dans les maisons voisines du golf, tout le monde dormait. Çà et là il apercevait, derrière une fenêtre, la lumière blafarde et changeante d'une télévision encore allumée.

Il s'approchait de la maison de Victoire par le sentier entre les arbres où, la veille, il avait pris une si magistrale gamelle. A ce souvenir, une nouvelle bouffée de fureur le submergea. Il porta sa main à son nez tuméfié, palpa le magnifique coquard qu'il portait à l'œil gauche et appuya son fusil contre un arbre.

A ce moment, il crut entendre un glissement sous la futaie. Tous les sens en éveil, il chercha de la main son arme, mais elle glissa et tomba à terre. Il se pencha pour la ramasser à tâtons, et c'est à ce moment-là qu'il reçut sur la nuque le plus formidable marron qu'il eût jamais encaissé de toute sa carrière de baroudeur.

14

Le lendemain, Mary trouva le Golf du Bois Joli en état de choc. Autour du bar ce n'étaient que mines consternées et chuchotements. Il semblait que le *club house* était une maison funèbre où l'on veillait un mort. Les *old members* étaient regroupés autour de Claude Cagesse, formant un cercle aussi impénétrable qu'une mêlée au tournoi des Cinq Nations.

Mary eut l'impression, que, comme le premier jour où elle s'était introduite dans le saint des saints, elle était redevenue l'étrangère, celle qui ne faisait pas partie de la confrérie et que l'on tenait à l'écart.

Même le barman, d'ordinaire si courtois à son endroit, la regardait d'un air sournois. Il régnait une atmosphère de malaise et d'hostilité quasi palpable qui rendait l'air irrespirable.

En attendant sa leçon, elle préféra aller taper un seau de balles au *practice*. Justement, Bernard Brévu, alias « Niklhaus », ramassait des balles sur son étrange machine, abrité dans sa cage de grillage.

Quand il revint pour les remettre dans le distributeur automatique, il aperçut Mary et lui adressa un signe joyeux. Il arrêta son moteur et vint vers elle.

— Mais dis donc, lui demanda-t-elle, qu'est-ce qui se passe aujourd'hui ici ? On dirait qu'il y a quelqu'un qui est mort !

— Vous ne savez pas ? dit le cadet tout excité, le colonel est en taule !

— Quoi ? dit Mary éberluée. En taule ? Mais qu'est-ce qu'il a fait ?

— Il a flingué le président !

— Mon Dieu, dit Mary en se laissant tomber sur un banc qui se trouvait providentiellement là. Mais qu'est-ce que tu me racontes ?

— Je vous raconte ce que je sais ! dit le cadet. Les gendarmes sont venus ce matin, le colonel a été arrêté cette nuit. Il paraîtrait qu'il aurait tiré sur le président.

— Le président Bellama ?

— Evidemment, dit « Niklhaus » en haussant les épaules, pas Chirac !

— Bellama est mort ?

— Non, dit le cadet, il aurait seulement reçu du plomb dans le cul. En tout cas, il est à l'hôpital.

— Et le colonel…

— En taule, je vous dis !

— Bon Dieu ! s'exclama Mary en se levant, en voilà des nouvelles !

— Faut que j'y aille, dit le cadet en remontant sur sa machine.

Il fila en pétaradant vers le milieu du *practice* désert et se remit à ratisser systématiquement le terrain.

Abandonnant toute velléité d'entraînement, Mary retourna au *club house* où personne ne se déridait vraiment. Puis la femme de Paul Sergent vint prévenir les stagiaires qu'exceptionnellement ce jour-là il n'y aurait pas de cours.

En s'en retournant, Mary vit le pro, le *green-keeper* et le vice-président en conférence avec le Capitaine des Jeux dans le bureau de la secrétaire. Tous avaient le visage soucieux.

Cellule de crise, se dit-elle, la situation est grave. Le *staff* du Golf du Bois Joli est décapité : plus de président, plus de directeur... Et, paraît-il, une situation financière préoccupante. Et elle songea *in petto* : tout ça pour les grosses fesses de Victoire Leblond ! Tout de même, il n'est pas besoin d'être jeune et gironde pour faire une femme fatale !

Robert Duhallier, à ce moment, abandonna le groupe et entra délibérément dans le bureau où se tenait la réunion au sommet.

Mary, sur son vélo, fila vers la gendarmerie.

*

Elle avait dû attendre près d'une demi-heure le retour de l'adjudant-chef Bourguignon qui était, au dire du gendarme de permanence, sur les dents depuis la nuit dernière.

En effet, quand l'adjudant-chef la fit entrer dans son bureau, il n'était plus très frais. Ses traits tirés, sa barbe de la veille annonçaient qu'il avait connu une nuit plutôt rude, au point de n'avoir pas eu le temps de passer par la salle de bain.

— Eh bien, mademoiselle Lester, dit-il avec un sourire contraint, quelle bonne nouvelle m'apportez-vous ?

— Je ne viens pas vous en apporter, dit-elle, mais plutôt en prendre. Qu'est-ce que c'est que cette histoire ? Vous avez mis le colonel en taule ?

Le gendarme eut un sourire las :

— Qui est-ce qui vous a raconté ça ?

— C'est ce qui se dit au Golf du Bois Joli.

— Ah là là ! dit l'adjudant-chef. La rumeur va vite !

— Parce que ce n'est qu'une rumeur ?

Il hocha la tête de droite à gauche :

— Oui et non...

Il réfléchit un instant et Mary, impatiente, eut envie de le secouer, de lui arracher ces nouvelles qui avaient tant de mal à sortir. Enfin, il se décida et dit d'une voix lente :

— Cette nuit, comme je vous l'avais annoncé, nous avons patrouillé autour du golf. Vers minuit, nous avons entendu un coup de feu suivi de hurlements... Nous nous sommes précipités...

— Vous y étiez ? coupa Mary.

— Oui, dit l'adjudant-chef. Comme je vous l'ai dit, cette affaire, par les personnalités qu'elle côtoie, est extrêmement sensible. Je tenais à être personnellement présent. Nous avons trouvé, dans le jardin des Leblond, le docteur Bellama baignant dans son sang, auprès de madame Leblond en état de choc. Tandis que mon adjoint demandait le SAMU, je suis parti sur le terrain du golf jeter un coup d'œil. Et là j'ai découvert le colonel inanimé, avec, près de lui un fusil à pompe qui venait de tirer une cartouche.

— Inanimé, avez-vous dit ?

— Ouais... il a fallu appeler une deuxième ambulance.

— Où est-il actuellement ?
— Ils sont tous les deux au CHU de Nantes.
— Qu'en pensez-vous ?
— Je ne sais pas, dit l'adjudant-chef. Je ne vois pas pourquoi le colonel aurait tiré sur le président... C'est Bellama lui-même qui l'avait choisi comme directeur. Et, paraît-il, il en était content... D'ailleurs, les deux hommes avaient de bons rapports.
— Les avez-vous interrogés ?
— Pas encore.
— Puis-je vous donner un conseil, mon adjudant-chef ?
— Dites toujours...
— Cherchez la femme.
— Pardon ?
— Cherchez la femme, vous dis-je. Et ne la cherchez pas trop loin.
— Vous voulez dire... Vous ne voulez pas dire...

L'adjudant-chef s'embrouillait dans ses phrases tant la perspective que venait de lui ouvrir Mary le troublait. Celle-ci hochait la tête affirmativement en souriant.

— Si, mon adjudant-chef. La clé, ou une des clés du problème s'appelle Victoire Leblond.
— Oh là là ! gémit le gendarme en enfouissant son visage dans ses mains, mais qu'est-ce que c'est que ce bordel ?

Il entrevoyait des perspectives hasardeuses et aléatoires pour son avancement.

— Victoire Leblond, poursuivit Mary, était à la fois la maîtresse du docteur Paul Bellama et celle du colonel

Dubois. Peut-être y avait-il d'autres prétendants, mais je n'en sais rien. En tout cas, ces deux-là, j'en suis sûre.

— D'où tenez-vous ces informations ? demanda l'adjudant-chef en se raidissant soudain.

Elle sourit :

— J'ai, en quelque sorte, tenu la chandelle.

Devant son regard ahuri elle sourit plus largement et, se penchant, elle lui confia :

— Dans le cadre de ma mission, j'ai été amenée à faire quelques incursions nocturnes sur le golf. Une nuit j'y ai surpris le docteur Bellama dans les bras de madame Victoire Leblond ; la nuit suivante, elle se jetait dans ceux du colonel Dubois avec une ardeur renouvelée.

— Ben ça alors, dit le gendarme, mais qu'est-ce qu'ils lui trouvent ?

— C'est également ce que je me suis demandé, dit Mary, mais que voulez-vous, nous autres flics nous n'avons pas, en matière de beauté féminine, les mêmes critères que l'élite. Nous ne sommes que de pauvres subalternes, mon adjudant-chef, ne l'oubliez pas !

— Il n'y a pas de danger, dit le gendarme, on me le rappelle assez souvent, surtout quand je dois enquêter dans un certain monde ! Alors, vous pensez que...

— Je pense que le colonel, ulcéré par sa mésaventure de la nuit...

— Quelle mésaventure ?

— Comment, s'exclama-t-elle, vous ne savez pas ? Le colonel aurait surpris, à ce qu'il a dit, des maraudeurs sur le terrain de golf la nuit et, en les poursuivant, il serait tombé et se serait blessé. D'où l'origine de sa fureur, son désir de vengeance et la patrouille nocturne le fusil à la main, comme au bon temps des colonies !

Le gendarme la regardait bizarrement.

— Enfin, je vous en ai prévenu ! s'exclama-t-elle.

— Vous n'auriez pas, dit-il, une autre version, plus proche de la vérité ?

Mary éclata de rire :

— Ah, mon adjudant-chef, vous êtes plus finaud que vous ne voulez bien le laisser croire. Je vais tout vous dire, mais gardez ça pour vous… En me baladant sur le golf, la nuit, j'ai surpris le docteur Bellama dans les bras de Victoire Leblond. Comme je me doutais que leurs rendez-vous nocturnes devaient être fréquents, j'y suis revenue le lendemain munie d'un rouleau de fil de fer que j'ai tendu entre deux arbres, là où l'on passe logiquement en sortant de chez les Leblond.

— C'est du beau, dit le gendarme en feignant l'indignation ; mais ses yeux riaient.

— Le lendemain donc, poursuivit Mary, m'étant pourvue de mon appareil photo et d'un flash, j'ai voulu photographier ce couple charmant…

— Et qu'est-ce qui a raté ? demanda l'adjudant-chef.

— Rien n'a raté. Pourquoi me demandez-vous ça ?

— Parce que vous dites « j'ai voulu »… Si ça avait réussi, vous auriez dit « j'ai photographié… »

— Eh bien, dit-elle, j'ai photographié un couple visiblement très amoureux mais ce n'était plus le même que la veille. Entre-temps, la belle avait changé de prince charmant. Le colonel avait remplacé le docteur.

Seulement, j'ai eu chaud : quand il a vu les flashes dans la nuit, il s'est précipité à ma poursuite. Diable, le bonhomme a du nerf, et du réflexe. Heureusement que je lui avais mis un fil de fer...

L'adjudant-chef Bourguignon s'en tapait sur les cuisses :

— Ah vous alors ! s'exclamait-il, ah vous alors...

Il en avait oublié sa fatigue et pleurait de rire. Quand il eut retrouvé son sang-froid, il demanda :

— Et ces photos ?

— Je ne les ai pas encore développées, dit Mary.

— Faudra me faire voir ça, dit l'adjudant-chef hilare, mais tout de même, vous êtes gonflée !

— Oh ! dit Mary modestement, j'ai simplement essayé de faire bouger les choses.

— Eh bien ! vous pouvez vous vanter d'avoir réussi. Deux types à l'hôpital ! dites donc, avec vous, quand ça bouge, ça bouge !

— Mais pas dans le sens que j'avais souhaité, dit-elle. Après tout, leurs histoires de fesse, je n'en ai rien à faire !

Elle eut une mimique d'impuissance :

— Enfin, ce qui est fait est fait !

Elle y réfléchit encore une seconde, puis, retrouvant le fil de sa pensée, elle poursuivit :

— Donc, le colonel furieux s'en va en patrouille sur le golf, une coïncidence fâcheuse fait qu'il trouve sa maîtresse dans les bras d'un rival, il perd son sang-froid, il tire et il s'enfuit...

— Et comment se retrouve-t-il assommé dans le chemin ? demanda l'adjudant-chef.

— Eh bien il aura heurté une branche basse, dit Mary.

— Alors, c'est qu'il devait courir à reculons, dit l'adjudant-chef, car sa bosse, c'est sur la nuque qu'il l'avait.

— Vous êtes sûr ? demanda-t-elle contrariée.

— Absolument, dit le gendarme. Et puis, je vais vous dire autre chose. Nous lui avons fait subir le test de la paraffine...

— Et alors ?

— Ce n'est pas lui qui a tiré.

Il y eut un silence, c'était au tour de Mary d'être éberluée.

— Il y a eu une mise en scène dit le gendarme. C'est bien son arme qui a tiré, mais ce n'est pas lui qui a actionné la détente.

— Qui alors ? demanda Mary.

— Tout le problème est là, dit le gendarme.

Et il suggéra :

— Peut-être celui qui a tenté de vous écraser ?

15

Au *club house* du Golf du Bois Joli, la grande salle du bar était pleine. Il y avait là une bonne centaine de golfeurs et de golfeuses venus à la convocation du Capitaine des Jeux, pour une assemblée générale exceptionnelle.

Mary, qui n'était pas membre, avait cependant réussi à se glisser dans la salle et elle se tenait dans une encoignure de fenêtre, quasi invisible derrière une lourde tenture.

Les golfeurs s'étaient regroupés par affinités et on retrouvait les équipes qui jouaient d'ordinaire ensemble. Les conversations allaient bon train, mais sur un registre plus feutré que d'habitude. On sentait que l'heure était grave, que peut-être, l'avenir du club allait se décider là.

Au fond de la salle, devant la grande cheminée de pierre, une table toute en longueur avait été dressée. Claude Cagesse, le Capitaine des Jeux y était assis en compagnie d'une dizaine d'autres personnes que Mary connaissait plus ou moins de vue. Il s'agissait là du conseil d'administration au grand complet, et elle eut la surprise d'y voir, au bout de la table, monsieur Hermany.

Le vieil homme se tenait bien droit, regardant devant lui sans voir personne, paraissant plongé dans un abîme de réflexion. Le vice-président s'entretenait à voix basse avec le trésorier qui lui montrait un dossier et, le crayon à la main, paraissait souligner certaines lignes importantes. Dans ce conseil il y avait également deux femmes, et elle reconnut madame Savary, une petite blonde effacée qui était chargée de l'accueil et du protocole. Elle ne connaissait pas le nom de l'autre dame, une quinquagénaire osseuse, mais elle entendit dire qu'elle s'occupait des compétitions extérieures.

En effet, comme dans tout club sportif comptant des centaines de membres, l'administration avait une importance capitale. D'autant que dans le cas du Golf du Bois Joli, il fallait gérer une équipe de jardiniers, un véritable *staff* technique pour que l'immense terrain soit toujours en bon état. S'en occuper n'était assurément pas une sinécure.

Le Capitaine des Jeux agita une petite cloche pour réclamer le silence. Tous les regards convergèrent vers lui. Mary chercha des yeux Victoire Leblond, mais ni elle ni son mari n'étaient là.

— Mesdames et Messieurs, mes chers amis golfeurs, commença Claude Cagesse de sa voix éraillée, il n'est pas d'usage de faire une assemblée générale en août. D'ordinaire, cette période est réservée aux vacances sans soucis et au plaisir de pratiquer notre cher sport. Si le comité vous a convoqués aujourd'hui, c'est que, vous le savez, de tragiques événements ont eu lieu ces jours derniers. Je les résume, pour que nul ne les ignore, et pour faire taire les rumeurs les plus folles qui, en pareil cas, ne manquent jamais de prendre corps.

Il marqua une pause, réfléchissant à ce qu'il allait dire, puis dans un silence de cathédrale, il poursuivit :

— Voici quelque temps que le colonel Dubois soupçonnait des rôdeurs de venir la nuit sur les *fairways* du Bois Joli. Au cours d'une ronde, il fut même blessé en poursuivant ces maraudeurs...

Mary baissa la tête et sourit en entendant cette version édulcorée des faits.

— Tout le monde ici connaît l'attachement que portait le colonel Dubois à son golf. En aucun cas il n'aurait supporté de le voir endommagé par des voyous... Il prit donc sur lui d'effectuer une surveillance nocturne pour éviter toutes déprédations.

Il marqua une nouvelle pause, pour faire passer la suite :

— Le malheur voulut que notre président, le docteur Bellama, animé du même souci que le colonel Dubois, vînt cette même nuit lui aussi effectuer une ronde. Que s'est-il passé ? Pour le moment nous n'en savons rien, une enquête est en cours qui éclaircira les points encore obscurs. Il est probable qu'une tragique confusion se soit produite et que, croyant être en présence des voyous qui l'avaient agressé la veille, le colonel ait voulu se défendre. Un coup de feu partit, qui blessa le docteur Bellama. Je vous rassure tout de suite, ses jours, pas plus que son intégrité physique, ne sont menacés. Quant au colonel Dubois, cruellement affecté, comme vous pouvez l'imaginer par cette tragique méprise, il a dû être hospitalisé lui aussi, et il se remet lentement des suites de ce drame. En conséquence, le Golf du Bois Joli se trouve privé tout à la fois, en des temps où sa gestion devient difficile, de son directeur et de son président. Le comité, réuni à ma demande, a donc décidé de pourvoir à leur remplacement.

Il y eut, dans l'assemblée, un moment de stupeur, auquel succéda le brouhaha des langues trop longtemps contenues. Bellama ne serait plus président ? Le colonel Dubois ne serait plus directeur ? Pour une surprise, c'était une surprise. Des questions fusèrent : qui serait le prochain président ? Le prochain directeur ? Les regards se portaient sur le premier vice-président, responsable d'une grosse concession automobile, dont on savait qu'il guignait la place de Bellama comme un chien guigne un os. Mais il faisait pauvre figure, bien qu'il affectât une tranquille indifférence.

A nouveau Paul Cagesse agita sa sonnette mais cette fois le calme fut plus long à revenir. L'ayant enfin obtenu, le Capitaine des Jeux annonça d'une voix qu'il s'efforçait de rendre solennelle :

— Après une longue délibération, le comité a élu au poste de président monsieur Robert Duhallier.

A nouveau, un silence stupéfait s'abattit sur l'assistance, puis il y eut des cris, des sifflets, quelques applaudissements, en fait la confusion la plus totale. Les gens se regardaient, perplexes, se demandant qui était ce Robert Duhallier qui prenait la place dévolue par une longue tradition à un des *old members*.

Faisant fi de ces manifestations, Duhallier, toujours en culotte de golf, fendait la foule et marchait vers la table du comité.

Claude Cagesse se leva et tendant la main vers l'arrivant s'écria :

— Monsieur Robert Duhallier, votre nouveau président !

Puis il donna le signal des applaudissements, mollement suivi par les membres du jury. Mary nota que monsieur Hermany, toujours très droit, ne faisait pas un geste pour applaudir, que l'assistance ne suivait pas très bien le Capitaine des Jeux, et que les sifflets étaient plus nombreux que les marques de satisfaction.

Claude Cagesse tenta bien de reprendre la parole pour présenter le nouveau président, mais il ne put le faire, sa voix étant couverte par le brouhaha des golfeurs.

Indifférent à ce tumulte, Robert Duhallier passa derrière la table, poussa le Capitaine des Jeux et le vice-président pour se faire, au milieu des membres du comité, la place qui lui revenait.

Puis il leva les mains pour réclamer le silence. Curieusement, il l'obtint.

— Je vous remercie, dit-il, pour la chaleur de votre accueil.

Ses petits yeux se posaient sur l'assistance avec une fixité qui mettait mal à l'aise. Plus personne ne bronchait.

— Etant donné l'urgence de la situation, j'ai accepté, dit-il, d'être le président de ce club.

Sa voix était grave, calme, déterminée.

— Handicap ? cria quelqu'un dans la foule.

C'était une manière de rappeler à ce parvenu que, pour avoir l'honneur de devenir président du Golf du Bois Joli, il fallait avant tout être un golfeur de longue tradition.

Duhallier fixa celui qui l'interpellait dans les yeux.

— A qui ai-je l'honneur, Monsieur ? demanda-t-il.

L'autre se redressa, mal à l'aise, mais fit front :

— Paul Cagnard, handicap neuf, membre du club du Bois Joli depuis vingt-deux ans.

— Eh bien, monsieur Cagnard, s'il suffisait, pour mener avec compétence un grand club comme le nôtre d'avoir un handicap à un chiffre, je ne doute pas que vous seriez nombreux à mériter cette place. Malheureusement, monsieur Cagnard, le Golf du Bois Joli était jusqu'à présent présidé par le docteur Bellama, handicap cinq...

Il fixa de nouveau son interrupteur de ses petits yeux perçants :

— Savez-vous, monsieur Cagnard, quelle est la situation financière du club du Bois Joli ?

Et comme l'autre, mal à l'aise, ne répondait pas :

— Non, vous ne la connaissez pas, monsieur Cagnard. Vous ne la connaissez pas parce que vous ne voulez pas la connaître et que votre seule préoccupation est de passer handicap huit... Eh bien, je vais vous le dire, monsieur Cagnard...

Le malheureux Cagnard ainsi placé sur la sellette ne savait plus où se mettre. Il jetait de droite et de gauche des coups d'œil de détresse, cherchant une bonne âme pour venir à son secours. Mais les bonnes âmes, ce jour-là, étaient de sortie.

— ... La situation financière du club du Bois Joli est catastrophique.

Duhallier avait pris son auditoire en main. On parlait « pognon », un mot que tout le monde ici vénérait, surtout ceux qui n'en avaient plus. C'était lui le patron. Il laissa les golfeurs digérer le mot « catastrophique » avant de continuer :

— Je n'ai pas l'habitude de me cacher derrière des périphrases pour énoncer les vérités, si cruelles soient-elles. Ce club traverse une crise grave. Jusqu'à présent, tout le monde a fait l'autruche, votre ex-président le premier. C'est une attitude qui peut durer quelque temps, mais à terme on est toujours rattrapé par la réalité.

A nouveau il laissa passer un temps, puis il assena :

— Et la réalité est la suivante : si on avait laissé aller les choses, dans deux mois, dans trois mois, ce club aurait été en cessation de paiement. On aurait mis la clé sous la porte. Le personnel aurait été licencié, les machines vendues à l'encan, le terrain loti... Voilà ce qui vous attendait.

— Et vous, vous avez une solution miracle ? tenta d'ironiser Cagnard.

— J'ai une solution, oui Monsieur.

— Peut-on savoir ? demanda une autre voix.

— Assurément. Vous ne l'ignorez pas, je suis un industriel et j'ai mené à bien des entreprises d'une autre importance que celle-ci. J'ai gardé des contacts avec des banques qui, avec ma caution, renfloueront notre trésorerie.

— Les banques, ricana Cagnard, on sait ce que ça vaut quand on est aux abois !

— J'ai dit « avec ma caution », fit Duhallier d'une voix sèche. Il n'y a pas un seul directeur de banque en Europe qui en ignore le poids...

Ce disant il fixait le malheureux Cagnard sans aménité, avec un mépris non dissimulé. Sous ces yeux impitoyables, Cagnard se recroquevilla. Satisfait, Duhallier reprit d'une voix forte :

— Maintenant, permettez-moi de vous présenter votre nouveau directeur.

— Ben dis-donc, fit un homme près de Mary, ça dégage !

Sorti de l'assemblée, un homme d'une quarantaine d'années, brun, athlétique, s'approcha de la table.

— Voici monsieur Périgner. A compter de ce jour, il remplace le colonel Dubois dans toutes ses fonctions.

Il regarda Cagnard dans les yeux et ajouta :

— A toutes fins utiles, je vous signale que monsieur Périgner est handicap quatre et que, ces dernières années, il jouait à Gleeneagle en Ecosse où il administrait une de mes sociétés. Ceci pour ceux qui mettraient en doute ses compétences.

Cagnard restant coi, Duhallier balaya l'assemblée du regard :

— D'autres questions ?

Et comme personne ne se manifestait :

— Parfait ! Maintenant, je vous invite à boire le champagne pour arroser mon élection.

L'assemblée, bourdonnante, se déplaça lentement vers le bar sur lequel Firmin alignait les verres. Mary gagna la porte, elle en avait assez vu. Elle fut rejointe par monsieur Hermany :

— Vous ne buvez pas le champagne, Mary ?

— Merci, dit-elle, je n'aime pas ça. Mais vous, monsieur Hermany ?

Il la prit par le bras et, en confidence :

— Je n'aime pas plus ce vin que celui qui l'offre.

— Je ne savais pas, dit-elle, que vous faisiez partie du comité de direction du Bois Joli.

— Privilège de l'âge, dit-il.

Il l'entraîna vers un banc, un peu à l'écart de la terrasse.

— Asseyons-nous ici. Ma fille ne pourra pas venir me chercher avant six heures, elle est partie conduire son petit-fils à une régate d'Optimist au Croisic.

— Voulez-vous que je vous ramène ?

— Sur votre vélo ? ironisa-t-il.

Elle rit :

— Aujourd'hui je suis en voiture. Une roue de ma bécane était à plat, et j'ai demandé à l'homme à tout faire de l'hôtel de me la réparer.

— Je veux bien, dit monsieur Hermany, je serais mieux chez moi qu'ici.

Ils s'en furent à petits pas vers le parking. Quand monsieur Hermany fut installé dans la voiture, Mary lui demanda :

— J'aimerais bien que vous me racontiez comment ce bon Bob Duhallier a pris les commandes du club.

— Le plus simplement du monde, ma bonne amie ! Il s'est invité à la réunion exceptionnelle que nous avons eue. Il avait obtenu, je ne sais comment, un état de la situation financière du club qui, comme il l'a dit, est catastrophique.

— Et alors ?

— Alors il a proposé de résoudre les problèmes d'argent, prétendant avoir suffisamment d'entregent pour y parvenir sans peine, à condition qu'il fût élu président du club.

— Il a dû y avoir du tirage parmi les membres du comité !

— Je vous crois ! Il y avait surtout ce pauvre Dubuisson qui faisait la gueule. Depuis le temps qu'il rêvait d'être président ! Il croyait son heure arrivée ! Patatras, voilà que tout est à l'eau ! Comme tout le monde commençait à se bouffer le nez, Duhallier nous a dit qu'il allait prendre un verre au bar, le temps qu'on discute, et qu'il revenait dans un quart d'heure. Là, il attendait une réponse ferme, oui ou non.

» Un quart d'heure, c'est tout le temps qu'il nous donnait pour réfléchir. Alors que d'ordinaire il nous faut des mois, voire des années pour faire un président !

— Et alors ?

— Eh bien un quart d'heure plus tard, quand il est revenu, il était président !

— C'est ce qu'on appelle un vote de raison.

— Absolument. Nous n'avions pas le choix. C'était ça, ou, comme il l'a dit, la clé sous la porte dans les six mois. Aussitôt il a fait venir Périgner – entre nous, il devait être sûr de son fait – et nous l'a présenté comme le nouveau directeur.

— Qui est-il, ce Périgner ?

— Un homme à lui. Le directeur d'une de ses succursales en Ecosse. Comme il l'a annoncé, il est quatre de handicap.

— Au moins, il connaît la question.

— Ouais, et c'est un gaillard énergique. Un quart d'heure après sa nomination, le bureau de Dubois était vidé, toutes ses affaires mises en carton et les cartons livrés à son domicile. Une heure après il réunissait le personnel administratif, et dans l'après-midi il faisait le tour du terrain avec le *green-keeper* et l'ensemble des jardiniers.

— Eh bien dites donc, voilà tout votre petit monde chamboulé !

Elle démarra doucement, se dégageant du parking qui était plein au point que des voitures stationnaient sur les pelouses.

— Regardez-moi ça, s'indigna le vieil homme, le bordel commence ! Des voitures sur l'herbe, ça, Dubois ne l'aurait pas toléré.

— Qui vous dit que l'autre le tolérera ? Laissez-lui le temps... Pour le moment, il arrose sa nomination.

— C'est vrai, admit monsieur Hermany.

Puis, après un silence :

— Ça ne fait rien, je me demande ce qu'un gaillard de cet âge – je parle de Périgner – qui semble avoir de l'envergure, vient fiche à la direction d'un golf.

— N'est-ce pas là une situation enviable ? demanda-t-elle.

— Si fait, mais un capitaine d'industrie ne saurait s'en contenter.

Il cligna des yeux d'un air malin :

— Je m'y connais en hommes... Périgner est un gros calibre ! Envisager, à quarante ans, quand on vient d'une grosse entreprise d'avoir en tout et pour tout une équipe d'une douzaine de jardiniers à manager, ça paraît surprenant !

Il regarda Mary :

— Vous ne trouvez pas ?

Elle fit la moue :

— Et si, justement, il en avait eu marre de courir le monde, de se battre pour des marchés, des financements, des contrats... N'oubliez pas que c'est un golfeur chevronné qui ne devait plus guère avoir le loisir de jouer. Il souhaite souffler un peu, mettre sac à terre comme on dit dans la marine. Et se présente cette opportunité : la direction du Bois Joli, un club prestigieux, dans une région où il fait bon vivre...

A son tour elle regarda Hermany :

— Ce serait de la sagesse, monsieur Hermany, pourquoi n'y aurait-il pas, de temps en temps, un homme d'affaires qui serait touché par la grâce ?

— Parce que ces types-là, dit Hermany, ne vivent que pour dominer les autres. Ils ont ça dans le sang. Enfin, comme vous dites, pourquoi n'y en aurait-il pas un touché par la grâce ?

Monsieur Hermany habitait sur la corniche, sur la route de Pornic. Tout en roulant doucement sur la petite route surplombée de pins, Mary méditait les paroles du vieux sage.

— Enfin, dit-il, ce Duhallier ne me plaît guère, et je me méfierai volontiers du sieur Périgner, mais il ne me déplaît pas de voir toutes les mesquines ambitions de ces messieurs du comité balayées pour longtemps. Ah ! pour certains, être président d'un golf semble être l'aboutissement d'une vie.

— N'en est-il pas de même pour Duhallier ? demanda-t-elle doucement. Peut-être que je le connais un peu mieux que vous, monsieur Hermany. Pendant trois semaines je l'ai côtoyé chaque jour au cours de mon stage.

Le vieil homme lui jeta un regard intéressé :

— Ah ! et qu'en pensez-vous ?

— C'est assurément un industriel d'envergure. Un « self made man », comme il se plaît à le souligner. Il aurait débuté dans la vie comme apprenti chaudronnier avant de créer sa société qui, lorsqu'il l'a cédée, comptait plusieurs milliers d'ouvriers dans différents pays du monde.

— C'est ce que je me suis laissé dire, en effet. Mais hors ça ?

— Que dire ? fit-elle pensive, je pense qu'il est sincèrement mordu de golf. Sa détermination à apprendre nous a épatés, et aussi sa vitalité. On sent chez ce type un formidable appétit de vivre, comme si, jusqu'alors, il avait été brimé par sa vie professionnelle. De nous tous, il est assurément le plus âgé mais aussi le plus acharné à se perfectionner. De plus, il est redoutablement perspicace.

En disant cela, Mary pensait à la curieuse question que « Bob » lui avait posée un soir sur la terrasse : « Mary, pourquoi n'aimez-vous pas le golf ? »

— On ne mène pas les affaires comme il l'a fait sans avoir des qualités hors pair, dit monsieur Hermany. Quant à sa prise de pouvoir au Bois Joli, on peut certes s'en étonner, voire s'en indigner, mais ça reste un chef-d'œuvre du genre. Quand monsieur Duhallier veut quelque chose, il sait mettre tous les atouts dans son jeu pour l'avoir.

— J'ai pu le constater, dit Mary, il n'aime pas que les choses ni les gens lui résistent. Et maintenant, que va-t-il se passer?

— Que voulez-vous qu'il se passe? sourit le vieil homme. Derrière son dos on va le critiquer, mais par-devant on lui passera la brosse à reluire. Soyez certaine que tous ceux qui voulaient le snober sont déjà, coupe de champagne à la main et petits fours plein le bec, en train de lui faire allégeance.

— Comme vous les connaissez bien! dit-elle.

*

Quand elle eut déposé monsieur Hermany devant sa porte, elle repassa par la gendarmerie avant de regagner son hôtel.

— Et voilà, dit-elle à l'adjudant-chef Bourguignon, le roi est mort, vive le roi!

— Qui est mort? demanda-t-il les sourcils froncés.

— Personne, c'est une figure. Au Bois Joli, on ne connaît même plus Bellama, le colonel Dubois appartient à un passé qui s'efface dans les lointains. Le nouveau président est un certain Robert Duhallier, ci-devant industriel, dont il y a deux mois pas un membre n'avait entendu parler, et le nouveau directeur s'appelle monsieur Périgner. A propos, comment vont vos blessés ?

— Au mieux. On a extrait une douzaine de chevrotines des parties nobles du docteur Bellama. Pendant quelques jours il souffrira en position assise mais, s'il ne pratique pas le naturisme, personne ne s'en apercevra à l'avenir. Quand au colonel Dubois, il ne se souvient plus de rien.

— C'est plus pratique comme ça ! s'exclama Mary.

— N'empêche, dit le gendarme, il est sérieusement sonné. Celui qui l'a assaisonné n'y est pas allé de main morte ! Il lui faudra rester quelque temps encore à l'hôpital, et ensuite recevoir des soins dans un établissement spécialisé.

Il se tapota le haut du crâne, pour montrer où le colonel avait été le plus atteint.

— Et sur le plan pénal ?

— Il n'y a plus de plan pénal, sourit le gendarme. Personne ne porte plainte, il s'agit, officiellement, d'un accident survenu sur un terrain privé.

— Ouais, dit Mary rêveusement, la version officielle est celle que nous a servie le Capitaine des Jeux. Fâcheux concours de circonstances, accident malheureux. Ça arrange tout le monde.

— Vous pouvez le dire, fit le gendarme, et moi en premier. Dans quel guêpier ai-je failli mettre les pieds ! Je suis bien content de m'en sortir sans dommages.

— Mais vous comme moi, mon adjudant-chef, nous savons bien que la vérité est tout autre.

— Bien sûr, inspecteur. Il y a un salopard qui agit dans l'ombre, qui essaye d'écraser les jeunes filles à bicyclette, qui assomme les colonels la nuit et qui plombe les fesses des médecins en goguette. Ne vous inquiétez pas, celui-là, nous ne l'oublierons pas dans nos prières !

16

— Je ne vous ai pas vu hier lors de l'assemblée générale extraordinaire, dit Mary.

— J'ai été prévenu trop tard, dit le commissaire Graissac. D'autres engagements... Il semble que tout ceci se soit fait dans la plus extrême précipitation.

Il en paraissait surpris et désolé. Mary, de sa cabine sur le remblai, voyait l'immense étendue sableuse où de gros camions jaunes circulaient comme sur une autoroute, portant dans leur benne des tonnes de goémon déposé là par la marée. Une énorme pelle métallique avait, pour un temps, pris la place des baigneurs et ratissait soigneusement ces varechs.

Les estivants se faisaient plus rares. On avait passé la mi-août et nombre d'entre eux étaient déjà rentrés. Il régnait sur la station un temps merveilleux et une légère brise de nord-est empêchait la chaleur d'être trop accablante. Au loin, sur la mer, des petites voiles blanches couraient sous la caresse du vent.

— Je suppose, dit Mary, que vous êtes au courant. Vous avez changé tout à la fois de directeur et de président.

— J'ai été prévenu, dit laconiquement Graissac. Mais ceci ne modifie en rien votre mission. Et, à ce propos ?

— Rien de neuf, dit-elle. Je commence cependant à comprendre certaines choses, à entrevoir des possibilités, des éventualités…

— Mais rien de concret ?

— Pour le moment, non. Ah, je voulais vous dire, monsieur, j'ai dû révéler mon identité et ma fonction à l'adjudant-chef Bourguignon, le patron de la compagnie de gendarmerie de La Baule.

— Comment ça ? s'inquiéta le commissaire Graissac.

— Lorsque je suis allée porter plainte au sujet de mon accident, j'ai dû être maladroite et vendre la mèche. J'ai vu qu'il ne croyait guère à mon statut d'étudiante en droit. Paraît que je posais les questions comme un flic ! Alors, j'ai préféré tout lui dire.

Et, comme à l'autre bout du fil Graissac ne disait rien, elle demanda d'une petite voix :

— J'ai mal fait ?

— Je ne sais pas, dit le commissaire, nous étions convenus de garder le secret. Comment est-il, ce Bourguignon ?

— Il me fait l'effet d'un militaire consciencieux et d'un parfait honnête homme.

— Coopératif ?

Le commissaire Graissac avait-il vécu des conflits avec la gendarmerie ?

— Tout à fait, nous nous entendons bien tous les deux.

Et elle ajouta, car elle sentait comme une réticence chez le commissaire :

— Vous savez, s'il ne m'avait pas inspiré une confiance totale, je ne lui aurais rien dit.

— Bien sûr... Bien sûr.

Elle n'avait pas raconté à Graissac comment elle avait piégé le colonel avec son flash et son fil de fer. Elle craignait qu'il n'eût point apprécié.

— Bien entendu, dit-elle, je lui ai demandé la discrétion la plus absolue...

Comme elle n'entendait plus rien, elle dit :

— Allô... Allô... Vous êtes toujours là patron ?

Graissac la rassura :

— Oui... Je réfléchissais...

— Dites-moi, demanda-t-elle, je n'ai pas vu l'ombre d'une information sur « l'accident » dont a été victime le docteur Bellama dans la presse locale.

— C'est parce qu'il n'y en a pas eu. Le Golf du Bois Joli est un des fleurons de la station, il ne faut surtout pas en donner une image négative.

— Pourtant votre fleuron, si Duhallier n'en avait pas pris les commandes à la hussarde, aurait été en faillite dans les mois qui viennent !

— On en a parlé ?

— Et comment ! Duhallier a même mis carrément les pieds dans le plat. Ce n'est pas un homme qui s'embarrasse de fioritures. Quand il y a quelque chose à dire, il le dit. Vous le connaissez ?

— Comme ça...

— Vous avez pris vos renseignements...

Ce n'était pas une question.

— Bien entendu...

— Peut-on savoir ?

— Duhallier, dit Graissac, est une personnalité bien difficile à cerner. Issu d'un milieu extrêmement modeste, il crée, dans les années cinquante, une petite société de réparation navale qui va connaître un grand avenir. Spécialisée dans la construction de cuves pour les pétroliers et les méthaniers, par le biais de ses succursales à travers le monde, elle équipe les trois quarts des navires de la planète.

— Je croyais que la construction navale était en crise ? dit Mary.

— En Europe, oui. Dans le tiers-monde, non. Question de salaires, de charges sociales. Les patrons transportent le travail là où ils trouvent les meilleures conditions financières. La société de Duhallier s'occupe également de récupération de métaux. Avez-vous vu des reportages sur ces cargos que l'on échoue sur les plages en Malaisie et que des manœuvres à demi nus découpent en petits morceaux ?

— Oui.

— Eh bien, ça aussi c'est Duhallier. Il a également des intérêts dans des compagnies de navigation sud-américaines, plus d'autres affaires plus ou moins transparentes sur lesquelles nous n'avons pas de renseignements précis.

— Il possède donc une fortune...

— Colossale, compléta le commissaire. Pour lui, renflouer les finances du Golf du Bois Joli, c'est de la broutille, juste un peu d'argent de poche.

Mary en était toute songeuse.

— Qu'est-ce qu'un financier de cette envergure peut bien venir faire à La Baule ? demanda-t-elle.

— Officiellement, prendre sa retraite, dit Graissac.

— Croyez-vous qu'un tel personnage puisse envisager de se retirer comme ça ? demanda-t-elle.

— Je ne sais pas, dit le commissaire, mais il importe, plus que jamais, de garder l'œil sur le Golf du Bois Joli. Vous n'en avez pas encore fini, mademoiselle Lester !

*

Mary pédalait allégrement dans l'air frais du matin vers le Golf du Bois Joli. Elle y avait rendez-vous avec « Niklhaus » et « Ballesteros » pour les accompagner dans leur entraînement matinal.

En quelques jours, la température avait sérieusement baissé ; cela se sentait surtout le matin et le soir. Désormais, il était prudent de se pourvoir d'un chandail car les soirées, dès que le soleil s'était couché, devenaient subitement fraîches.

L'automne approchait à grands pas mais il ne pleuvait toujours pas. Devant les belles villas, les gazons jaunissaient et les feuilles des hortensias pendaient lamentablement. Les feuilles des saules elles aussi avaient jauni prématurément et maintenant elles commençaient à tomber.

Au milieu de cette nature assoiffée, le Golf du Bois Joli verdoyait insolemment ; grâce à ses importantes réserves d'eau, il était chaque nuit arrosé à satiété. Cependant, il était temps qu'il pleuve, le niveau des étangs avait considérablement baissé.

La maison du nouveau président n'était pas directement sur le golf, mais de l'autre côté de la petite route empierrée qui desservait les villas donnant sur les *fairways*.

C'était un ancien domaine agricole fort important. Les *fairways* du Bois Joli avaient été les premiers à empiéter sur les terres cultivées, les lotissements avaient suivi quand le petit village de La Baule était devenu une station à la mode. La vente de quelques hectares de terrains à bâtir avait rapporté, pendant des années, bien plus que les revenus de la culture. Mais, tout ayant une fin, les derniers héritiers avaient dû, quand toutes les terres avaient été vendues, se séparer des bâtiments du domaine.

Ceux-ci étaient passés entre les mains d'un entrepreneur de travaux public qui avait réhabilité tous les bâtiments, transformant l'ancienne ferme en une somptueuse résidence.

Puis, l'entrepreneur étant décédé, ses enfants avaient mis *le Chêne Tortu*, c'était le nom du domaine, en vente.

De nombreux golfeurs avaient guigné la somptueuse propriété, spéculant sur la difficulté des temps pour l'acquérir à bon compte. Ils avaient été bien déçus : à peine mise en vente, *le Chêne Tortu* avait trouvé preneur, en la personne de Duhallier. Il n'en avait pas discuté le prix, pourtant jugé exorbitant et l'avait payé rubis sur l'ongle.

Ainsi, pour venir à « son » golf, il n'avait que la route à traverser.

La demeure du nouveau président était cachée derrière une épaisse muraille de pierre haute de trois mètres, vestige soigneusement entretenu d'un temps où des bandes d'écorcheurs parcouraient les campagnes en pillant les fermes isolées. Pour éviter ces mésaventures, certains domaines s'étaient remparés comme de petites forteresses. *Le Chêne Tortu* était de ceux-là. On y accédait par un portail de fer forgé, à deux battants, qui ne s'ouvrait que pour laisser passer les voitures. Il y avait également une petite porte, métallique, que Duhallier utilisait pour entrer et sortir de chez lui.

Aux dires de « Niklhaus », qui était très observateur, Duhallier ne sortait jamais de clé de sa poche ; dès qu'il s'approchait de la petite porte, comme par magie, elle s'ouvrait toute seule.

Par ailleurs, on ne connaissait pas de madame Duhallier et personne ne pouvait se vanter d'avoir été reçu au *Chêne Tortu*. De temps en temps un 4 × 4 aux vitres fumées sortait du domaine, sans doute pour aller au ravitaillement.

Il était conduit par un homme jeune et athlétique qui portait toujours des *Ray-Ban* et qui se souciait peu des limitations de vitesse.

Mary gara son vélo près du hangar où les membres du club rangeaient leur matériel. Les deux cadets étaient déjà prêts. Ils ne prenaient pas de chariot, mais portaient leur sac à l'épaule.

Dans le même temps, mais à quelques centaines de mètres de là, Victoire Leblond sortait de son jardin en tirant le chariot portant son sac et son équipement. Il lui arrivait fréquemment de jouer seule tôt le matin.

Ainsi elle n'avait pas l'occasion de se disputer avec ses partenaires.

Victoire était préoccupée. Deux de ses admirateurs étaient hors de course et elle avait dû expliquer à son mari ce que faisaient ces deux gentlemen sous ses fenêtres passé minuit.

Elle s'en était d'ailleurs fort bien tirée, son époux ayant trouvé bonne la salade qu'elle lui avait fournie, commode solution pour ne pas avoir à affronter les humeurs de la maritorne pendant de longs jours.

Victoire commença donc son parcours sur le départ du *par* cinq qui se trouvait devant chez elle. Elle réussit un *drive* honorable et regretta de n'avoir pu faire admirer ce coup à tous ceux et celles qui, dans son dos, disaient qu'elle ne savait pas jouer.

Son second coup fut moins probant puisqu'elle expédia sa balle dans le *rough*, complètement à droite près d'un talus. Dès lors il devint évident qu'elle ne pourrait jouer le *green* en trois et elle dut se résoudre à taper un *wedge* pour remettre sa balle sur le *fairway*. Gênée par de hautes herbes, elle fit un *air shoot* sur son premier essai et décida qu'elle ne le compterait pas.

Au second essai, la balle parcourut les quelques mètres qui la remettaient sur la piste. Néanmoins, le *green* était encore à cent bons mètres, et ça montait dur. A cette distance, « Ballesteros » eût pris un fer neuf et « Niklhaus » un *wedge*. Victoire opta pour un bois cinq, voulut forcer et tapa dans la terre, arrachant une belle escalope qu'elle se garda bien de replacer, trop occupée à souffler sur son poignet endolori par la secousse qu'il venait de recevoir.

La balle avait parcouru une trentaine de mètres. Elle s'en approcha à grandes enjambées et essaya un fer cinq avec l'énergie du désespoir. Miracle! la balle, correctement touchée, vint mourir à une dizaine de mètres du *green*.

Victoire reprit son chariot et s'épongea le front. Dieu, que ce foutu *par* cinq montait! et que ce chariot était lourd! Elle dut s'arrêter à mi-pente pour reprendre son souffle. A nouveau elle s'épongea le front et chercha sa bouteille d'eau. Elle ouvrit son sac et s'aperçut qu'elle l'avait oubliée. Elle jura.

Raisonnablement, elle aurait dû retourner sur ses pas pour la prendre – on ne s'aventure pas sur un golf au mois d'août sans avoir pris à boire – mais à la pensée de refaire cinq cents mètres en descente, qui se transformeraient automatiquement en cinq cents mètres en montée au retour, elle renonça. La gorge sèche, elle reprit son équipement et le traîna jusqu'à sa balle.

Il lui fallait maintenant jouer un *wedge*, afin de faire monter la balle pour qu'elle retombe à l'entrée du *green* sans trop rouler. Las, elle topa sa balle qui fusa à l'autre bout du *green*, en un endroit d'où il lui faudrait bien trois coups pour enquiller.

Elle prit son *putter*, toujours haletante et se mit à l'*adresse*. Son premier *putt* fut trop court de trois mètres. Comme souvent en pareil cas, le second fut trop long de deux. Ce ne fut qu'au quatrième *putt* que la balle consentit enfin à entrer dans le petit trou.

Ereintée, Victoire se pencha pour récupérer sa balle. Ce fut à ce moment qu'elle sentit quelque chose de froid qui lui prenait les doigts. Elle se pencha pour voir ce que c'était et sentit sa chair se hérisser. Du fond du trou, trois doigts bleus se tendaient vers elle.

Le hurlement qu'elle poussa fut entendu sur tout le golf et Mary, qui à ce moment cherchait une balle que « Niklhaus » venait malencontreusement d'expédier dans un *rough* épais, se sentit tout soudain couverte de chair de poule.

Les deux garçons, interdits, s'étaient immobilisés ; puis, voyant Mary courir vers l'endroit d'où venait ce cri, ils lui emboîtèrent le pas.

*

La grosse gisait face contre terre sur le *green*, comme une baleine échouée sur un lit d'algues vertes. La brise avait retroussé sa jupe-culotte qui découvrait le haut de ses cuisses blafardes et gélatineuses. Sa main serrée tenait encore le manche de son *putter*, le drapeau, rouge avec son chiffre blanc, reposait à trois pas du corps.

Mary s'approcha, haletante, les deux garçons sur les talons, et embrassa la scène d'un seul coup d'œil.

— Nom de Dieu ! dit elle.

Et aux garçons :

— Restez là, ne marchez pas sur le *green*.

Elle s'approcha précautionneusement du corps de Victoire Leblond, lui prit le pouls et, après un moment elle se releva et dit d'une voix blanche :

— Elle est morte...

Et, aux deux garçons qui la regardaient, interdits :

— Courez vite chercher du secours !

Elle sortit un papier de sa poche :

— Attendez ! Téléphonez immédiatement à ce numéro, demandez l'adjudant-chef Bourguignon et dites-lui de venir tout de suite !

Les deux adolescents, impressionnés par la présence de la morte, ne se le firent pas dire deux fois. Mary regarda autour d'elle, le golf paraissait parfaitement désert. Elle revint près du corps de Victoire Leblond, intriguée de ne pas voir la balle sur le *green*. Elle regarda dans le trou et faillit se trouver mal. La balle y était bien, mais il y avait autre chose : trois doigts, tout bleus, trois doigts décharnés aux longs ongles jaunes... On aurait dit qu'ils appartenaient au corps d'un supplicié enterré vivant et qu'ils cherchaient à hisser ce corps vers la lumière.

Elle sentit une sueur froide lui emperler le front, et une incoercible nausée lui souleva le cœur. Elle eut la force de se précipiter vers un buisson et là, de longs spasmes douloureux la secouèrent et elle vomit appuyée contre l'écorce rugueuse d'un pin.

Se sentant soulagée, elle se retourna et s'adossa à l'arbre, les yeux fermés, n'osant pas regarder le *green*. Enfin, elle sortit un mouchoir de sa poche et s'essuya le front et les lèvres.

Quand enfin elle rouvrit les yeux, elle vit un gros chien qui s'en allait au petit trot dans les buissons. C'était le monstrueux dogue de celui que les cadets appelait « gros con », le chien que son maître avait dressé à voler les balles sur le golf.

Elle s'élança, cette balle était une pièce à conviction, il fallait la récupérer. Le chien avait disparu. Il avait évidemment beau jeu de se faufiler entre les massifs qu'il connaissait parfaitement. Quand elle arriva au promontoire d'où le colonel surveillait les joueurs, elle le vit au loin, sur les talons de son maître qui s'éloignait à grands pas.

Elle renonça à la poursuite. Comment aurait-elle pu espérer rattraper l'animal, et le convaincre de rendre la balle ?

Elle revint au *green*, les deux cadets étaient revenus avec un jardinier qui n'était autre que le *green-keeper*. Tous les trois se tenaient à distance respectable de la victime.

— Le directeur arrive, dit le *green-keeper* d'une voix blanche.

En effet, comme il disait ces mots, un kart électrique surgit silencieusement, et le directeur accompagné de Robert Duhallier en personne, sauta du véhicule avant même qu'il ne fût totalement arrêté.

— Un accident ? demanda-t-il d'une voix brève.

Le président arrivait à son tour, les sourcils froncés. Il contempla le corps de Victoire et demanda :

— Elle est morte ?
— Oui, dit Mary.

— Crise cardiaque ?

— Probablement...

Personne ne semblait vouloir s'approcher du corps. Puis on entendit la sirène à deux tons des gendarmes. Le visage de Duhallier se ferma encore :

— Qui a prévenu la police ? demanda-t-il d'une voix terrible.

— C'est moi, Bob, dit Mary.

— Qui vous a permis ? tonna-t-il.

Elle frémit sous son regard. Duhallier n'avait plus rien du bon pépère qui vient de prendre sa retraite et qui entend désormais se consacrer au golf. Il avait ce regard dur qu'on trouve chez les truands de haute volée et les brasseurs d'affaire internationaux. A son côté, monsieur Périgner, son directeur, n'arborait pas une physionomie plus amène.

— Mais... dit-elle décontenancée par cette réaction inattendue, il y a quelqu'un qui est mort...

Il aboya le mufle mauvais :

— Et alors... C'est une mort naturelle, non ? En quoi ceci concerne-t-il la police ?

Les deux cadets et le *green-keeper* considéraient la scène, effrayés par la brutalité de l'intervention du président.

— Mais... balbutia-t-elle, stupéfaite et effrayée par cette violence, quel mal y a-t-il à ce que les gendarmes viennent se rendre compte d'une mort naturelle ?

— La rumeur, le scandale, grommela Duhallier en martelant le *fairway* rageusement du talon, comme lorsqu'il venait de manquer un *putt* immanquable.

— Quelle rumeur ? Quel scandale ? demanda-t-elle. Si cette personne est morte d'une crise cardiaque comme tout semble l'indiquer, pourquoi y aurait-il scandale ? Ça arrive tous les jours, au tennis, au foot, à vélo... Je pense qu'au contraire, en les faisant venir, on tord le cou à toute rumeur à venir.

Périgner, à ce moment, tira Duhallier par la manche et lui dit quelques mots à l'oreille. Le nouveau président hocha la tête d'un air entendu. Puis il se dérida, retrouvant instantanément sa mine bonhomme et dit à Mary Lester :

— Vous avez raison, Mary. J'étais tellement bouleversé que j'ai réagi un peu brutalement. Excusez-moi.

Elle secoua la tête :

— Un peu ? Ben dites donc, qu'est-ce que ça doit être quand vous engueulez vraiment quelqu'un ! Enfin...

Elle se tourna vers le cadavre en frissonnant :

— C'est pourtant vrai, il y a de quoi être retourné !

Et elle pensait en elle-même au débris humain qui gisait dans le trou et dont elle n'avait pas encore parlé mais qu'il faudrait bien, tout à l'heure, montrer aux gendarmes.

Les gendarmes arrivèrent en même temps que les ambulanciers. Victoire était bien morte, ils chargèrent le corps sur un brancard et repartirent. Les gendarmes se tenaient au bord du *green* les pouces dans le ceinturon, avec l'air de se demander pourquoi on les avait dérangés pour une crise cardiaque.

— Je suis à mon bureau, jeta Duhallier d'une voix brève en remontant dans le kart électrique.

Le directeur en prit le volant et la voiture disparut. Le *green-keeper* était retourné à ses occupations, les deux cadets aussi.

L'adjudant-chef Bourguignon regarda Mary :

— La fête continue…

— Si on peut dire…

Et le gendarme qui l'accompagnait faisant le tour du *green* s'exclama :

— Il y a quelqu'un qui a vomi ici.

— C'est moi, dit Mary.

Les deux gendarmes la regardèrent curieusement et Bourguignon ricana :

— Ça vous fait tant d'effet que ça de voir un macchabée ? Manque d'habitude ?

Mary, qui avait retrouvé ses couleurs, sourit à son tour. Comment se comporterait ce brave adjudant-chef quand elle lui montrerait les trois doigts bleus sortant du trou numéro sept ?

Elle se dirigea vers le trou et dit aux gendarmes :

— Venez donc voir un peu !

Il s'approchèrent, circonspects.

— Regardez donc là-dedans, dit-elle, vous m'en direz des nouvelles.

Elle les épiait, surveillant le moment où l'adjudant-chef trouverait la main aux trois doigts bleus. N'aurait-il pas la nausée lui aussi ?

Mais non, il se penchait tranquillement, plongeait la main dans le trou et en ramenait une petite balle blanche.

— *Titleist* numéro quatre, lut-il.

— Quoi ? rugit Mary.

Elle se précipita vers le trou. Il était rigoureusement vide. Les deux gendarmes la regardaient curieusement. Elle inspira fortement et s'exclama :

— Gros con !

Bourguignon eut un haut-le-corps indigné :

— Ah, ça mademoiselle Lester, je ne vous permets pas…

17

— Ce n'est pas à vous que je m'adresse, fit-elle confuse.

— Heureux de le savoir ! dit-il d'un air pincé.

Elle se planta devant lui :

— Ecoutez, mon adjudant-chef, cette femme a été assassinée...

Le gendarme la regarda avec lassitude :

— Vous voyez des crimes partout, vous !

Et il ajouta, comme un homme exténué :

— Crise cardiaque, a dit le médecin...

— Crise cardiaque provoquée !

— Nous verrons ça à l'autopsie.

— A l'autopsie vous ne verrez rien !

— Et pourquoi je vous prie ?

Mary inspira longuement, la chose n'allait pas être commode à expliquer.

— Je suis arrivée la première sur les lieux du drame...

— Bien, dit l'adjudant-chef, et alors ?

Elle fixa le gendarme dans les yeux :

— La première chose dont je me suis assurée, c'est que la victime n'avait plus besoin de secours. Ensuite j'ai bien examiné la scène. Enfin, je suis allée voir ce qu'il y avait dans le trou.

— Et dans le trou il y avait une petite balle blanche marquée *Titleist* numéro quatre, dit Bourguignon en la faisant sauter dans sa main.

— Ouais, dit Mary, plus autre chose.

— Et quoi donc ?

— Une main… !

Le gendarme fronça les sourcils :

— Une main… ?

Il la regarda de nouveau :

— Je ne suis pas sûr de bien comprendre…

— Un débris humain, une main, avec trois doigts…

— Trois doigts ! répéta-t-il en jetant un regard en biais vers son gendarme.

Il semblait commencer à trouver la chose plaisante.

— Trois doigts bleus, dit-elle encore.

— Bleus, répéta-t-il en souriant.

Elle s'exaspéra :

— Ah, je savais bien que vous ne me croiriez pas !

Il s'esclaffa :

— Ma belle-mère dit toujours qu'elle a la main verte, alors, pourquoi pas des doigts bleus. Après tout, on n'est pas loin de la mer… Ça ne fait rien, je voudrais bien voir ça !

Il se tourna vers son gendarme :

— Pas toi, Lucien ?

Le gendarme se mit à rigoler à son tour :

— Ça ferait bien dans le rapport, mon adjudant-chef.

Mary commençait à la trouver saumâtre. Mais comment en vouloir aux gendarmes ? Elle parlait d'une chose extraordinaire, qu'elle était seule à avoir vue. Elle regretta de ne pas l'avoir montrée aux deux cadets. Mais les gendarmes auraient-ils retenu le témoignage de ces deux jeunes gens ?

— Justement, « gros con », enfin, son chien...

Le gendarme fronçait les sourcils :

— Mais de qui parlez-vous à la fin ?

— D'un type qui balade son chien sur le golf.

— Il ne doit pas y en avoir qu'un !

— Peut-être... Mais celui-là est un peu particulier. Figurez-vous qu'il a dressé son chien à faucher les balles de golf qu'il trouve sur le parcours.

— Bah, les chiens aiment à jouer avec les baballes, c'est bien connu !

Négligeant l'interruption, Mary poursuivit :

— C'est lui que les cadets appellent « gros con ».

— C'est élégant !

— Ça lui va très bien !

— Mais là, le chien n'a pas fauché la balle !

— Il ne pouvait pas, elle était au fond du trou...

Elle expliqua :

— C'est une sorte d'énorme bulldog, vous avez vu la gueule qu'ils ont ces bestiaux ? C'est pas un pif de lévrier afghan qui se faufilerait dans un trou de serrure, non, c'est un nez carré, mafflu qu'il n'aurait jamais pu glisser dans un si petit trou. Alors, il a fauché la main !

— La main bleue, dit le gendarme.

— A trois doigts, fit l'adjudant-chef en écho.

Ils commençaient à la trouver plaisante, les pandores ! Ce soir, quand ils la raconteraient à la brigade, il y aurait de la joie ! Pour être bonne, elle était bonne !

Mary sentit la moutarde lui monter au nez.

— Mon adjudant-chef, dit-elle en s'efforçant au calme, il y a pas mal d'éléments qui vous échappent dans cette affaire...

— Ouais, dit le chauffeur, on perd la main...

Tous deux éclatèrent de rire. Mary lança un regard meurtrier au chauffeur qui venait de faire ce trait d'esprit.

— Mon adjudant-chef... dit-elle de nouveau et cette fois, impressionné par le ton de Mary, il la regarda en ravalant son rire.

— ... Voudriez-vous venir avec moi ? poursuivit-elle.

— Où ça ?

— Jusqu'au local des jardiniers d'abord...

— Et ensuite ?

— Je ne le sais pas encore, mais là, je vous le dirai.

— Eh bien ! allons-y, dit Bourguignon.

Et à son chauffeur :

— Retourne au fourgon, et viens nous rejoindre aux hangars.

Ils marchèrent en coupant les *fairways* encore mouillés de l'arrosage de la nuit. Déjà les tondeuses s'activaient et quand ils arrivèrent, le *green-keeper* achevait de répartir le travail du jour et les jardiniers s'éloignaient sur de drôles de petites machines rouges et vertes. L'air sentait l'herbe séchée, la graisse, l'échappement des moteurs deux temps.

Quand il vit Mary débarquer dans son domaine en compagnie d'un gendarme, son front se rembrunit.

— Où est votre fils ? lui demanda Mary.

— Qu'est-ce qu'il a encore fait celui là ? maugréa-t-il.

— Rien de mal, monsieur Brévu, je voulais simplement lui demander un renseignement.

Le chef jardinier eut l'air soulagé :

— Bernard ? appela-t-il.

Puis, se retournant vers l'adjudant-chef il eut un sourire contraint :

— Avec les jeunes, on ne sait plus sur quel pied danser ! j'ai toujours les jetons qu'il ait fait une connerie.

Bernard Brévu, alias « Niklhaus » s'approcha. Quand il vit Mary, sa mine s'éclaira.

— Tiens, c'est toi Mary ?

— Dis donc, fit son père, tu pourrais être poli ! Depuis quand tutoie-t-on les membres du club ?

— Depuis que je lui ai demandé de le faire, monsieur Brévu, fit Mary souriante.

— Ah, maugréa le bonhomme, je ne sais si c'est un service à lui rendre. Je crains que les autres membres n'apprécient pas trop ce genre de familiarité.

Elle eut un geste désinvolte de la main pour montrer le peu de cas qu'elle faisait de la susceptibilité des membres du club, puis elle dit au cadet :

— Va donc nous attendre dehors, j'ai deux mots à dire à ton père.

Le garçon sorti, elle se tourna vers le *green-keeper*. Il avait ôté sa casquette et elle s'aperçut qu'il ne lui restait plus beaucoup de cheveux. Pourtant, il ne devait pas être vieux, à peine la quarantaine.

— Que pensez-vous, monsieur Brévu, des changements intervenus à la direction de ce golf ?

L'homme eut un geste évasif.

— Que voulez-vous que j'en pense ? Il y a une centaine d'hectares à entretenir, à tondre, à arroser, à préparer pour les compétitions. Alors, que ce soit monsieur Duhallier ou le docteur Bellama qui soit président, que ce soit monsieur Périgner ou le colonel qui en soit directeur, qu'est-ce que ça change ? La surface ne va pas diminuer.

L'entretien de son cher terrain semblait être son seul souci. Il était vrai, Mary l'avait lu dans les revues spécialisées, que le Golf du Bois Joli était réputé pour la qualité de ses *greens* et de ses *fairways* et que lors des grandes compétitions où l'on recevait des joueurs du monde entier, ceux-ci s'étaient toujours félicités de l'excellente préparation du terrain.

C'était là l'orgueil du *green-keeper*, c'était à lui, à ses compétences, à son art de mener ses hommes que l'on devait ce résultat : le Golf du Bois Joli était, de ce point de vue, l'égal des plus grands parcours écossais ou californiens, les références en la matière.

Mary regardait Brévu. Le jardinier tournait sa casquette entre ses gros doigts marqués de terre. Le bonhomme ne payait pas de mine, avec son crâne chauve, sa cotte de travail bleue, par endroits maculée de cambouis, et ses bottes usées. Néanmoins, c'était un as dans sa partie. Si le Bois Joli fermait, dix, vingt parcours le solliciteraient.

En serait-il de même pour ses jardiniers ? Pas sûr... Et puis, Brévu était sur ces *fairways* depuis plus d'un quart de siècle. Il y avait commencé sa carrière comme apprenti avant de devenir le patron. Il connaissait la nature des sols, les amendements qu'ils requéraient, les traitements à leur apporter. Le magnifique résultat qu'on avait sous les yeux découlait de cette longue expérience, de cet attachement, un attachement de paysan, du *green-keeper* à « sa » terre. Aurait-il les mêmes résultats ailleurs ? Pas sûr, et en tout cas, pas avant de longues années.

— Le nouveau président prétend que, si on avait laissé l'ancienne équipe au pouvoir, c'était le dépôt de bilan assuré dans les trois mois ?

Brévu parut embarrassé :

— On a dit ça en effet.

— Qui « on » ?

— La secrétaire...

Il hésita, puis ajouta :

— Depuis que des golfs publics se sont ouverts un peu partout, le Bois Joli a perdu pas mal d'adhérents, donc de cotisations... Le personnel savait que la situation était critique.

Il regarda Mary :

— Monsieur Périgner nous a assuré que tout désormais irait bien, et que nous n'avions pas de souci à nous faire question boulot. Ça, c'est déjà bien...

— Ouais... dit Mary. Puis changeant de sujet : Vous jouez au golf, monsieur Brévu ?

— J'y ai joué autrefois, dit le jardinier, mais maintenant, je n'ai plus le temps.

Il montra ses grosses mains calleuses, creusées de crevasses où la terre accumulée avait laissé des traces brunes.

— Bien joué ?

— J'avais un handicap à un chiffre.

Il avait dit ça avec un mince sourire.

— C'est vous qui avez entraîné votre fils ?

— Au début oui. Maintenant...

Il eut un geste qui signifiait que ses compétences étaient largement dépassées.

Elle lui sourit :

— C'est de la graine de champion, vous savez.

Il soupira :

— De la graine, comme vous dites...

— Pourquoi soupirez-vous ?

Il sortit sa paluche de sa poche et l'ouvrit lentement. Des fétus de paille volèrent dans un rayon de soleil.

— Je m'y connais en graine, voyez-vous, c'est mon métier. Celle-ci, c'est de la fétuque rouge traçante. Dans ma voiture, j'ai toujours un mélange de terre et de sable dans un seau. Quand je trouve un *divot* qui n'a pas été replacé, je comble le trou avec ce mélange et une poignée de ces graines. C'est pourquoi j'en ai toujours dans mes poches. Il faut en mettre plutôt plus que moins car ces graines ne prennent pas toutes... Il faut faire la part des oiseaux, des rongeurs, de celles que le vent emporte, de celles qui ne germent pas...

— Où voulez-vous en venir, monsieur Brévu ? demanda Mary.

— A faire comprendre au champion en herbe que ce n'est pas parce qu'on est de la graine de champion qu'on devient forcément champion... Il y a des obstacles, comme sur le parcours, beaucoup d'obstacles à franchir, sinon...

— Sinon quoi ?

En guise de réponse, il ouvrit ses mains avec un pauvre sourire et Mary comprit que la graine de champion qu'il avait cru être en son temps, car jouer avec un handicap à un chiffre n'était pas rien, n'avait pas su les éviter, ces obstacles, et qu'il espérait que son fils serait celui qui *putte* sur les *greens*, pas celui qui les tond, celui qui arrache des *divots* bien nets sur les *fairways*, pas celui qui les répare, celui qui fait les sorties en explosion dans les *bunkers*, pas celui qui les ratisse...

Petit Brévu recevrait-il le message ? Son père paraissait en douter. L'expérience des vieux, n'est-ce pas, sert rarement aux jeunes.

Elle regarda le jardinier avec infiniment de sympathie.

— Merci, monsieur Brévu.

Dans la cour ensoleillée, « Niklhaus » attendait, assis sur le marchepied d'un tracteur.

— Dis-moi, Bernard, demanda Mary abandonnant le surnom que s'était donné le cadet, sais-tu où habite « gros con » ?

— Bien sûr.

— Tu peux nous y mener ?

— Pas de problème.

Et, comme le fourgon entrait dans la cour :

— On y va à pied ou en bagnole ?

Et il précisa :

— Parce qu'en bagnole il y a un drôle de détour. A pied, il suffit de traverser le golf, c'est de l'autre côté de la route.

— Eh bien, allons-y à pied, dit Mary, la voiture suivra.

Le cadet la regardait curieusement, se demandant qui était cette fille qui donnait ses ordres aux gendarmes et que les gendarmes suivaient, sans sourciller.

Elle se dit que, cette fois, sa couverture était définitivement grillée. C'en était bien fini de ses vacances à La Baule...

18

La maison de monsieur Perenno, alias « gros con », était construite de l'autre côté de la petite route qui longeait le golf, non loin de ce champ où Mary avait garé sa voiture lors de ses expéditions nocturnes.

Contrairement aux luxueuses villas donnant sur les *fairways*, c'était une petite maison de paysan comme en avaient autrefois les métayers aux alentours des grosses exploitations.

Il était d'ailleurs probable qu'elle avait en d'autres temps, fait partie du domaine du *Chêne Tortu*. Elle était bordée de haies de fusain mal taillées et un portillon de bois peint en blanc fermait l'accès à la route.

Sur l'espèce de pelouse jaunie qui séparait la maison du chemin, il y avait un gros pommier chargé de fruits à en briser ses branches. Plusieurs d'entre elles avaient d'ailleurs été étayées par des fourches de bois, ce qui n'empêchait pas les rameaux les plus bas de frôler le sol.

La maison n'avait pas d'étage, seulement un grenier éclairé par deux lucarnes étroites. Sur la façade blanchie à la chaux, s'ouvrait une porte peinte en bleu encadrée de deux fenêtres de même couleur. A chaque pignon, un appentis couvert de tôles ondulées rouillées.

Comme il n'y avait pas de sonnette, Mary poussa le portillon. Aussitôt, un énorme chien se précipita et elle dut fermer la porte pour éviter qu'il ne sautât sur elle. C'était bien l'animal qu'elle avait vu s'éloigner du *green* quelques instants auparavant. Elle frissonna rétrospectivement en pensant qu'elle avait imaginé disputer son butin à ce fauve.

C'était une sorte de bulldog monstrueux. Mary n'avait jamais eu de sympathie pour ce genre de chien, bien qu'elle eût connu des boxers fort affectueux. Celui-ci devait bien faire la taille de quatre boxers ordinaires. Non pas en hauteur, mais en largeur, avec une gueule énorme qui, à chaque commissure, laissait passer un filet de bave.

Il était si gros que, sous lui, ses pattes arquées paraissaient grêles.

Maintenant que la barrière s'était refermée, il s'était assis et contemplait les quatre personnes qui se tenaient devant son domicile, sans aboyer, simplement en soufflant fort et en les fixant de ses yeux aux blancs striés de rouge.

Mary risqua une main sur la porte et aussitôt un grondement sortit de la gueule du monstre, comme une mise en garde qu'il n'eût point été sage de négliger.

Elle se retourna vers les gendarmes, perplexe. Le cadet, guère rassuré, s'était reculé de trois pas.

— Dans ce cas-là, qu'est-ce qu'on fait mon adjudant ?

Les deux gendarmes se regardèrent.

— Bonne question, dit l'adjudant-chef Bourguignon.

Et le chauffeur de suggérer :

— On pourrait appeler…

Mary regarda le chien avec rancune :

— Si encore ce gros salopard aboyait, il alerterait ses maîtres.

Mais le gros salopard ne semblait pas décidé à aboyer. Il maintenait sa position à deux mètres de la barrière, solidement campé sur son cul, sans bouger. Puis, quand il fut las de monter la garde de la sorte, il se laissa tomber sur le sol avec un gros soupir. Pour autant, ses yeux méchants ne quittaient pas les visiteurs et quand Mary reposa la main sur la barrière, il se releva vivement, montrant qu'il ne faudrait pas compter sur sa lassitude pour entrer par surprise.

— Il y a quelqu'un ? cria Mary.

De la gorge du chien sortait maintenant un grondement continu fort inquiétant.

— Quelqu'un ? appela-t-elle encore.

Elle vit un rideau se soulever à une des fenêtres et une face lunaire éclairée d'un sourire apparut un instant. Puis le rideau retomba.

— C'est lui ! s'exclama le cadet, c'est « gros con » !

— Tu le connais donc ? demanda l'adjudant-chef.

— Et comment ! s'exclama « Niklhaus ». Il a dressé son fumier de chien à faucher les balles de golf.

Et il raconta la façon dont l'habitant de la maison s'y prenait pour troubler les parties.

— Et tu dis, continua le gendarme, qu'il se promène avec cet animal tous les jours sur le golf ?

— Tous les jours, confirma le cadet, et même, parfois, matin et soir !

— Je comprends mieux pourquoi le colonel sortait armé, dit le chauffeur. Pour affronter des clients comme ça – il montrait le chien – mieux vaut avoir du gros plomb !

Mary s'impatientait :

— Tout ceci ne nous dit pas ce que nous allons faire !

Un cycliste s'approcha, l'adjudant-chef le héla et l'homme s'arrêta. C'était un vieux bonhomme qui montait un vélo brinquebalant. Il posa ses pieds sur le chemin, point trop rassuré d'être ainsi arrêté par la maréchaussée.

— Bonjour, dit l'adjudant-chef, vous habitez par là ?

— Oui, dit l'homme en repoussant sa casquette sur l'arrière de son crâne et en s'épongeant le front. J'viens du bureau de tabac. J'ai juste bu un coup...

Peut-être redoutait-il qu'on le fît souffler dans l'alcotest...

La question du gendarme le rassura :

— Savez-vous qui habite cette maison ?

— Sûr, c'est le gars Perenno et sa vieille.

— Que fait-il ce monsieur Perenno ?

— Ren, fit l'homme, y fait ren ! L'a jamais ren fait d'ailleurs...

Il eut un mouvement explicite du doigt sur la tempe :

— L'est zin-zin !

— Vous voulez dire qu'il n'a pas tous ses esprits ? demanda Mary.

— On peut l'dire comme ça aussi, confirma l'homme. L'était aux colonies autrefois, y paraîtrait que là-bas, des fois, quand on oublie le casque, on attrape le coup de bambou.

Il crut bon de préciser :

— Rapport au soleil.

Et il ajouta :

— C'est ça qu'il a dû avoir, le Perenno.

Il réfléchit un instant :

— Parce qu'avant, il était pas con ! A preuve, il a réussi le concours de la douane…

Il regarda Mary, puis les gendarmes, pour voir leur réaction devant cette preuve évidente de la grande intelligence de son voisin.

— Et sa femme ? demanda Mary.

— Al fait des ménages… et puis al fait l'jardin aussi. Al fait tout quoi, conclut-il, forcément, puisque lui n'fait rien !

— Mais, comment fait-on pour entrer ? demanda l'adjudant-chef.

— On n'entre pas, dit l'homme.

Il montra le chien d'un signe de tête :

— V's'avez vu le citoyen ?

Il ajouta en clignant de l'œil d'un air malin :

— Ça vous donne-t-y envie d'entrer ?

— Il est méchant ? demanda Mary.

— L'est comme son maître, dit le rural en renfonçant sa casquette, pas fin-fin. M'enfin, si vous n'essayez pas d'entrer, il ne vous fera rien.

Il toisa les gendarmes, goguenard, heureux de leur démontrer que leurs pouvoirs avaient des limites :

— Par contre, vous autres, avec vos costumes, vaudrait mieux pas essayer ! Déjà que dès qu'il voit l'facteur y d'vient comme fou. Si vous voulez voir quelqu'un d'valable, faut attendre sa bourgeoise. Vous avez appelé ?

— Oui, dit Mary. Et nous avons vu un visage à la fenêtre. Il y a quelqu'un dans la maison.

— Bien sûr qu'il est là, le fada ! Quand le chien est là, le maître n'est pas loin. Ils ne s'quittent positivement pas !

Il hocha la tête :
— Tu parles d'une paire, dis donc !
Puis, se remettant en selle, il conseilla :
— Si j'étais d'vous, j'attendrais la patronne, probable qu'elle n'va point tarder à ct'heure !

Il démarra en vacillant, puis la machine grinçante prenant de la vitesse, il retrouva une trajectoire à peu près rectiligne.

Quand il eut disparu, le gendarme demanda à Mary :
— Eh bien, qu'est-ce qu'on fait ?
— On attend, mon adjudant-chef, dit-elle d'une voix décidée.

*

Contrairement à ce qu'avait annoncé le cycliste, la maîtresse de maison n'était pas sortie. Elle devait jardiner sur l'arrière et, quand elle sortit de son logis, elle fut toute surprise de voir du monde au portillon.

C'était une sexagénaire courtaude, boudinée dans une blouse de nylon aux couleurs criardes. Elle plissa des yeux méfiants en demandant :
— V'la qu'il y a deux facteurs à c't'heure ?

— Police ! dit l'adjudant-chef d'une voix rogue.

Etait-il mécontent qu'on l'ait confondu avec un employé des postes ou fâché qu'on l'ait fait attendre ?

— Police ? s'exclama la femme stupéfaite en s'approchant, mais quoi donc qu'y s'passe ?

En voyant arriver sa maîtresse, le chien retourna à sa niche, derrière le pommier, en ayant l'air de se désintéresser de l'affaire.

— Il se passe, Madame, dit Mary, que votre chien a dérobé une pièce à conviction importante sur le golf.

— Quoi donc ? demanda la vieille.

Visiblement, elle n'avait rien compris à ce que lui avait dit Mary. Celle-ci se retourna et dit à l'adjudant-chef en soupirant :

— Eh bien, on n'est pas rendus !

Elle revint à la vieille qui ne faisait toujours pas mine d'ouvrir sa barrière :

— Tout à l'heure, dit-elle en articulant bien, quand votre mari est rentré avec le chien...

Elle fixait la vieille pour voir si elle suivait. Comme l'autre faisait semblant d'essayer de comprendre, elle continua sur le même ton :

— ... Le chien, il n'avait pas quelque chose dans la gueule ?

Le visage de la vieille s'éclaira :

— Que si ! Cette sale bête rapporte toute sorte de charogneries. Des fois c'est des petites balles blanches, il y en des cents et des mille par là...

Elle montrait l'appentis.

— Et ce matin ? demanda de nouveau Mary.

— Ce matin, il avait une sorte de patte de poulet dans la gueule...

— Savez-vous où il l'a mise ?

La vieille regarda curieusement cette jeune fille encadrée de deux gendarmes qui s'intéressait aux pattes de poulet que rapportait son chien. Il y avait du drôle de monde sur terre, pour sûr !

Elle se tourna vers le tonneau qui servait de niche au fauve :

— Dans sa niche, probablement. Il met tout dans le fond de sa niche.

Elle toisa Mary, son regard n'était pas bienveillant :

— C'était à vous, c'te patte ?

Elle ricana méchamment :

— C'était peut-être votre repas d'ce soir ?

Insensible à l'ironie de la vieille, Mary se tourna vers le gendarme :

— Eh bien voilà, on sait où est l'objet, suffit d'aller le chercher !

Les deux gendarmes n'avaient pas l'air enthousiastes.

— Comme vous dites, il suffit... Comment doit-on faire ?

— Madame va retenir son chien, dit Mary, et pendant ce temps l'un de vous ira...

En voyant la mine réticente des gendarmes, elle s'exclama :

— Bon, j'irai chercher cette patte de poulet !

— C'est de la folie, dit l'adjudant-chef.

Elle s'exaspéra :

— A la fin, vous voulez la voir cette main aux doigts bleus, oui ou non !

— Mais, inspecteur, dit Bourguignon, cette pauvre vieille est incapable de retenir ce fauve un quart de seconde !

— Peut-être qu'il lui obéit ? dit-elle.

— Peut-être, fit le gendarme en écho, mais je ne me contenterai pas d'un « peut-être » pour l'affronter sur son terrain.

— En tout cas, dit Mary, il y a une chose dont elle est capable, c'est de l'enfermer dans la maison !

L'adjudant-chef hocha la tête.

— Appelez votre chien, dit-il à la vieille, et enfermez-le dans la maison !

— Il ne va jamais me suivre, dit-elle de mauvaise grâce, il n'obéit qu'à son maître.

— Eh bien, appelez son maître ! dit Mary, et faites-le ramasser son maudit chien !

Elle commençait à en avoir assez de palabrer avec ces deux débiles, alors que sa pièce à conviction était à portée de main.

— C'est qu'il ne voudra point, dit la vieille avec une joie mauvaise.

Visiblement, elle n'aimait pas les riches, et pour elle tout ce qui venait du golf entrait dans cette catégorie.

— Et pourquoi ?

— Il n'aime point les gendarmes !

— Bien, dit Mary d'une voix dangereusement calme en se croisant les bras. Dites-lui donc que, si dans une minute son chien n'est pas enfermé dans la maison, les gendarmes ici présents vont le faire abattre comme animal dangereux !

« Gros con » devait suivre la conversation derrière ses volets, car, dès que Mary eut proféré cette menace qu'elle savait impossible à tenir, on entendit la porte d'entrée grincer.

La vieille se retourna :

— Viens t'en ramasser ta charognerie de bête, dit-elle à son mari. J'l'avais bien dit qu'à force d'à force, on aurait des misères avec ce bestiau.

Puis, se tournant vers les gendarmes et Mary :

— C'est égal, c'est faire bien du tourment au pauvre monde pour une patte de poulet !

Elle s'en retourna en grommelant vers sa maison. « Gros con », lui, restait sur son seuil, court sur pattes, massif comme une barrique, un béret basque planté sur le crâne, avec, sur sa face lunaire, un rire béat de crétin satisfait.

Il émit entre ses dents un petit sifflement, et, aussitôt, le chien se dressa sur ses pattes avant, prêt à bondir. Un autre sifflement suivit, très différent du premier, haché, comme un signal de morse.

Alors le chien se leva et retourna dans sa niche, prit quelque chose entre ses formidables mâchoires et Mary entendit distinctement le bruit d'os qu'on broie.

— La main ! s'exclama-t-elle.

Et, oubliant tout danger, elle ouvrit le portillon du jardin. Trop tard, le dogue avait avalé sa proie. A nouveau elle se sentit prise de nausées. Le chien n'était plus menaçant, il se dirigeait vers son maître qui lui dit quelque chose d'inaudible, mais l'animal qui semblait avoir compris, partit derrière la maison.

Mary se précipita à sa suite, les gendarmes sur les talons. Ils débouchèrent sur une sorte de vaste potager mal tenu où, armée d'une houe, madame Perenno arrachait des patates. Le chien escalada le talus du fond et disparut.

— Qu'y a-t-il là-bas derrière ? demanda Mary.

— Des maïs, dit la vieille à genoux dans son sillon. Un grand champ de maïs…

Le gâteux les avait suivis, énorme sur ses courtes pattes. Se fût-il mis à genoux qu'il n'aurait pas déparé d'avec le dogue, sauf que lui riait. Il était secoué d'un gros rire silencieux, comme s'il était ravi du bon tour qu'il venait de jouer à la police. Il en avait les yeux humides et, comme son chien, deux filets de bave coulaient de sa bouche qu'il semblait avoir du mal à fermer.

Mary courut au talus, l'escalada à l'endroit où était passé le chien. Ce n'était pas un grand champ de maïs, c'était une immensité verte, un océan de hautes tiges où chercher un chien qui ne voulait pas qu'on le trouve s'avérait une tâche surhumaine.

19

Mary faisait carrément la gueule. Elle était assise dans le bureau de l'adjudant-chef Bourguignon qui essayait de lui remonter le moral.

— Enfin, mademoiselle Lester, on ne pouvait décemment pas déclencher une battue pour rattraper ce chien...

Elle savait qu'il avait raison. Sur quels critères se seraient-ils appuyés pour obtenir des moyens de rattraper Titus, car le fauve se nommait Titus...

Et, d'ici à ce qu'on le rattrape il aurait eu le temps de digérer l'innommable débris humain.

Le chien aurait-il été capturé immédiatement, comment s'y serait-on pris pour voir ce qu'il avait dans l'estomac ? Il aurait fallu lui faire absorber un vomitif, mission à hauts risques...

Tout ça, pensait le gendarme, pour lui faire dégueuler une patte de poulet qu'un mauvais plaisant avait peinte en bleu pour impressionner « la folle ».

Car l'adjudant-chef pensait que c'était bien une patte de poulet que Mary Lester avait vue dans le trou numéro sept.

Et Mary lisait dans les pensées de l'adjudant-chef, ce qui la faisait enrager. Elle savait bien, elle, que c'étaient des doigts qu'elle avait vus dans le trou. Elle n'était tout de même pas folle, elle savait encore faire la différence entre des ongles et des griffes de poulet !

Aurait-elle eu cette réaction violente devant un débris animal, si peu ragoûtant qu'il fût ?

Et Victoire, serait-elle morte d'avoir confondu un résidu de poubelle de volailler avec la main de Serge Bonnez ?

Non ! Non ! C'était impossible ! Mais comment en convaincre les autres, comment confondre le mauvais plaisant maintenant que, quelque part dans son champ de maïs, Titus finissait de digérer la pièce à conviction ?

Lorsque Serge Bonnez était mort, quelqu'un avait-il eu l'affreux courage de lui couper la main, de la conserver dans un congélateur pour le venger de celle qui avait gâché sa fin de vie ?

Il aurait fallu avoir l'esprit joliment tordu pour imaginer pareille vengeance et celui qui l'avait conçue ne devait pas être loin lorsque Victoire était morte.

Assise sur sa chaise, le visage dans les mains, Mary réfléchissait. Derrière son bureau, l'adjudant-chef Bourguignon la regardait en silence, l'air quelque peu inquiet.

— Supposons, dit-elle à mi-voix, qu'un dénommé X..., ami ou parent de Serge Bonnez imagine cette vengeance... Il faut qu'il soit sûr que ce sera Victoire Leblond qui trouve la main...

Elle avait fait abstraction de tout ce qui l'entourait, elle ne savait même plus que le gendarme était là, qu'il la regardait curieusement en se demandant ce qui pouvait bien passer dans cette jolie petite tête.

— Donc, poursuivit-elle, il est nécessairement à proximité du trou numéro sept... Pourquoi le trou numéro sept ? Mais parce qu'il borde la propriété de Victoire Leblond et que c'est par là, en toute logique, qu'elle va commencer son parcours... Par ailleurs, on peut y accéder comme on veut en suivant le chemin et en escaladant le talus. De plus, il est bordé de bouquets d'arbres dans lesquels, j'en sais quelque chose, il est aisé de se dissimuler...

Cette évocation des lieux lui fit resurgir des images en mémoire : celle du colonel enlaçant Victoire au clair de lune, leur visage à tous les deux quand les flashes de l'appareil-photo avaient troué la nuit, et enfin la litanie de jurons quand la course du colonel fut arrêtée net par un fil de fer malencontreusement tendu.

Du coup, elle se mit à rire. L'adjudant-chef la regarda, inquiet. Est-ce que ça allait bien ? Sans se soucier de lui, Mary reprit son soliloque :

— ... Donc il est impératif que X... pose la main dans le trou juste avant l'arrivée de Victoire, mais il est tout aussi impératif que, son mauvais coup fait, il la récupère.

Elle regarda soudain l'adjudant-chef :

— Eh oui, mon adjudant-chef, il FAUT qu'X... récupère le débris humain. Car il n'a pas envisagé la mort de Victoire Leblond. Non, ce qu'il a voulu faire, c'est d'abord lui foutre la trouille, si vous me passez l'expression, la peur de sa vie.

— Ensuite...

— Ensuite ? reprit le gendarme captivé malgré lui par l'hypothèse que développait la jeune femme.

— Ensuite il suppose que Victoire va courir se plaindre, raconter comme je vous l'ai raconté moi-même, qu'il y a dans le trou du *green* numéro sept, une main bleue, à trois doigts. Bien sûr, on viendra voir et on ne trouvera rien. On ne trouvera rien parce que X... aura récupéré son bien, si je puis ainsi m'exprimer. Bien qui, à l'avenir, pourra encore lui servir à persécuter Victoire Leblond. Pour le coup, cette bonne Victoire, que tout le monde au club appelle déjà « la folle », va asseoir sa réputation. Pensez donc, une femme que les gendarmes ont trouvée au volant de sa voiture à neuf heures du matin, avec deux grammes vingt d'alcool dans le sang !

Elle sourit au gendarme, assez contente de sa démonstration. Bourguignon, embarrassé, jouait avec son crayon.

— Seulement, dit-elle, comme dans tous les plans les mieux étudiés, il y eut un grain de sable. Et ce grain de sable s'appelait Mary Lester. Mary Lester qui était avec deux cadets à quelques mètres de là et qui, entendant le cri de la victime, fut sur les lieux en quelques instants. Monsieur X... en la voyant arriver, a dû passer un sale quart d'heure. D'autant que Mary Lester trouve la main aux doigts bleus. Comme elle n'a pas un organisme aussi usé que celui de Victoire Leblond, cette découverte se borne à la faire vomir. Et là, miracle pour monsieur X..., Titus, le chien de « gros con », vient à son secours : ne pouvant s'emparer de la balle, il prend la main et il s'en va rejoindre son maître. Dès lors, monsieur X... peut rentrer tranquillement chez lui. On connaît la suite, Titus dévore la main aux doigts bleus et il n'y a plus de preuve de l'intervention de monsieur X...

— Pas plus, dit le gendarme, qu'il n'y a preuve de l'existence de cette fameuse main aux doigts bleus !

Et comme Mary le fixait indignée, il ajouta :

— Eh, après tout il n'y a que vous qui l'ayez vue !

— Et vous doutez de mon témoignage, fit-elle, glaciale.

Le gendarme se fit conciliant :

— Mais non... Il est probable qu'il y a eu quelque chose dans ce trou. Madame Perenno a parlé d'une patte de poulet... Sous le coup de l'émotion...

Mary s'emporta :

— Madame Perenno, madame Perenno, mais elle est bigleuse votre dame Perenno ! Bigleuse au point qu'à dix mètres, vous et votre collègue elle vous a pris pour des facteurs !

— Je ne dis pas, fit Bourguignon touché de plein fouet par ce rappel désagréable, je ne dis pas... mais admettez tout de même que votre témoignage est sujet à caution.

Et, devant le regard que lui lança Mary, il précisa vivement :

— Je veux bien vous croire...

— Encore heureux, bougonna-t-elle.

— Mais, poursuivit-il, croyez bien que je serai le seul ! Si je parle de cette main aux doigts bleus dans mon rapport, je vais être la risée de toute la brigade.

Mes supérieurs vont se demander si je n'avais pas bu, et imaginez que la presse s'empare de l'affaire...

Il secoua la main dans le vide pour montrer l'abîme qui pouvait s'ouvrir sous leurs pas.

— D'abord, d'où viendrait-elle cette main bleue ?

— Vous-même, mademoiselle Lester, vous avez admis que si Victoire Leblond avait servi cette histoire au *club house*, personne ne l'aurait crue !

Elle ne l'écoutait plus, elle se leva vivement :

— Pouvez-vous appeler monsieur Hermany ?

Les volte-face et les impulsions du lieutenant Lester avaient le don de stupéfier l'adjudant-chef Bourguignon. Jamais il n'avait travaillé avec un flic de ce calibre. Une nouvelle fois il écarquilla les yeux :

— Monsieur qui ?

— Hermany, fit-elle et elle épela :

— HERMANY !

— A La Baule ?

— Eh, oui !

Et, comme elle n'en était pas trop sûre elle ajouta :

— Où dans les environs...

— Où dans les environs... soupira Bourguignon en tapant sur son minitel, voilà qui est précis !

Il tapota pendant quelques instants, lut son écran, puis regarda Mary, sarcastique :

— Il n'y a point d'Hermany dans toute la Loire-Atlantique !

— Comment ? s'exclama-t-elle.

Puis, après un instant de réflexion :

— Alors, cherchez Dur.

— Dur, répéta-t-il. Je cherche dur.

— Oui, Dur, DUR !

Il soupira de nouveau et se concentra sur son clavier.

— Il y a un monsieur Dur, route de Pornic. Ce serait-ça ?

— C'est ça, fit-elle avec satisfaction. Voulez-vous l'appeler, s'il vous plaît ?

— Vos désirs sont des ordres, ironisa-t-il.

Il lui tendit l'appareil :

— Peut-on savoir quel rôle ces Dur jouent dans la pièce ?

D'un geste elle lui fit signe de se taire.

— Allô... Madame Dur ? Oui ? Ici Mary Lester... Pourrais-je parler à monsieur Hermany ? Ah... Il dort encore... Mais, peut-être pourrez-vous me donner un renseignement...

A l'autre bout du fil, madame Dur devait se répandre en questions, et en explications. Mary eut une mimique agacée.

— Pouvez-vous me dire, demanda-t-elle, où est enterré monsieur Serge Bonnez ?

— Serge Bonnez ? répéta madame Dur.

— Oui, vous savez, l'ami de votre père qui est mort au début de l'été.

— Il n'a pas été enterré, dit madame Dur, il a été incinéré...

— Ah, dit Mary dépitée. Vous êtes sûre ?

— Et comment, dit Françoise Dur, j'y étais ! Mais pourquoi...

Sans répondre aux questions de sa correspondante intriguée, elle dit, avant de raccrocher :

— Je vous remercie.

— Et peut-on savoir, dit l'adjudant-chef, qui est ce monsieur Bonnez ?

Elle leva sur lui un regard morne :

— Etait, mon adjudant-chef.

Il répéta docilement :

— Qui ETAIT ce monsieur Bonnez ?

Elle le regarda sans le voir, et articula d'une voix blanche :

— L'homme aux doigts bleus…

20

Le mois d'août touchait à sa fin, les cours de golf de Mary Lester aussi, elle avait obtenu sa seconde carte sans peine et désormais elle était classée trente-cinq, ce qui lui permettait de passer du *pitch and putt* aux dix-huit trous, de la maternelle à la cour des grands. Si elle voulait abaisser ce handicap, il lui faudrait participer aux compétitions et scorer le plus bas possible.

Paul Sergent lui avait fixé comme but de jouer en dessous de cent, ce qui, par un calcul savant, ferait tomber son handicap de deux points.

Mais Mary n'avait pas la tête au jeu. Elle n'avait revu Duhallier que de loin en loin. Depuis qu'il était président du club, il avait intégré le clan des *old members* et jouait sur le grand parcours bien qu'il eût échoué dans l'obtention de sa seconde carte.

Comme l'avait prédit monsieur Hermany, ces fidèles défenseurs de la tradition n'avaient pas tardé à lui faire allégeance.

Quatre jours après son accession à la présidence, une entreprise de travaux publics avait entamé des travaux importants sur le golf. Il s'agissait tout simplement d'enfermer le parcours derrière une barrière métallique de trois mètres de haut.

Les riverains, qui depuis toujours accédaient aux *fairways* depuis leurs jardins, avaient poussé de hauts cris. Il leur faudrait désormais entrer par le *club house*, ce qui impliquait pour certains un détour de plusieurs centaines de mètres.

Or, si le golf est un sport de marche, si le joueur fait une dizaine de kilomètres au cours de sa partie, il répugne volontiers à parcourir cent mètres pour se rendre au *tee* de départ.

Personne n'avait imaginé qu'on pût ainsi bouleverser, sans leur demander leur avis, les habitudes de gens qui se croyaient incontournables. Avec la nouvelle direction, ça n'avait pas traîné. Duhallier avait calmé les protestataires en arguant les avatars du colonel et de l'ancien président, et en invoquant les incursions de ce type qui venait, avec son gros chien, troubler les parties.

Et à ceux qui protestaient trop, il avait clos le bec en leur disant que, s'ils n'étaient pas contents, ils pouvaient toujours aller jouer ailleurs, les golfs publics ne manquant pas alentour.

La réprobation avait été unanime et impuissante. Ulcérés, les propriétaires riverains passaient devant le président sans le saluer.

Duhallier, impavide, les regardait comme on regarde des vestiges d'une autre époque, avec une curiosité mêlée de pitié.

Mary l'avait entendu parodier Brel à leur propos au bar : « faut pas jouer les riches quand on n'a pas de sous… »

Les rumeurs de comptoir avaient rapporté ces paroles à leurs destinataires les touchant d'autant plus au vif qu'elles ne traduisaient qu'une bien cruelle vérité. Nombreux étaient ceux qui avaient hérité de leur propriété et qui ne bénéficiaient plus de revenus permettant de tenir le rang de leurs pères.

Ainsi, au fil du temps, les villas de vacances du remblai avaient dû être vendues à des promoteurs immobiliers qui les avaient rasées pour édifier à leur place des immeubles de dix étages.

Ces déclassés pouvaient bien vouer les « nouveaux riches » et les « parvenus » aux gémonies, Duhallier savait que ces aimables qualificatifs lui étaient destinés et il s'en fichait comme de son premier fer à souder. Il avait le fric, il était le maître. Tout le reste n'était que littérature.

Et il en fallait du fric, pour enclore ainsi une centaine d'hectares. Au bar, on avait estimé la dépense à trois ou quatre millions nouveaux.

Mary n'avait aucune notion de ce que coûtaient de tels travaux mais l'importance des moyens mis en œuvre laissait à penser que l'addition serait salée. Pour un golf qui, quelques semaines auparavant, était quasiment en faillite, le débours paraissait surprenant.

Sur le parking, il y avait toujours la Ferrari rouge de l'agent d'assurance, la Porsche décapotable de celui qu'on appelait « le Commodore » parce qu'il tenait une boîte de nuit qui portait ce nom, plus les BMW et autres Mercedes des professions libérales et des gros commerçants habitués à jouer en semaine.

Ceux-là se réjouissaient de la venue de Duhallier puisqu'ils pourraient continuer à jouer comme par le passé sans que leur cotisation augmentât.

Alors, que leur président fût un ancien ouvrier chaudronnier, ils n'y voyaient pas d'inconvénient. Puisque l'argent n'a pas d'odeur, mieux valait avoir affaire à Duhallier qu'à un chirurgien sans clientèle...

Vint le moment où Mary dut rendre à Paul Sergent les *clubs* qu'il lui avait prêtés. Les autres stagiaires avaient déjà fait leurs adieux.

Sur le boulevard de la mer, les voitures étaient moins nombreuses et il était plus aisé désormais de trouver une place aux terrasses donnant sur la mer.

A la pension Mimosas les Anglais étaient partis et, désormais, le tennis sous les pins ne résonnait plus du choc sourd des balles sur les raquettes et des gentilles appréciations des joueurs : « well done... sorry... net... out... »

Des Allemands avaient remplacé les Britanniques, les Mercedes les Rover. C'étaient des couples de colosses qui ne jouaient pas au tennis. Ils passaient, solennels, bardés d'appareils de photo et de caméscopes. En regagnant leurs chambres, ils faisaient gémir l'escalier et quand ils traversaient le couloir devant la porte de Mary, elle sentait le parquet trembler.

Elle avait fait ses bagages, dans deux jours elle serait de retour à Quimper après une mission d'un mois à La Baule. Des missions comme celle-là, en dépit de sa frayeur le soir où la voiture avait failli l'écraser, elle en redemandait volontiers.

Officiellement, Victoire Leblond était morte de mort naturelle. On n'irait pas chercher plus loin. Les *old members* avaient trouvé que c'était une belle mort, et tout le monde semblait être soulagé d'être débarrassé de cette désagréable personne.

Avant de partir, il lui restait une visite à faire.

21

Le bâtiment de la SICO, Société Industrielle des Cartonnages de l'Ouest, se trouvait dans une zone commerciale à l'entrée de Nantes.

Mary demanda à être reçue par le directeur. La secrétaire s'était inquiétée de savoir ce qu'elle vendait mais elle avait éludé la question. Affaire personnelle.

— Je vais voir, avait dit la jeune personne en abandonnant son écran d'ordinateur.

Puis elle était revenue en disant qu'elle regrettait, mais que monsieur le Directeur était en rendez-vous et qu'il ne pouvait pas être dérangé.

— Voulait-elle rencontrer le directeur commercial ? le contremaître ? Non ? Dans ce cas, elle suggérait à Mary de prendre rendez-vous en exposant le motif de sa visite.

Elle remercia, vexée de se faire ainsi éconduire, mais comme elle n'avait pas récupéré sa carte de police, il lui était difficile de forcer les barrages qu'on lui opposait.

Elle retourna songeuse à sa voiture, fit une marche arrière sans même regarder où elle allait, et fut rappelée à l'ordre par un coup de klaxon impératif.

En se retournant, elle vit qu'elle avait failli emboutir une moto sur laquelle un grand gaillard s'apprêtait à monter. Elle baissa sa vitre pour s'excuser et le garçon, voyant qu'il avait affaire à une jeune fille de son âge s'exclama, ironique :

— Je vous ai fait peur ?

Elle arrêta son moteur, ouvrit sa portière et demanda, contrite :

— J'ai abîmé votre machine ?

Le garçon éclata de rire :

— Vous ne l'avez même pas touchée ! Mais il était temps que je vous arrête !

Et avec un geste de la main :

— Oh ! Ça plane sec dites donc, midi approche, il serait temps de se réveiller !

Il tenait son casque à la main et arborait un beau sourire.

Il ajouta, en montrant les bâtiments gris et laids :

— Vous êtes comme moi, ça vous fout le bourdon de venir là-dedans !

— Non, dit-elle, j'espérais pouvoir rencontrer le directeur. Malheureusement, il est occupé. Il faudra que je revienne.

Il s'exclama :

— Mais il est toujours occupé ! Vous ne vous imaginez pas ce que le cartonnage peut lui prendre la tête !

— Vous le connaissez ? demanda-t-elle.

Il éclata de rire :

— Et comment, c'est mon père !

— Votre père, dit-elle soudain intéressée.

— Eh oui, Paul Bonnez, troisième du nom, pour vous servir.

Il lui tendait cordialement la main. Elle la prit et se présenta à son tour :

— Mary Lester…

Il la regarda curieusement :

— Vous espériez lui vendre quelque chose ?

— Je n'ai rien à vendre…

— Alors, pourquoi vouliez-vous le voir ? Ne me dites pas que c'est pour l'agrément de sa conversation, c'est un vieux bonhomme toujours bougon… Tenez, tel que je suis là, je viens de me faire remonter les bretelles…

Il changea soudain de conversation :

— Vous ne voulez pas qu'on aille prendre un pot quelque part ?

Et, avant qu'elle n'ait eu le temps de répondre, il décida :

— Suivez-moi, je connais un petit bistrot peinard, avec une terrasse sur les bords de l'Erdre.

— Alors, n'allez pas trop vite, dit-elle.

Il hocha la tête en enfilant son casque. La moto était une puissante Yamaha rouge. Sur son porte-bagages, il y avait une raquette de tennis dans sa housse.

Le bistrot où il la conduisit était en effet charmant. On y accédait en suivant ce qui avait dû être un chemin de halage au temps où les péniches étaient tirées par des chevaux. La petite maison avait quatre tables en terrasse sous une vigne conduite sur une pergola de bois moussu.

Elle commanda un thé, lui un café, et, quand ils furent servis, elle demanda :

— Vous me disiez que vous veniez de vous faire remonter les bretelles ?

— Comme chaque fois que je viens là, dit-il. Mon père voudrait à toute force que je prenne sa suite, et que je passe mon existence à élaborer des emballages pour les lessives, les galettes ou les suppositoires ! Vous vous imaginez la vie dans cette turne ?

Elle sourit :

— Il doit y avoir pire !

Il concéda :

— Peut-être, mais pour moi, ce serait l'enfer !

— Et qu'est-ce qui n'est pas l'enfer ?

— Bonne question, dit-il.

Il but une gorgée de café et lui demanda :

— Peut-on savoir ce que vous faites dans la vie ?

— Etudiante en droit.

— Et ça mène à quoi ? Le barreau ? La magistrature ?

— Ça mène à toutes sortes de chose, à condition d'en sortir.

Il fit une grimace :

— Pouah ! Le droit je n'aurais pas aimé…

— Alors, dites-moi ce que vous aimez, ça ira plus vite.

— Je termine Maisons-Alfort, dit-il. Dernière année.

— Vétérinaire ?

— Ouais. Et ça, ça me plaît plus que le cartonnage.

— Mais ça ne plaît pas à votre père.

Il eut un geste désinvolte de la main :

— Que ça lui plaise ou pas… Ce n'est pas demain que je viendrai reprendre la boutique.

— S'il a l'âge de la retraite, il peut toujours la vendre, dit Mary.

— Eh, je me tue à le lui répéter, mais il en a fait une affaire sentimentale.

Il fit mine de jouer du violon, manœuvrant avec ostentation un archet imaginaire :

— Ton pauvre grand-père qui s'est éreinté à créer cette affaire, si tu crois que ça lui fait plaisir de la voir passer entre des mains étrangères.

Il était si drôle en disant ça que Mary éclata de rire.

— Et tu ris, s'exclama-t-il avec des trémolos dans la voix, tu n'as donc pas de cœur…

Elle rit de plus belle et il ajouta :

— Ça lui fait une belle jambe au grand-père, il est mort, paix à ses cendres, il en a assez bavé pendant sa vie, qu'on lui foute la paix maintenant !

Mary changea de sujet :

— Vous jouez au tennis ?

— Ouais… Et vous ?

— Non.

— A quoi jouez-vous ?

— Au golf.

Il siffla, admiratif :

— Ma chère !

Et il demanda :

— Depuis longtemps ?

— Un mois.

— Un mois ! Alors vous êtes excusée !

— Pourquoi dites-vous ça ?

— Mon grand-père y jouait, mon père y a joué, et forcément, il voulait que j'y joue.

— Et vous, sourit-elle, comme vous avez l'esprit de contradiction, vous ne vouliez pas !

— Oh, ils m'y ont bien contraint, quand j'étais gosse...

— Vous devez avoir un bon handicap alors ?

— Pas mal, dit-il avec un sourire en coin. Mais je suis meilleur au tennis. Le golf, il sera bien temps quand je serai vieux ! Mais, blague à part, qu'est-ce que vous lui vouliez au roi du carton ?

Elle éluda la question :

— Au Golf du Bois Joli, j'ai fait la connaissance d'un ami de votre grand-père, monsieur Hermany. Ça vous dit quelque chose ?

— Hermany, dit-il, elle me demande si « Hermany » me dit quelque chose ! Mais c'est comme mon second grand-père ! Je l'appelle parrain, car c'est réellement mon parrain, et sa fille, Madeleine, est une grande amie de ma mère. Dites donc, c'est un coriace mon vieux parrain, il joue tous les jours au golf.

— C'est vrai, dit Mary, il est dans une forme étonnante, et il ne boit plus que du Coca-Cola, comme ses jeunes partenaires. Car il ne joue qu'avec les enfants !

— Et il vous a parlé de mon grand-père ?

— Oui, je crois qu'il l'aimait beaucoup, sa mort l'a vraiment affecté.

Et comme le garçon, les yeux dans le vague ne disait rien, elle précisa :

— Il a surtout regretté que votre grand-père abandonne la pratique du golf.

Le garçon était soudain devenu grave, presque soucieux, ce qui contrastait étrangement avec son exubérance naturelle. Puis il parut se ressaisir, secoua la tête comme pour chasser un mauvais rêve et il retrouva son sourire.

— Histoires de vieux, dit-il. Dites donc, vous déjeunez où ce midi ?

— Je dois retourner à La Baule, dit-elle. Fini les vacances, je quitte mon hôtel demain.

— Quelle barbe, dit-il, juste au moment où je commence les miennes !

— Vous commencez vos vacances fin août ?

— Oui, j'ai travaillé tout l'été, un remplacement dans un parc zoologique.

— Il y a un parc zoologique ici ?

— Pas bien loin, en Vendée.

— Ainsi vous avez passé votre été à soigner les lions et les tigres ?

— Eh oui, et les éléphants, et les singes... C'est très varié !

Sur l'Erdre, des canots passaient, menés à la rame par des athlètes aux torses bronzés. La proue effilée de leurs « skiffs » fendait l'eau verte en rejetant une petite vague d'écume qui venait mourir contre la pierre des berges.

Paul Bonnez regarda Mary, ennuyé :

— Quel dommage que je ne puisse pas aller à La Baule ce midi, j'ai promis...

Il n'acheva pas sa phrase et s'abîma dans ses réflexions.

— Mais peut-être ce soir ? dit-il plein d'espoir.

Il était comme un gamin qui convoite une récompense. Elle fit mine de ne pas comprendre :
— Ce soir quoi ?
— Ce soir nous pourrions dîner ensemble !
— Pourquoi pas, dit-elle avec un demi-sourire.

Il se leva, soudain plein d'une énergie débordante, déploya son mètre quatre-vingt-dix de telle sorte qu'il parut gigantesque à Mary qui était restée assise. Il émanait de tout son être une vitalité prodigieuse, un appétit et une joie de vivre qui, effectivement, auraient eu du mal à s'intégrer dans une usine de cartonnage cernée de murs grisâtres dans une banlieue industrielle.

Elle l'imagina soudain sur un court de tennis, la raquette à la main, assenant des smashes de bûcheron à l'adversaire... Il ne devait pas faire bon jouer contre Paul Bonnez. Elle eut soudain une pensée pour les deux couples de vieux Anglais qui échangeaient aimablement des balles par-dessus le filet verdi de la pension Mimosas... Il y avait autant de différence entre ces deux conceptions du tennis qu'entre le jeu étriqué des amateurs de Golf du Bois Joli et les *swings* pleins d'élégance et de précision des deux cadets qui avaient choisi les surnoms de « Niklhaus » et de « Ballesteros ».

Paul Bonnez, quand il était gamin, s'était à coup sûr assimilé lui aussi à un champion. Comment le surnommait-on ? Borg ? Mac Enroë ?

Peut-être le lui demanderait-elle ce soir, au « Pavillon rose », le restaurant où ils avaient pris rendez-vous pour dîner.

Elle le regarda s'éloigner sur sa grosse moto rouge, slalomant habilement entre les voitures et quand elle eut perdu de vue le casque noir luisant sous le soleil, elle remonta dans sa voiture et, songeuse, reprit le chemin de La Baule.

22

Il y avait, dans le hall de la pension Mimosas, une haute caisse de bois verni comme on en trouvait autrefois dans tout commerce de tradition.

Elle rappelait à Mary la boucherie de son enfance, où elle allait parfois avec sa grand-mère chercher le rôti de veau dominical. Le patron était un colosse dont la blouse blanche était tachée de sang. Il portait le calot pied de poule, et derrière son oreille velue était coincé un gros crayon rouge avec lequel il inscrivait, après la pesée, le prix de la marchandise qu'il faisait glisser vers la petite bonne sur le marbre lisse du comptoir en criant d'une voix forte :

— Quatorze cinquante, voyez caisse !

Et à cette caisse, justement, trônait la bouchère, coiffée avec recherche, maquillée d'abondance, parée de bijoux fantaisie et parfumée comme une poupée de foire.

Pour être à la hauteur, elle s'était hissée sur une chaise qui culminait à des altitudes inusitées. De là, elle dominait la boutique, voyant qui entrait, qui sortait, surveillant les commis, épiant l'employée pour voir si elle ne mettait pas deux feuilles de « sulfurisé » là où une seule suffisait, bref, c'était la tour de contrôle de la boucherie, l'Argus aux cent yeux à qui rien n'échappait.

La cliente posait ses billets sur une plaque de cuivre cannelée luisante comme un soleil, la bouchère dodue s'en saisissait avec un sourire satisfait et faisait glisser la monnaie en énumérant l'appoint :

— ... Et vingt, cente...

Mary s'en souvenait, la grosse femme ne savait pas dire « cent », elle y mettait un « e », « cente »... et vingt cente... Elle en avait encore le bruit à l'oreille, comme celui de la caisse qui faisait « ding », quand on l'ouvrait et qu'on la fermait.

Ce « ding » semblait enchanter la grosse femme tronc, dont on ne voyait que le buste épanoui derrière sa caisse.

Coincée entre ces deux ogres, la petite bonne, adolescente chétive et blême n'en menait pas large. Ce couple terrorisait la petite Mary Lester. Le boucher ne se vantait-il pas de boire un grand verre de sang chaud chaque matin à l'abattoir ?

Jeanne et Marthe Bellair devaient avoir récupéré cette caisse dans quelque brocante. Bien cirée, éclairée par une jolie lampe à abat-jour, agrémentée d'un bouquet de fleurs champêtres, elle ne faisait plus la même impression qu'une caisse de boucherie.

Marthe Bellair, la plus âgée des deux sœurs, n'avait pas non plus la même dégaine que la bouchère. Vêtue de noir, avec un col blanc immaculé, elle avait une élégance discrète et ce maintien réservé qu'on enseignait autrefois aux jeunes filles de bonne famille dans les institutions religieuses de renom.

Ce qu'on y gagnait en savoir-vivre et en courtoisie souriante, on le perdait en modernisme. L'informatique n'avait pas encore envahi la pension Mimosas. Sur son comptoir, mademoiselle Marthe, comme l'appelait la vieille cuisinière, avait un registre où elle écrivait à la plume. Il y avait un encrier, et aussi un tampon hémisphérique garni de buvard vert.

Quand elle annotait ses registres, mademoiselle Marthe, le front plissé, le pince-nez fermement assujetti, s'appliquait sur sa calligraphie qui avait dû lui valoir le prix d'écriture au couvent des Oiseaux ; elle prenait le temps de former ses pleins et ses déliés et de bien aligner ses chiffres dans les colonnes de son livre de comptes. Et, si elle usait pour faire ses additions d'une antique calculatrice à rouleau de papier que l'on entendait moudre les chiffres jusque dans le jardin – unique concession à son comptable qui lui demandait de joindre les bandes imprimées pour le bilan – elle ne manquait jamais de refaire les additions de tête, pour voir si la machine ne s'était pas trompée.

Telle était mademoiselle Marthe Bellair, préposée aux comptes à la pension Mimosas. Sa sœur cadette, Jeanne, s'effaçait devant son aînée, mais c'était elle qui s'occupait de l'intendance, du jardin, des petits déjeuners.

Les deux demoiselles avaient été quelque peu surprises lorsque Mary s'était présentée pour prendre possession de sa chambre. Comme elle avait retenu par téléphone, elles n'avaient pas imaginé que leur nouvelle pensionnaire fût si jeune. Avec un prénom pareil, peut-être avaient-elles pensé avoir affaire à un professeur en retraite car elles étaient habituées à une clientèle d'âge mûr.

Elles avaient immédiatement redouté, en hébergeant une jeune fille, de voir la sérénité de la pension Mimosas quelque peu troublée.

Et, tout de suite, l'air un peu pincé, mademoiselle Marthe avait précisé à Mary « que l'on ne recevait pas de visites la nuit » (sous-entendu d'hommes) et, pendant la première semaine, sa vigilance avait été en constant éveil.

Puis, voyant que la jeune fille se conformait au règlement de la maison, qu'elle ne la troublait pas avec de la musique « de sauvage », elle s'était faite aimable.

— Il y a un message pour vous, mademoiselle Lester, dit-elle à Mary.

Et elle lui tendit un billet sur lequel elle avait écrit soigneusement : « Mademoiselle Lester est priée de rappeler le commissaire Fabien ».

Le mot « commissaire » l'avait bien fait tiquer, mais elle était trop bien élevée pour demander de quel commissaire il s'agissait. Cependant, Mary sentait que sa curiosité était en éveil. Elle mentit joyeusement :

— C'est mon tuteur ! Il est commissaire de la République en Nouvelle-Calédonie. Il devait arriver ces jours-ci !

La brave demoiselle en avait la larme à l'œil. Ce mot, « tuteur », ne disait-il pas que la jeune fille était orpheline ?

— Vous devez être bien contente, dit-elle.

— Oh oui alors, s'écria Mary. S'il vous plaît, Madame, vous me ferez ma note pour demain matin.

— Comptez sur moi, dit mademoiselle Marthe.

Et elle s'enquit, faussement inquiète :

— Avez-vous passé un agréable séjour aux *Mimosas* ?

— Merveilleux, dit Mary. Vous habitez un endroit magique ! Ah, je m'en souviendrai !

Une lueur de nostalgie traversa le regard soudain humide de la vieille demoiselle. En avait-elle, elle aussi, des souvenirs dans cette vieille demeure. Souvenir d'un temps où La Baule-les-Pins méritait encore son nom et où, depuis les fenêtres de la villa familiale on apercevait la mer. Peut-être avait-elle fait des pâtés de sable sur l'immense plage alors déserte sous la surveillance de gouvernantes stylées... Peut-être avait-elle navigué dans cette baie sur un beau canot verni mené par un marin du cru engagé pour la saison... Peut-être le vieux tennis où le vert de la mousse le disputait au rouge de la brique pilée avait-il retenti des joyeuses parties disputées entre cousins et cousines... Peut-être... C'était si loin tout ça...

Mary l'arracha à ses souvenirs :

— Je vais avoir plusieurs coups de téléphone à donner, dit-elle. Pourrais-je utiliser l'appareil du hall ?

— Bien entendu, dit mademoiselle Marthe.

Curieuse concession au modernisme en cet établissement où le progrès semblait s'être arrêté à l'invention du stylo-bille, cet appareil était un « point phone » qui fonctionnait avec des pièces ; avant de l'utiliser, Mary fit provision de monnaie auprès de la vieille dame. Puis, pourvue d'un annuaire, elle recherscha les numéros qu'elle désirait appeler.

*

Le restaurant où Paul Bonnez avait donné rendez-vous à Mary se trouvait sur la plage. Elle ne s'y était jamais attablée car le lieu semblait être le point de rendez-vous de tous les jeunes « branchés » de la station et ce n'était pas une compagnie qu'elle appréciait particulièrement.

C'est là qu'on se réunissait avant d'aller danser « en boîte » ou dans une soirée privée à laquelle il n'était pas de bon ton d'arriver trop tôt.

Paul Bonnez semblait y être très populaire. Il tutoyait le patron qu'il appelait « Paulo » et les serveurs semblaient être très au fait de ses habitudes. Dans un coin de la verrière qui protégeait les dîneurs du sable, une table lui était réservée. Avait-il téléphoné pour la retenir, ou était-elle retenue tout au long de la saison ? Difficile à dire ; en tous cas, le champion de tennis semblait être une des figures de l'établissement.

Presque tous les gens qui poussaient la porte venaient le saluer en regardant Mary avec curiosité.

— Vous en faites une tête, lui dit-il en riant.

— J'ai l'impression, dit-elle, d'être un poisson dans un aquarium, une sorte de bête rare que tout le monde vient regarder sous le nez.

— Vous intriguez, dit-il, personne ne vous connaît à La Baule.

— Ce n'est pas comme vous, renvoya-t-elle. Vous connaissez tout le monde, et tout le monde vous connaît...

— Ça serait malheureux, dit-il, ma famille passe ses vacances ici depuis un demi-siècle. J'ai appris à faire du dériveur avec les frères Pajot, du tennis avec Patrice

Dominguez et du cheval avec un maître hongrois dont je n'arrive jamais à prononcer le nom.

— Et du golf, poursuivit-elle, avec Paul Sergent. Les meilleurs en tout, n'est-ce pas ?

— Ce ne sont pas les plus mauvais, concéda-t-il avec un grand sourire.

Mary avait devant elle un des échantillons les plus représentatifs de la jeunesse dorée, de ce qu'il était convenu d'appeler « la cote d'amour » : un jeune homme moderne, sûr de soi, qui ne connaissait la crise que par les journaux qu'il lisait de loin en loin et à qui l'avenir ne faisait pas peur.

Ses études, la position sociale de sa famille, un physique d'athlète et une santé éclatante lui permettaient de voir venir les choses avec confiance.

— Vous me dites, fit-il, que vous êtes à La Baule depuis un mois, mais je ne vous ai encore jamais vue !

Mary roulait une miette de pain sur la nappe en l'écoutant. Ce n'était pas la peine de faire la conversation, Paul Bonnez avait la parole facile.

— Vous n'allez jamais au casino ?

— J'y suis passée, dit-elle, mais quand j'ai vu tous ces gens accrochés à leurs machines à sous, ça ne m'a pas donné envie de rester.

— Ce n'est pas de ça que je voulais parler, dit-il, vous n'êtes jamais descendue à l'Indiana ?

— Ah, la boîte de nuit ?

Elle en avait vu l'entrée, figurant un mausolée plus ou moins Inca construit en moellons dorés.

Elle fit la moue :

— Les boîtes, ce n'est pas trop mon truc...

— C'est quoi alors votre truc ?

— Je vous l'ai dit, je suis venue pour me reposer et pour suivre un stage de golf.

Il la regarda, méfiant :

— Comme ça ? toute seule ?

— N'est-ce pas mieux pour se reposer ?

— Vous parlez comme une petite vieille ! Et le soir, vous faisiez quoi ? du scrabble avec les pensionnaires des Mimosas ?

— Ça m'est arrivé, dit-elle en souriant. Mais je lisais surtout.

Elle n'allait tout de même pas lui raconter ses expéditions nocturnes au Golf du Bois Joli.

— Faut s'éclater de temps en temps ! dit Paul Bonnez en se voulant convaincant. Allez, ce soir je vous invite à l'Indiana. Vous allez voir, ça vaut le coup d'œil.

Elle eut une moue sceptique qu'il ne remarqua pas, tout occupé à commander un plateau de fruits de mer pour deux. Les fruits de mer, elle voulait bien, mais aller s'agiter dans un sous-sol surchauffé aux sons d'une sono démente, ça ne l'inspirait guère.

Enfin, se dit-elle, chaque chose en son temps : les fruits de mer d'abord, pour l'Indiana on verrait...

— Et maintenant, dit Paul Bonnez, si vous me disiez ce qui vous a poussé à venir passer vos vacances à La Baule ?

— Le golf...

— Rien que le golf ?

Elle le regarda en souriant :

— Rien que...

Et comme il avait l'air mal convaincu, elle précisa :

— Il y a déjà longtemps que je voulais m'y mettre... Je lisais des revues qui me faisaient rêver depuis longtemps. C'est par elles que j'ai appris que Paul Sergent était l'un des tout premiers éducateurs de l'hexagone.

Elle sourit de nouveau :

— Tant qu'à apprendre, autant bien apprendre.

— C'est sûr, dit Paul Bonnez en attaquant une langoustine. Mais dans la vie il n'y a tout de même pas que le golf!

— Pour certains, on dirait bien que si, dit elle. J'en ai appris des choses en un mois!

— Quelles choses? demanda-t-il soudain méfiant.

Son geste pour prendre une huître s'était arrêté au-dessus du plateau.

— Des choses... dit-elle, mystérieuse. Et d'ailleurs, pendant mon séjour au Bois Joli, il s'en est passé des choses aussi! Le colonel a été agressé, madame Leblond a passé l'arme à gauche au trou numéro sept...

Paul Bonnez avait pâli, il pressait son citron à côté de son huître.

— N'en soyez pas trop affecté, dit-elle d'un ton léger, ce n'était pas une personne bien intéressante...

— Pourquoi me dites-vous ça? fit Bonnez d'une voix étranglée.

— Elle a causé bien du tort à votre famille, n'est-ce pas?

— C'est monsieur Hermany qui vous a raconté ça?

Elle acquiesça de la tête et demanda :

— Il n'aurait pas dû?

Il leva les épaules comme quelqu'un qui ne sait pas.

— Si ce n'avait pas été lui...

— Ça aurait été quelqu'un d'autre, compléta-t-elle. Au club, tout le monde était au courant.

Elle vit ses grosses mains se serrer et elle l'entendit grommeler :

— Salope !

— Vous la détestiez, n'est-ce pas ?

— Mais tout le monde la détestait !

Il avait presque crié, troublant le ronron de bon aloi de la salle à manger. Un silence se fit et tous les yeux se tournèrent vers eux.

— Calmez-vous, dit-elle, elle est morte.

Les grandes mains s'ouvrirent.

— Ouais...

— Vous aimiez beaucoup votre grand-père, dit-elle. C'était une constatation, pas une question.

— Oh, oui ! soupira-t-il.

— Et le jour où, à la suite de la malveillance de Victoire Leblond, il a renoncé à jouer, vous avez renoncé vous aussi.

Il tenta un pauvre sourire, mais le cœur n'y était pas.

— Ouais... et je n'ai plus joué qu'au tennis.

Il la regarda par-dessus le long plateau où, sur une litière de varech, crabes et crustacés écarlates attendaient le supplice de la mayonnaise en compagnie d'huîtres nacrées.

— Qui êtes-vous, mademoiselle Lester ?

— Pour vous, rien d'autre qu'une étudiante en vacances.

Elle prit une languette de beurre du bout de son couteau et, montrant le plateau, l'encouragea :

— Allez-y, on n'est pas encore au bout !

Mais Paul Bonnez semblait avoir perdu tout appétit, tout entrain. Elle ironisa :

— Décidément, cette sacrée Victoire vous fait toujours de l'effet, même à titre posthume !

Elle lui prit la main, la secoua :

— Eh bien mon vieux Paul, du nerf ! Vous n'allez tout de même pas me laisser m'expliquer avec toutes ces bestioles !

Elle agita son verre :

— Allez, je meurs de soif !

Il la regardait, mi-figue, mi-raisin.

— Servez-moi, dit-elle encore, et je vous raconterai une histoire. Je ne sais pas raconter quand j'ai soif !

Il tira de son seau la bouteille de muscadet sur lie et la servit.

Elle l'encouragea :

— Allez, buvez un coup, vous en aurez besoin !

23

— Il était une fois, dit-elle…

Elle était dans le bureau du commissaire nantais en compagnie d'un autre commissaire, Armand Fabien en personne, qui était venu, de Quimper, récupérer son enquêtrice vedette et, accessoirement, saluer son vieux copain Graissac.

— Pardon, dit Graissac, éberlué par le préambule.

— J'ai une histoire à vous raconter, dit-elle. Et les bonnes histoires commencent toujours par « il était une fois… »

Le divisionnaire regarda son ami, semblant demander :

— Elle est toujours comme ça ?

Et Fabien écarta les mains avec une petite crispation des lèvres pour marquer qu'en effet, l'inspecteur Lester n'avait pas toujours des manières orthodoxes, mais l'expérience lui avait enseigné qu'en pareil cas, il n'y avait qu'à laisser faire.

Ils laissèrent donc faire.

— Il était une fois un golf privé qui s'appelait le Golf du Bois Joli. Ce golf avait été créé il y a bien longtemps par quelques amis amateurs de ce sport. C'était en ces temps bénis où les fortunes étaient considérables, les terrains bon marché, les salaires dérisoires. La station de La Baule venait de naître et la bourgeoisie s'y faisait construire de somptueuses villas où l'on venait, à la belle saison, avec son chauffeur, sa cuisinière, quelques bonnes et préceptrices, un équipage pour le bateau, un lad pour les chevaux, une demi-douzaine de jardiniers...

Elle regarda les deux hommes :

— ... J'en oublie sûrement... Un demi-siècle plus tard, on ne reconnaît plus le front de mer. Les élégantes villas de La Baule-les-Pins ont fait place à de gigantesques immeubles réservés aux vacanciers fortunés, au point qu'on ne se croirait plus en France, mais en Floride. Les fortunes d'avant-guerre se sont effondrées, une nouvelle population d'estivants déferle sur la côte, avide de connaître les plaisirs de ces bourgeois tant jalousés. Tout le monde peut faire du bateau, on s'inscrit au tennis et même au golf... Dans ces golfs où l'entretien du terrain coûte maintenant si cher que les *old members*, comme ils se nomment eux-mêmes, sont obligés pour faire face à la dépense, d'accepter ces nouveaux membres, venus de classes sociales qu'ils méprisent, mais dont ils ont besoin pour équilibrer leur budget. Parmi ceux-ci, monsieur et madame Leblond. Si monsieur Leblond, directeur des services fiscaux du département, est un petit bonhomme insignifiant, sa femme est une véritable peste que tout le monde craint. N'a-t-elle pas envoyé les contractuels chez un membre du club qui refusait de noter sa carte comme elle le souhaitait ?

Le regard du commissaire Fabien allait de Mary à Graissac, plein d'interrogation. Et Graissac, gêné, regardait ses doigts avec attention.

— Mademoiselle Lester, dit-il, je vous avais fait venir pour avoir des informations sur...

— ... Sur un éventuel réseau de trafiquants de drogue, oui Monsieur. On y vient... Cet homme, monsieur Serge Bonnez, était connu au club, dont il fut l'un des fondateurs, comme « l'homme aux doigts bleus ».

— Monsieur Bonnez, dit Graissac en soufflant, a quitté le club voici plus de trois ans.

— C'est vrai, dit Mary, et il est mort au début de l'été...

Graissac écarta les mains d'un air de dire : « Alors, qu'est-ce que vous venez nous bassiner avec ce pauvre Serge Bonnez ? »

— Il faut vous dire, fit Mary en se tournant vers Fabien, que monsieur Bonnez, à la suite de mauvais traitements dans les camps nazis...

— Vous pouvez dire de tortures, fit Graissac.

Mary le regarda et rectifia :

— A la suite de tortures, Serge Bonnez avait perdu le pouce et l'auriculaire de la main gauche. De plus, à ce que m'a dit son ami monsieur Hermany, le sang ne circulait plus dans les trois doigts restants, ce qui faisait que, au moindre froid, ses doigts bleuissaient. Monsieur Bonnez était donc connu au club comme « l'homme aux doigts bleus ».

— Et il pouvait jouer au golf avec trois doigts ? s'étonna Fabien.

— A force de volonté, oui, dit Graissac.

— Jusqu'au jour, dit Mary, où Victoire Leblond, en lui adressant, par le biais de son mari, une escouade de contractuels, l'a fait renoncer à son sport dans un club où il avait tous ses amis.

— Et alors ? demanda Fabien.

— Alors il en serait mort, dit Mary.

— Il en est mort, il en est mort, c'est vite dit, fit Graissac. Bonnez avait tout de même près de quatre-vingt-dix-ans ! C'est assez vieux pour faire un macchabée !

— Certes, dit Mary, c'est pour ça que j'ai employé le conditionnel. Cependant, sa famille, ses amis, ne pardonnaient pas à Victoire Leblond d'avoir gâché les dernières années du vieil homme. Et l'un d'entre eux a eu une idée diabolique pour se venger de celle que tout le monde au Bois Joli appelait « la folle »…

Les deux hommes regardaient attentivement Mary.

— Je le sais pour l'avoir constaté par moi-même, dit-elle, Victoire Leblond avait l'habitude de jouer seule et tôt le matin. D'autres que moi avaient fait ce constat. En guise de mauvaise blague, « on » avait mis dans le trou numéro sept, celui par où Victoire commençait son parcours, une main aux doigts bleus.

Graissac secoua la tête avec impatience :

— Ça reste à prouver ! dit-il. Qui a vu, cette main, à part vous ?

— Madame Perenno !

— Non ! dit Graissac exaspéré, au dire des gendarmes, madame Perenno a déclaré que son chien avait rapporté une patte de poulet. Et elle n'a pas parlé d'une patte de couleur bleue !

Il se tourna vers Fabien :

— De toutes façons, comme son chien l'a bouffée…

Il eut une mimique d'impuissance :

— Alors...

— Alors, vous concluez que madame Victoire Leblond est morte d'une crise cardiaque, et qu'il n'y a pas lieu d'aller chercher plus loin, fit Mary.

— Vous avez vu les résultats de l'autopsie, dit Graissac.

— Oui, dit Mary, et, figurez-vous que je suis bien de votre avis : il n'y a pas lieu de chercher plus loin, point !

Graissac prit le parti de rire, un rire qui sonna faux :

— Alors, on en vient à ma drogue ?

— Pas encore ! Depuis que j'ai parlé de cette main aux doigts bleus, je passe pour une cinglée ! Les gendarmes rigolent, les membres du club rigolent, et les commissaires rigolent !

— En effet, dit Graissac avec un large sourire.

— Il n'y en a qu'un qui ne rigole pas, dit Mary.

— Qui donc ? demanda Graissac.

Elle se pencha et le regarda dans les yeux :

— Celui qui a mis cette fameuse main dans le trou !

Graissac leva les bras au ciel, d'un air de dire : « ça y est, ça la reprend ! » Fabien, qui connaissait la petite Lester, était tout soudain devenu attentif.

— Et c'est qui ? demanda-t-il.

— Je ne vous le dirai pas.

La mâchoire de Graissac faillit tomber sur la table. Mary le regarda avec son plus gracieux sourire :

— Madame Victoire Leblond est morte d'une crise cardiaque, mort naturelle. Il n'y a pas lieu d'aller chercher plus loin, pas vrai commissaire ?

Il y eut un silence, puis elle annonça :

— Je vais vous livrer quelques suppositions. Supposez que vous vouliez faire une mauvaise blague à Victoire. Mettre la main d'un homme qu'elle a contribué à expédier *ad patres* dans un trou où elle va inévitablement glisser la main est une idée originale, n'est-ce pas ?

— Voudriez-vous dire que quelqu'un aurait coupé la main du cadavre pour la glisser dans le trou ? demanda Graissac horrifié.

— C'est ce que j'ai cru pendant un moment, dit-elle, et c'est aussi ce que Victoire a cru. A moins qu'elle n'ait pensé que Bonnez, en récompense de ses mauvaises actions, soit sorti de la tombe pour l'y entraîner... On peut tout imaginer, puisqu'on ne saura jamais ce à quoi elle a pensé en cette fraction de seconde où elle a découvert la main et où elle est morte. A la réflexion, ce n'était guère réaliste. Je ne vois pas quelqu'un de l'entourage de Serge Bonnez amputer la main aux trois doigts, puis la conserver dans un congélateur entre les glaces à la fraise et les barquettes d'épinard.

— Alors ? demanda Graissac.

— Je me suis dit, fit Mary, que tout ceci avait un goût de canular d'étudiant en médecine. Alors j'ai cherché dans cette direction.

Graissac réfléchit, puis dit :

— Il n'y a pas d'étudiant en médecine dans la famille Bonnez.

— Non, dit Mary, mais il y a un futur vétérinaire.

— Nom de Dieu ! s'exclama le commissaire, le petit Paul.

— Petit, pas si petit que ça, dit Mary, s'il ne fait pas son mètre quatre-vingt-dix, je veux bien être nommée au Val Fourré !

— On dit « le petit » pour le distinguer de son père, fit Graissac. Chez les Bonnez, tous les aînés s'appellent Paul. Vous pensez donc que « le petit » Paul est responsable de la mort de Victoire Leblond ?

— Voyons, commissaire, ironisa Mary, Victoire Leblond est morte de mort naturelle ! Tout le monde sait cela ! Il n'y a pas de responsable à chercher ! Cependant, il y avait bien une main, une main à trois doigts, et à trois doigts bleus de surcroît, dans le trou numéro sept.

— Alors, pour en finir, demanda Fabien, doigts humains ou patte de poulet ?

— Ni l'un ni l'autre dit Mary.

Et comme les deux commissaires la fixaient, se demandant ce qu'elle allait encore pouvoir leur sortir, elle annonça en articulant bien ses mots :

— Dans le trou numéro sept, il y avait une patte de singe. De chimpanzé, pour être précis.

Les deux commissaires se regardaient sans rien dire, chacun semblant laisser à l'autre le soin de réagir et, comme aucun ne semblait vouloir le faire, Mary poursuivit :

— En allant à Nantes pour rencontrer monsieur Bonnez, fils du défunt, j'ai fait fortuitement la connaissance de Bonnez petit-fils…

— Et vous n'avez pas pu rencontrer le père ? demanda Graissac.

— Exact, dit-elle, c'est un homme fort occupé... En revanche, la rencontre avec le petit-fils m'a livré la clé de l'énigme. « Petit » Paul Bonnez, comme vous dites, monsieur Graissac, est vétérinaire. Cet été, il a travaillé dans un parc animalier, en Vendée... Or, dans ce parc, cet été, il y a eu un décès... Celui de Jack, un chimpanzé, doyen des pensionnaires. Mort de vieillesse, ce pauvre Jack... Savez-vous qui l'a assisté dans ses derniers moments ?

Elle regarda alternativement les deux hommes et dit triomphalement :

— « Petit » Paul, justement, qui n'a rien pu faire pour ce pauvre vieux Jack qui avait abusé durant sa vie de sucre et de cacahuètes... Savez-vous ce qu'on fait des animaux morts en pareil cas ?

— On les incinère ? hasarda Graissac.

— Exact, dit-elle, comme pour les humains. Le corps à évacuer est enfermé dans un sac plastique et livré aux flammes.

— Et, dit Fabien, c'est le vétérinaire du parc qui est chargé de cette besogne.

— Voilà... Cependant, avant de livrer Jack au bûcher, « petit » Paul lui a coupé la main droite... Il a même amputé ce pauvre vieux singe de son pouce et de son auriculaire... Il a même rasé soigneusement les doigts avant des les peindre en bleu...

A part les bruits de couloir, on aurait entendu un ange voler.

— Et c'est cette main que Victoire a trouvée dans le trou, dit enfin Graissac.

— Voilà, fit elle triomphante.

Le commissaire nantais avait l'air passablement ennuyé.

— C'est lui qui vous a dit ça ? demanda-t-il.

— Mais non, fit-elle avec entrain en se levant, j'ai tout imaginé ! Ce n'est qu'une hypothèse, patron, vous le savez, Victoire est morte de mort naturelle !

Et elle répéta en détachant les syllabes et en le fixant avec des yeux malicieux :

— NATURELLE !

— Ah... fit Graissac décontenancé, et pour le reste...

— Ah, oui, le reste, dit-elle avec désinvolture. Je suis désolée, mais là encore je n'ai que des hypothèses...

Elle revint s'asseoir et lissa son pantalon :

— Vous cherchez un « gros bonnet » de la drogue ? Je vous donne son nom : Robert Duhallier.

— Le président ? balbutia Graissac.

— Lui-même.

— Vous avez des preuves ?

— Evidemment non ! Je vous l'ai dit, je n'ai que des hypothèses. A mon avis, il y a beau temps que Duhallier trempe dans des affaires de cet ordre.

— Qu'est-ce qui vous fait dire ça ?

— Les fortunes colossales me paraissent toujours suspectes, et quand elles sont édifiées en quelques années, ma méfiance s'accroît encore. Revenons, si vous le voulez bien, sur la profession de Duhallier.

— Chaudronnier, dit Graissac.

— C'est ça, chaudronnier... Mais un chaudronnier un peu particulier tout de même, puisque son art s'exerce non plus sur des chaudrons percés, au coin des rues, comme l'imagerie populaire se plaît à représenter cette profession, mais sur des cuves de plusieurs milliers de mètres cubes. Imaginez que, quelque part là-dedans, un habile artisan pratique un double fond... Qui pourrait s'en apercevoir ? N'oubliez pas que les sociétés que gérait Duhallier avaient des succursales dans tous les ports du monde, et en particulier en Amérique du Sud.

— Vous voulez dire, fit Graissac...

Il n'acheva pas sa phrase, Mary s'en chargea :

— J'imagine toujours, commissaire, n'oubliez pas que je n'ai que des hypothèses à vous offrir. Ensuite, ce sera à vous d'en faire ce que vous voudrez. J'imagine donc que des tankers, des méthaniers ou des porte-containers de tout ce que vous voudrez aient ainsi des caches aménagées d'origine dans leurs structures, ils peuvent charger de la drogue dans les pays producteurs, on les connaît...

— Mais arrivés ici ils sont fouillés par la douane, objecta Fabien, et, quoi qu'en disent des gens mal informés ou mal intentionnés, les gars de la douane sont des types qui connaissent la musique !

— C'est ici qu'intervient le Golf du Bois Joli, dit Mary.

Graissac fronça les sourcils comme s'il était mécontent. Mary le remarqua et lui dit :

— Vous m'aviez bien demandé d'enquêter sur la corrélation qu'il pouvait y avoir entre votre golf et ce trafic ? Voici donc ce que je crois, encore une fois, ce sera à vous de le vérifier : arrivé en limite des eaux territoriales, le bateau porteur se déleste de sa cargaison au profit d'un plus petit bateau. Ça peut être un chalutier, une vedette rapide, un voilier de plaisance, peu importe.

— S'il y a des bateaux qui sont surveillés, c'est bien ceux-là ! s'exclama Graissac. Dès qu'ils arrivent au port...

— Aussi n'arrivent-ils au port que vides, dit Mary.

— Et leur cargaison ?

— Envolée !

— Envolée, comme ça, dit Graissac en agitant les mains. Vraiment, mademoiselle Lester...

— Envolée en avion, monsieur.

— En hydravion, alors, dit Fabien.

— Exactement !

— Mais, dit Graissac, le problème reste entier. Cet hydravion, il va bien falloir qu'il se pose. Et là où il se pose, on retrouve forcément la douane !

— Je sais, dit Mary, la douane on la trouve partout, et elle est d'autant plus redoutable qu'on ne la voit pas toujours... Maintenant, supposez que cet hydravion soit un ULM... Il charge la marchandise en mer et arrive de nuit, moteur coupé, en planant et se pose sur un plan d'eau. Personne ne l'entendrait...

— Il faudrait bien qu'il reparte, dit Fabien et alors...

— Et alors il ferait du bruit, soit, dit Mary. Mais là, il y a deux possibilités : il peut redécoller à l'aube, au moment où les tondeuses à gazon du golf se mettent en marche et personne à l'entour ne s'étonnera de ce bruit supplémentaire, ou bien on peut le démonter et il repart dans une camionnette, ni vu ni connu !

Fabien regardait Graissac et Graissac regardait Fabien d'un air de dire : « Ce n'est pas si bête ! »

— Parce que vous imaginez qu'il se pose...

— Sur le plan d'eau qui longe le local des jardiniers, oui monsieur.

— Bon Dieu ! s'exclama Graissac comme si, soudain, il entrevoyait des perspectives auxquelles il n'avait jamais osé penser.

— Il y a, dans le local des jardiniers, dit Mary, un atelier de mécanique pouvant parfaitement convenir à ce genre d'opération. Et elle ajouta : l'essentiel c'est de n'être pas vu à l'atterrissage, ce qui ne risque plus d'arriver maintenant que le golf est entièrement entouré par trois mètres de grillage.

— Et la marchandise serait cachée où selon vous ? demanda Graissac.

Mary répondit par une autre question :

— Avez vous visité le grand hangar des jardiniers ?

— Non.

Il n'allait tout de même pas au golf pour visiter les communs !

— Eh bien, vous devriez. Il y a là des centaines de sacs d'engrais, de fongicide, de pesticides de graines... Ça sent plutôt fort. A mon avis, on peut y dissimuler ce qu'on veut.

Elle se leva :

— Voilà... Vous n'avez plus qu'à attendre la saison des pluies...

— La saison des pluies, dit Graissac, pourquoi ?

— Parce qu'à mon avis, monsieur le commissaire, cet ULM se pose sur l'eau puisqu'il va chercher la drogue en mer. Et, en cette saison, avec tout ce qu'on a puisé dans le grand bassin pour arroser les *fairways*, le niveau est trop bas pour lui permettre d'être utilisable à cet effet.

— Et, selon vous, la drogue repartirait comment ? demanda Graissac.

— Ce ne sont pas les moyens qui manquent, dit Mary. Il passe quelques centaines de personnes par semaine sur ces *fairways* et parmi eux m'avez-vous dit, des gens qui tiennent des établissements de nuit, d'autres qui roulent en Ferrari sans paraître en avoir les moyens, des gens à hautes relations politiques, difficiles à suspecter, et encore plus à fouiller. Et puis les anciens riches qui ne veulent pas devenir des nouveaux pauvres, les anciens pauvres qui veulent devenir de nouveaux riches… Il n'y a que l'embarras du choix…

Graissac soupira :

— Ça ne va pas être facile. Enfin, je dois vous remercier, lieutenant, mine de rien je crois que vous avez fait du bon boulot.

— Et les agressions ? demanda Fabien.

— Les agressions ? demanda Mary, l'esprit ailleurs.

— Oui, votre mésaventure à vélo, le colonel assommé, le président tiré comme un vulgaire lapin…

Mary respira profondément. Elle n'avait pas oublié sa peur intense quand la voiture rouge lui avait foncé dessus.

— Je suis persuadée dit-elle, que quand vous questionnerez le personnel du domaine du *Chêne Tortu*, cette mystérieuse place forte où jamais personne n'est entré, vous trouverez l'explication et l'auteur de ces agressions. J'ai entrevu à plusieurs reprises, sortant de la propriété, un 4 × 4 Toyota conduit par un type qui pourrait peut-être vous fournir des explications à ce sujet. Tout ce que je peux vous dire, c'est qu'il porte des *Ray-Ban* en toutes circonstances et qu'il a les cheveux coupés courts, comme on les aime à l'armée.

— Hum... fit Grassac dubitatif, ce genre de gaillard n'est pas facile à faire parler.

— C'est votre affaire, dit Mary.

— Enfin, nous verrons ça en son temps. En tout cas, je vous remercie, lieutenant Lester.

Ce n'était pas souvent qu'on donnait à Mary son véritable titre. Le commissaire lui tendit la main.

Elle la lui serra et demanda à Fabien :

— Je vous attends dehors ?

— Oui, dit le commissaire, j'en ai pour deux minutes.

Alors elle sourit à Graissac :

— Tenez-moi au courant, commissaire !

24

Mary entra dans le bureau qu'elle partageait avec Fortin au commissariat de Quimper. Son équipier rangeait des dossiers, sans conviction, d'un air dégoûté.

— Salut ! dit-elle.

Il leva les yeux sur elle et, instantanément son visage s'éclaira d'un grand sourire :

— Putaing, Mary !

Fortin avait beaucoup de mal à commencer une phrase sans y mettre un « putaing ». Il l'examina des pieds à la tête et siffla, admiratif :

— Putaing, tu rentres de Miami ?

— Presque, dit-elle.

— Mais tu es bronzée comme c'est pas permis ! Ne me dis pas que tu étais au boulot !

— Eh si, mon vieux Fortin.

— C'était pas trop dur ?

— Si, dit-elle, terrible ! J'ai dû jouer au golf tous les jours, boire des pots au bar du club...

— Et en dehors de ça ? fit-il sarcastique.

— Bof, fit-elle, la plage, les bains, les balades à vélo au long de la corniche, les petites bouffes le soir sur le port du Croisic, les couchers de soleil sur les marais salants... Ah, Fortin, les marais salants ! Faut que tu voies ça, mon vieux !

— Si le patron veut bien me payer la pension, je ne dis pas non. Et à part ça, la drague ?

Elle pouffa :

— Tu as raison, la drague, j'allais oublier.

— Ça a marché ?

— Ouais, tant que le type a cru que j'étais étudiante en droit. Quand il a su que j'étais flic…

— Ça lui a coupé le sifflet, dit Fortin.

— Ouais, dit-elle. Le sifflet et l'appétit. Il m'avait invitée à déguster un plateau de fruits de mer et, tout d'un coup j'ai eu l'impression que ses huîtres n'étaient pas fraîches. Lui qui voulait à toute force m'emmener danser, il n'a même pas pris de dessert, il s'est barré comme un voleur.

— C'était peut-être un voleur !

— Pis que ça !

Elle roula de gros yeux :

— Un assassin !

Puis elle rectifia le tir :

— Enfin, presque.

— Et tu l'as laissé partir.

— Ouais, fit elle, il était si beau mec ! Ça aurait été dommage de le faire moisir en taule.

Elle soupira :

— Enfin, il avait payé l'addition !

— Et il faisait quoi ce type ?

— Vétérinaire, mon vieux Fortin, et de surcroît, héritier d'une famille d'industriels.

— Je suis sûr qu'il avait le béguin, dit Fortin qui, malgré sa dégaine de basketteur américain et ses airs affranchis avait un cœur de midinette.

Elle haussa les épaules :

— Peut-être bien, mais moi je voulais connaître le fin mot de l'homme aux doigts bleus...

— Aux quoi ? demanda Fortin en fronçant les sourcils.

A ce moment le téléphone sonna. Mary décrocha et dit :

— J'arrive tout de suite...

Puis à Fortin :

— Le patron... Je te raconterai plus tard.

Il la regarda sortir, ahuri, et se remit à ses dossiers en secouant la tête. Un homme aux doigts bleus !

Il n'y avait que Mary Lester pour inventer des trucs pareils ! Quelle nana ! Parviendrait-il un jour à comprendre comment elle fonctionnait ?

Mary, pendant ce temps, arrivait comme une trombe au bureau de Fabien. Décidément cette enquête lui avait fait plus de bien qu'un mois de vacances. D'ailleurs était-ce vraiment une enquête, n'était-ce pas plutôt un mois de vacances ?

Le commissaire était assis sur son fauteuil de skaï noir, les bras croisés, dans la posture de quelqu'un qui attend. D'un signe de tête il montra une chaise à Mary et, quand elle fut assise, il dit :

— Je viens d'avoir Graissac au téléphone. L'avion a bien atterri la nuit dernière.

Mary eut un mince sourire mais ne bougea pas.

— C'est tout l'effet que ça vous fait ? demanda-t-il.

— Ont-ils trouvé quelque chose ?

— Cinquante kilos de cocaïne pure dissimulée, comme vous l'aviez laissé entendre, dans des sacs d'engrais.

Elle hocha la tête sans mot dire et ce fut Fabien qui rompit le silence.

— Comme vous l'aviez pressenti, l'avion était déjà démonté et emballé dans une camionnette.

Il y eut un nouveau silence, puis Fabien ajouta :

— Le commissaire Graissac vous fait transmettre ses félicitations et ses remerciements...

Et, comme elle ne réagissait pas, il s'exclama :

— Ça n'a pas l'air de vous impressionner.

— Pourquoi serais-je impressionnée ? demanda-t-elle, ne l'avais-je pas prévu ?

— Tout de même ! bougonna Fabien.

Enfin Mary posa une question :

— Y a-t-il eu des arrestations ?

— Bien sûr, mais je n'ai pas encore de noms. L'opération a été menée conjointement par la P.J. et par les douanes. Graissac doit avoir de quoi faire !

Mary hocha la tête, elle songeait à tous ces gens qu'elle avait côtoyés pendant un mois entier. Tous ces gens pour qui le Golf du Bois Joli, « leur » golf, était la raison de vivre, un lieu où, parce qu'ils pratiquaient un sport qui coûtait cher, ils pouvaient se croire d'une autre essence que le commun...

Leur monde s'écroulait, le scandale n'était plus qu'on se permît d'assister à une remise des prix sans le blazer bleu marine, le pantalon clair et la cravate aux armes du club, il était d'une tout autre ampleur, qui trouverait sa conclusion dans le prétoire d'un tribunal.

N'avaient-ils pas senti, tous ces *old members*, lorsque Mary était entrée pour la première fois au bar du *club house*, qu'elle était celle par qui le scandale allait arriver ?

N'était-ce pas pour cette raison qu'ils l'avaient accueillie aussi froidement ? Maintenant qu'elle était partie, se doutaient-ils du rôle qu'elle avait joué dans le démantèlement de la « golf connection », ainsi que le titreraient demain les journaux ?

Comme en un kaléidoscope les visages défilaient dans sa mémoire : celui du vieux forban qui demandait avec tant d'insistance qu'on l'appelât Bob, la tronche de gorgone de la « folle » guettant derrière ses carreaux, telle une grosse araignée au cœur de sa toile, les maladroits qui tentaient de récupérer une balle égarée sur sa pelouse pelée... Et puis, indissociables, car ils étaient toujours ensemble, les *old members* cramponnés au bar où ils passaient plus de temps à ressasser leurs défunts exploits en buvant de la bière qu'à arpenter les *fairways*, le barman aux manières équivoques, la remise des prix, cérémonial grotesque à force de se vouloir solennel...

Et aussi monsieur Hermany, ses yeux malins perdus dans ses rides, sa complicité avec ses amis les petits enfants, « Jack » et « Stevy », leurs merveilleux drives dans le petit matin, leur concentration, leur drôlerie, Paul Sergent et sa rondeur débonnaire, ses remarques pleines d'humour, sa voix rocailleuse du gave d'Oloron... le velours des *greens*, la verte odeur de l'herbe fraîchement coupée, l'émotion sur le *tee* de départ, de la fabuleuse impression d'avoir cueilli la balle juste comme il le fallait, avec le bruit qu'il fallait et cette absence de vibrations transmises aux mains par le *club*, qui caractérisent le coup réussi.

Enfin, les centaines d'amis qu'elle n'avait pas encore rencontrés, les golfeurs ordinaires, qui jouaient non pour avoir une étiquette dans une quelconque comédie sociale, mais parce qu'ils aimaient ça, qui s'appliquaient avec maladresse souvent, mais avec un plaisir sain, toujours renouvelé, sans vouloir faire d'épates.

Dès le prochain dimanche elle s'en irait les retrouver. Elle s'était renseignée ; il y avait, à un quart d'heure de chez elle, un golf public qui venait de s'ouvrir...

— Hé, lieutenant !

Elle tressaillit, arrachée à sa méditation par le commissaire Fabien.

— Eh bien, on rêve ?

Elle reprit pied dans la réalité :

— A quoi pensiez-vous ? demanda Fabien.

Elle le regarda comme si elle le voyait pour la première fois et dit d'une voix douce :

— Au golf, patron.

FIN

*La Baule-les-Pins,
septembre 1995*

Petit glossaire des termes de golf

ADRESSE : Position du joueur devant sa balle avant de démarrer son « swing ». (Etre à l'adresse).

AIR SHOOT : Littéralement « coup en l'air ». Coup fréquent chez le débutant qui ne touche pas la balle au moment de la frappe. (Ce coup manqué est quand même comptabilisé dans son score).

ALBATROS : « Faire un albatros » c'est réussir à mettre la balle dans le trou en jouant trois coups de moins que le « par ». Exemple : un coup sur un par quatre, deux coups sur un par cinq. (Exploit rarissime même chez les plus grands joueurs).

APPROCHE : Coup court joué autour du « green » afin de mettre la balle le plus près possible du trou.

BACKSPIN : Effet rétro donné à la balle. Lorsqu'elle touche le « green », elle repart en arrière, parfois sur plusieurs mètres.

BALLE SOL : Action de jeu qui consiste à toucher la balle et le sol ensuite.

BIRDIE : « Petit oiseau ». « Faire un birdie », c'est réaliser un coup de moins que le « par » sur un trou. Exemple : 3 sur un par 4.

BLIND : « Trou aveugle » c'est à dire qu'on n'aperçoit pas depuis le tee de départ.

BOGEY : Trou réalisé avec un coup de plus que le « par ». Exemple : 5 sur un par 4.

BOIS : Club utilisé pour faire parcourir à la balle une longue distance. Le bois numéro 1 appelé « driver » ne sert pratiquement que pour les coups de départ, quand la balle est sur le « tee ». Il y a également des bois 3, 5, 7, qui eux peuvent être utilisés sur le « fairway » quand le « lie » est bon. Ces bois ont des angles différents les uns des autres et soulèvent plus ou moins la balle. Autrefois les têtes de ces clubs étaient toutes en bois « persimon », une essence exotique très dure, mais actuellement la plupart des têtes sont en métal ou en matériaux composites.

BUNKERS : Fosses de sable (le plus souvent) qui constituent des obstacles. Ils sont concentrés d'ordinaire autour des « greens », mais il y en a aussi sur les « fairways » pour pénaliser les mauvais coups. L'« étiquette » veut qu'on les ratisse soigneusement pour effacer ses traces quand on a joué son coup.

CADDY OU CADET : Accompagnateur du joueur. Il lui porte son sac et le conseille sur le club à jouer en fonction de sa connaissance du parcours et des repères qu'il a notés sur son carnet.

CHIP : Petit coup joué près du « green », destiné à lever un peu la balle et à la faire rouler jusqu'au drapeau.

CLUB : Canne utilisée pour jouer au golf. Il peut s'agir d'un « bois » ou d'un « fer ». Le joueur ne peut pas avoir plus de 14 clubs dans son sac.

DIVOT : Motte ou « escalope » de terre et de gazon arrachée au moment de l'impact. L'« étiquette » veut que l'on replace son « divot » à l'endroit où il a été arraché pour conserver le terrain en bon état.

DOG LEG : « Patte de chien ». Désigne un trou dont le tracé tourne soit à droite, soit à gauche. La première partie du trou est orientée vers un côté, puis tourne ensuite à l'opposé.

DRAW : Trajectoire d'une balle qui épouse une légère courbe de droite à gauche. L'effet donné à la balle correspond au « lift » du tennis et fait gagner beaucoup de distance.

DRIVE : Coup de départ généralement joué avec le bois numéro 1 (« driver »). Par extension, nom donné au premier coup joué sur un trou, quel que soit le club utilisé.

DROPPER : En vertu d'une règle autorisant à relever la balle en certaines circonstances (avec ou sans pénalité), c'est l'action qui consiste à laisser tomber la balle bras tendu dans un endroit permettant de poursuivre le jeu.

EAGLE : (Aigle) score réalisé sur un trou, deux coups en dessous du « par ». Exemple : 2 sur un par 4.

ETIQUETTE : Ensemble des règles de bienséance sur un parcours, pour le respect du terrain aussi bien que des autres joueurs.

FADE : Trajectoire de balle qui tourne légèrement vers la droite en fin de course, (inverse du « draw »).

FAIRWAY : Partie du parcours engazonné et coupé ras, comprise entre le départ et le « green », sur laquelle il est bon de rester.

FERS : Clubs à tête métallique numérotés de 1 à 9 selon leur ouverture, que l'on choisit en fonction de la distance à faire parcourir par la balle. Il y a en plus deux « fers » spécifiques, le « pitching-wedge » pour lever très haut les balles et les faire retomber sur le « green » sans les faire rouler, et le « sandwedge » plus spécialement destiné à être joué dans les « bunkers ».

GRATTE : Coup manqué consistant à toucher le sol avant la balle. La balle, dans ce cas, parcourt très peu de distance.

GREEN : Aire de jeu où se trouve le trou. Le gazon y est tondu très ras et le joueur y fait rouler sa balle avec un « putter ».

GREENFEE : Droit de jeu. Paiement qui donne accès au parcours au joueur de passage ou qui n'a pas d'abonnement.

GREENKEEPER : « Gardien de green ». Jardinier chef, responsable du bon entretien du parcours de golf.

GRIP : Partie supérieure du manche d'un club de golf où l'on place les mains. Désigne aussi la façon dont un joueur tient son club entre ses mains. (« grip » fort, ou « grip » faible).

HANDICAP : Système de classement des joueurs amateurs basé sur leurs performances en compétition. Valeur évolutive (maximum 35) que l'on déduit du score « brut » pour avoir le score « net ». Exemple : 90, (score brut) moins 18 (handicap) égale 72, score net.

HOOK : « Crochet ». Il s'agit d'un « draw » trop prononcé. La balle s'incurve très nettement sur la gauche en fin de vol.

HORS LIMITES : Quand on est hors limites, on est sorti du champ de jeu qui est borné par des piquets blancs. Un joueur qui envoie sa balle « hors limites » doit rejouer son coup et s'ajouter un point de pénalité.

KICK : Rebond de la balle sur le sol. Bon ou mauvais…

LIE : Endroit où repose la balle. Sur le « fairway » le « lie » est généralement bon et la balle peut être jouée dans de bonnes conditions, dans le « rough » ou les obstacles, c'est plus aléatoire.

MATCH-PLAY : Formule de jeu où deux joueurs s'affrontent trou après trou. Pour gagner le trou en jeu, il faut faire un meilleur score que l'adversaire. Pour gagner la partie, il faut gagner plus de trous que l'adversaire.

MEDAL-PLAY : Appelé aussi « stroke-play ». Formule de jeu où l'on compte tous les coups du début jusqu'à la fin de la partie. Les joueurs sont classés dans l'ordre du plus bas score vers le plus élevé.

OBSTACLE : Les « bunkers », les pièces d'eau, les rivières sont des obstacles en termes de règle de golf. Les obstacles d'eau sont délimités par des piquets jaunes ou rouges.

OVERDRIVE : On « Overdrive » un adversaire lorsque sur le coup de départ on envoie la balle plus loin que la sienne.

PAR : (un des seuls termes français du golf). Score idéal à réaliser sur un trou. Le « par » d'un trou est déterminé par sa longueur :
— moins de 228 mètres : par 3
— entre 229 mètres et 434 mètres : par 4
— plus de 434 mètres : par 5.

PITCH : Marque d'impact d'une balle sur un « green ». L'« étiquette » veut que le joueur répare cet impact avant de quitter le « green ». (On dit « relever un pitch »).

PRACTICE : Terrain d'entraînement où un joueur s'exerce avec des balles spéciales prévues à cet effet.

PROVISOIRE : Quand on craint de ne pas retrouver sa balle, on joue une balle provisoire. Si on retrouve la première balle, la balle provisoire est annulée sans pénalité et on rejoue la première balle.

PUTT : Coup roulé sur le « green » destiné à faire rentrer la balle dans le trou. On utilise pour cela un « putter », club spécifique à face verticale.

REGLES : Lois régissant le jeu de golf. Ces règles sont édictées par le « Royal et Ancien Golf Club de Saint-Andrews » situé en Ecosse.

REGULAR : Le « Shaft », ou manche du club, est dit « regular » lorsqu'il a une rigidité moyenne.

ROUGH : Partie du parcours entourant le « fairway » où la végétation est laissée (presque) à l'état sauvage. Il est donc plus difficile d'y jouer, ou même d'y retrouver sa balle.

SCORE : Nombre total de coups faits par un joueur sur un trou, puis sur le parcours.

SHAFT : Manche du club.

SLICE : Effet « coupé » donné à une balle dont la trajectoire s'incurve nettement à droite en fin de vol. La plupart des débutants commettent cette faute qui envoie fréquemment la balle dans des endroits où elle est très difficile à jouer.

SOCKET : Le pire des mauvais coups au golf. La balle est frappée avec le talon du club et part à l'équerre du joueur. On parle de « crise de socket » comme d'une maladie grave qui a amené plus d'un golfeur à renoncer à son sport favori.

SWING : Mouvement de golf pris dans son ensemble.

TEE : Petite cheville en bois ou en plastique que l'on enfonce dans le sol pour surélever la balle lors du « drive ». Cet « auxiliaire » du golfeur ne peut être utilisé que sur les départs qui sont, pour cette raison, souvent appelés « tee de départ ».

TOP : Coup manqué consistant à frapper la balle sur sa partie supérieure au lieu de la prendre par en dessous. En conséquence, la balle fuse, mais sans s'élever. On dit « toper une balle » ou « faire un top ».

WEDGE : Club très ouvert servant aux coups d'approche ou aux sorties d'obstacles (Sand wedge).

*Dictionnaire établi avec
l'amicale complicité
de Philippe Henriot.*

Bibliographie

Golf-Européens
Golf-Magazine

Achevé d'imprimer par GGP Media GmbH, Pößneck
en mars 2017
pour le compte de France Loisirs,
Paris

N° d'éditeur : 88504
Dépôt légal : février 2017
Imprimé en Allemagne

édition pré-presse
livres numériques

44400 Rezé